廖輝英 著

負君千行淚

增訂新版

編者的話：

百年台灣的女性剪影

上世紀八零年代，廖輝英以《油麻菜籽》與《不歸路》在文壇漂亮登場，兩部小說也預告了小說家日後兩條創作主線：傳統與都會。

身為女性主義創作者，廖輝英最關心的當然是女性的處境，循著歷史的軌跡，她尋找女性生命中宿命與非宿命的切入點，並從中演繹生命存在的意義，也因此有了「老台灣四部曲」：《輾轉紅蓮》、《負君千行淚》、《相逢一笑宮前町》和《月影》，細細譜繪台灣阿嬤群像。

這系列作品設定在日據台灣時期，廖輝英花了五年的時間做田野調查，諸如當時女子的耳飾衣裳、日據時代的配給、牛墟的情況、學制問題、養鰻場、養女制度、唐山過台灣的羅漢腳奮鬥歷程、二二八受難者的家屬真實生活、查某間（妓女戶）、療養院等等，均做了最詳實的考據。從舊台北的大稻埕、艋舺、大龍峒，當時台灣女子受教的第三高女、總督府療養院，到老台中的葫蘆墩等，隨著故事，舊日台灣生活群像，賣布，做醬油，搖鈴鼓的賣貨郎，由大戶人家到販夫走卒，老台灣生活的浮世繪次第展開。

對傳統女性，廖輝英是寄予同情的，在家從父，出嫁從夫，情感問題依附著經濟面，也就是生存的問題，當她們失去男性的倚恃，大部分人只能像生命的散兵游勇，不知為何而戰？有什麼可戰？但也有些女性展現女性的韌性，在威權的龐大陰影中，見縫插針，一步步挺過來。

「老台灣四部曲」書寫的正是這類的女性，嚴酷的大環境（二次大戰殖民地台灣無可奈何的悲情）、悲慘的小環境（童養媳、養女、罹患重病的富家女、丈夫心繫他人的先生娘）、所遇非人的不淑人生，還有戰爭帶來的生離死別。種種磨難，紛至沓來，成就了一段段曲折感人的生命歷程。

韌性，堅毅，秀美，正是百年台灣的女性剪影。

重塑老台灣大河四部曲
——《負君千行淚》新版緣起

我的老台灣四部曲：《輾轉紅蓮》、《負君千行淚》、《相逢一笑宮前町》和《月影》，分別寫於一九九一年至一九九六年之間。按照計畫，我其實準備以日據時代前後為背景，總共撰寫十部至十二部的長篇小說；上述四部撰寫當時與之前，我已足足做了四、五年的田野調查和資料收集；然而當小說開始動筆之後，我才發覺困難重重，別的不說，光是女子的耳飾、日據時代的配給、牛墟的情況、學制問題、養鰻場、養女制度、唐山過台灣的羅漢腳奮鬥歷程、二二八受難者的家屬真實生活、女性的衣裝、查某間（亦即妓女戶）等等，我雖已收集多時，真正寫起來卻還依然被許許多多極小極小的細節所困擾，寫寫停停、停停問問、問問查查，還好家父幫了很大的忙，很多資料與耆老專家，多勞他為我尋找和約請，我才能在五、六年內完成上述四部小說。

但這四部寫完之後，正所屬計畫永遠趕不上變化，忙碌的狀況加上實在身心俱疲，只好暫時把老台灣系列擱置，轉手去做其他的事、撰寫其他作品。

可這四部小說出版之後，卻頗受一些電視台和製作人的青睞：《輾轉紅蓮》很快被公共電視選為八點檔年度大戲；《負君千行淚》前後被兩位製作人看上並購買版權，三年前也拍成八點檔連續劇，電視劇拍得荒腔走板，害我心疼這本好看極了的小說，幾至夜不成眠。因之隨後有人對《相逢一笑宮前町》及《月影》有興趣而來問訊時，我都不再能放心交出它們。我每一本小說拍成電影和電視時，往往都是因相信導演或製作人才肯讓渡版權，但演藝圈有些變化，卻不是我們這種局外人所能掌控。

一部小說能被幾位導演或製作人相中，基本上最少有幾個要素：好看是必然的；具有戲劇張力、曲折感人等等，都是必備的要件。有人說，我的小說很適合拍電影或電視，因為小說本身就充滿影像；小說的人性普遍性和歷久彌新的時間性，想來也有點功勞吧。

本來這四本小說，分屬不同的出版社出版，如今終於能讓它們都齊集在九歌出版社出版，對於作者而言，實在是十分萬幸的事。

為了《負君千行淚》最後歸隊、將以新版面世，我連夜重讀，只覺心潮澎湃、幾番淚流滿面，掩卷之後，才發覺這本書原來還真是好看。身為作者，這樣說好像有點那個，但是，講真話，我還是這一句：真的很感人，真的好看，真希望我的愛讀者都能看到。

廖輝英

二〇〇五年十月三日
台北市

1

「噹——噹——噹——」

毗盧寺的鐘聲，劃開灰濛濛的天眼，在竹林裏盪開來，又盪向無邊無涯的甘蔗園時，睡在山門外的甘祿松翻了個身，慢慢醒轉過來。

六月火燒坡，話雖如此講，但清晨露重，又兼在半山腰之間，昨夜雖身上覆著冬日穿的破棉襖，但著實也吃他涼了一夜。

坐起身子的甘祿松，揉揉雙眼，見山門外不遠處，有一小撮山澗水，他把棉襖暫時擱在山門梯上，起身走近山澗，掬了把山泉水沖沖臉，扯下腰間的長方巾，胡亂擦了把臉，這才又走回山門外，將一直擱在身邊的布包拿起，甩到背上，斜斜揹起，將布包袱兩端的布巾角，在左前腰的部位綁了個活結，抖抖大刀褲，走下石階，往階前小路向山下行去。

他預定趕到葫蘆墩的牛墟需要兩個時辰，堪堪趕上牛販群集、牛隻最多的時候。

以他的腳程，或許不需要兩個時辰，如果中途不停腳的話。甘祿松搓搓手哈了下嘴，連打兩個哈欠，飛也似向山下跨步而去。

自昨日天濛濛亮，他就打犁份山上的家出發，由於牛隻先是有了買主，所以甘祿松出門時的心情非常輕鬆，腳下自然也十分輕快。

牛墟三天集市一次，若不是牛麻頭的黃三多和李有田都急著要耕牛，甘祿松本來不會這麼早出門。這時節，竹筍正是挖的時候，番薯田也該是摘葉剁菜根餵豬的時節，他的次子天虎這兩日因為摔傷了腿，動彈不得；而四子天鴻本來要跟著他到牛墟開開眼界，順便跟他學點牛販的常識，卻因老二天虎的傷，只得留在田裏幫忙。天鴻叫名才十四歲，這些粗活還不是挺內行，所以甘祿松原來打算自己留在家裏照應兩天，等下一個三天後的牛墟。

不過，牛麻頭的黃、李兩人既然催得急，上門的生意不做才奇怪，甘祿松自然是買牛第一了。

飽餐了一頓番薯粥飯，背上背著他妻室汪氏阿柔給他準備的一包曬乾的番薯籤和一條牛鞭子，甘祿松便匆匆上路。

這一去，足足是三、四天的工夫。去時輕裝疾行，一個人無牽無掛，預計一天一夜就可趕到葫蘆墩；但回程時，趕著兩頭牛，兩頭牛的脾性又未可知，拖拖拉拉，只怕得兩天兩夜才走得回來。

牛販幹了二、三十年，在外餐風宿露個十天八夜，根本是尋常事。像上回，他帶著天虎到北港大牛墟，足足便走了九天九夜。像葫蘆墩，地方近，三天行程是最起碼的。

牛販這行業，要做，第一得身強體壯，像甘祿松這般，足足有六尺一寸高，粗胚大骨的，真的像牛一般，才禁得起日曬雨淋、冷風烈陽的。

牛販，如果運氣好，不遇上牛隻發狂或發病，這一行買賣之間的利潤倒還穩定，雖比不上肥田的耕者，但比起一些赤貧土地的耕作者而言，牛販無疑是收入還稍高一點的。

甘祿松跑得勤快，人面又廣，入行亦且也久，按理二十多年做下來，應該溫飽有餘，多少還攢得下一點積蓄才對。

無奈生來太窮，剛結婚時，窮得三條外褲，必須夫妻兩人合穿，久雨不晴，他見客、外出，阿柔常常只有躲在房裏，穿著裏褲操持家務的份。

二十多年陸陸續續忙下來，兩人合穿三條黑布褲子的窘境早已過去，孩子一個個生下來，阿柔也真能幹，竟然連續六胎都是壯丁。賺來的錢，除了養孩子之外，只夠他買下目前山上那塊瘠貧的土地，蓋了有四間房的土角厝，剩下的，種些筍和番薯，再也生不出什麼好東西了。

窮還是真窮，但甘祿松可不氣餒。有人嘲弄過他的名字，說甘祿甘祿（閩南語陀螺之謂）轉個不停，注定是要勞碌一生，有勞動才有飯吃，他阿爸這名字給他取得不好。

甘祿松對這嘲弄嗤之以鼻。

騙那個猶的？名字取那款，命就照那款？那人人叫皇帝、萬金、進財、美女的，命全如此啦？

做人要實際，腳踏實地，天公少不了你食的這一份。

像他目前如此，四十五歲，雖然仍在勞碌的奔波生活，不過，眼看好日子不會太遠了，至少有人要幫著他扛這重重的生活擔子，雖或不是全部，最少也是很大一部分。

他的長子天龍，今年已經從台灣總督府台北醫學校畢業，預定在葫蘆墩先租個房子開業行醫。如果天龍的醫術不錯，運氣又好，「先生緣主人福」，口碑一建立起來，不愁沒有生意。到那時，下面那幾個小的兒子，依賴天龍提拔，比他這不識多少字的阿爸，來得有前程多了。

說起來，還得稱讚自己的遠見，即使這二十年來這麼窮苦，他仍然相信，像他們這樣赤貧人家要出身，唯有讀書識字一途。所以，他安排六個兒子，老大、老三、老五，逢單數排行的那幾個，可以進學校讀書；老二、老四、老六，則留在家中做田或跟著他販牛。

這也是沒辦法中的辦法。誰叫他窮呢？若不窮，他會叫六個兒子全進學校，全去升學圖寸進，將來無須像他這沒用的阿爸如此餐風飲露，睡在天幕之下。

讓孩子讀書寸進，說來容易，做起來可不那麼簡單。第一，要孩子成器，像天龍，天資聰穎不用說，生來就與人很不相同。不然，一個山上小孩，如何考得上人人擠破頭的台北醫事學校？

四年間，天龍饒是拿了獎學金，依然還是花掉甘祿松整整兩百塊錢的學、雜、生活費。如果同時有兩個兒子要花這樣龐大的學雜費，他哪裏支付得起？此所以他當初要規定逢單數排行的兒子才能上學的緣故。錯開一個，錯開幾年，做父親的才有能力和時間，再攢下一筆經費呀。

不過，現今這些都不成問題了。他只要再籌個幾十元，給天龍租個房子，買些儀器醫藥，接下來便是天龍的事了。

日頭慢慢露出臉來，甘祿松扯下方巾，大剌剌胡亂抹了下臉上的汗水，將盤在頭上的辮子放下，繼續馬不停蹄的前行。

人在行，天在看。蒼天在上，我甘祿松大半輩子孜孜矻矻、勤勤懇懇，雖不曾刻意行善，但這半生中不欺不詐、不嫖不賭，多多少少亦盡本分做了些好事，行年到今天四十五，再不沾點福分，實在有欠公平。

就在紛紛擾擾的胡思亂想之間，葫蘆墩早已在望。

這葫蘆墩所以得名，據說是早年鄉里街上有土匪滋擾，鄉勇們起而奮身保衛鄉土，在抗爭中退匪身殉，計死者七人七馬，全部葬在那約二十公尺高、五十公尺寬的土坡之內，因此本地遂有「墩」之名。

甘祿松進入葫蘆墩之後，熟練的往下街仔的方向直穿過去，大約又走了四、五十分鐘，來到大甲溪和葫蘆墩圳交會的溪埔之處。

不待走近，只是牛隻、牛販、牛犁、牛軛、牛車，加上群集牛墟之內的吃食攤販，交織成熱鬧滾滾的市集。

一看到這熟悉的景象，甘祿松連日來因趕路而滋生的疲倦，霎時一掃而空！他體內那蠕動的牛販敏銳細胞，瞬間全甦醒過來。
進入牛墟，照例是要先繞場一周，四處看看，探一探當日的行情和數量。
甘祿松自不例外，他有一搭沒一搭繞行，看著並排綁在欄杆架上的牛隻。
慢慢繞行一周，心中已有屬意的兩頭牛隻。甘祿松折了回去，來到他原先看好的目標之前，開口和牛隻所有者的牛販仔「寒暄」交談：
「你哪裏來的？」
「鴨母寮。你呢？」矮矮壯壯的牛販仔，自蹲踞的土堆上躍了下來，準備迎接買客。
「犁份。」甘祿松看著牛，嘴裏問問：「沒有面熟的感覺，是不是第一次來葫蘆墩？」
「雖不是第一次，但亦沒來過幾回。我大部分在北港牛墟。那裏大喑！但是，做生意，難免得到處走走。」
「說得是。」
甘祿松頭尾繞著走了幾圈，問道：
「可介意我摸壽？」
「這是必須手續，你看吧。」
原來，買牛的第一步就是檢查牛齒，俗稱「摸壽」。有經驗的牛販仔，可以從牛齒的類別，推斷一頭牛的年齡。
牛有前齒、後齒之分。後齒做為反芻之用，前齒則用來進食，主要是剪草。

前齒都在下齦，上齦一顆也沒有。小犢初生時，就有乳齒，兩年後換新牙，叫拓齒；再過兩年半左右，又換一次，叫新參；等到發育完全時，叫做四角。牛販就是據此來推斷牛的年齡。

發育正常的牛有八齒，七齒以下可能不健全，較不受歡迎；至於九齒，俗稱牛公；十齒為牛王，可見其珍貴程度，當然大受歡迎。

甘祿松先扳開牛嘴探看一下，又說：

「我試試牛步。」

牛主人那矮壯漢子，吆喝著牽牛繞地走了一圈。

甘祿松看著，心頭有了評價：這牛還算勤快。因此，第二關就算亦通過了。

買賣雙方，到了此時，算是心照不宣，因此牛主人便將甘祿松看上的這頭牛，牽到試腳力與拉力的地方。

在那裏，有一列牛車，三部連在一起，車輪都用繩子綁死，令之不會轉動。

矮壯漢子將牛軛套上這頭待價而沽的耕牛，牛鞭一抽，人也跟著大聲吆喝，企圖讓牛拉動牛車。

由於三部牛車綁在一塊兒，本身的重量就相當可觀；加以輪子綁死，所以拖一步路就極端吃力，更何況是一小段路？

三關都測過之後，甘祿松心中已有了牛價的腹稿，但他不肯貿然開價，只從容篤定的開口問那牛主人：

「這頭要賣多少錢？」

矮壯漢子伸出兩根手指頭：

「兩百元最起碼，你是內行的，看都知道牠不只值這個錢。」

「兩百？你莫笑死人！」甘祿松大聲像吵架一般叫道：「我若給你百八，已經是很勉強的了！兩百塊，你要跟天要！」

「兩百塊，那一點剋形？這頭牛，無一點可嫌——」

兩人大聲你一句、我一句的討價還價，最後，在場看熱鬧的兩個牛販仔，都是甘祿松熟頭熟面的人，出面斡旋：

「這樣吧，也莫說兩百，你這邊亦不要堅持一百八十，兩方都讓點步，大家就以一百九十元成交，算是做個朋友吧。」

「是啊，一百九十元算是公道，大家都不吃虧。」

甘祿松見這個價碼乃在自己預算之內，心頭願意，可卻在表面上裝成不得已的樣子，勉強同意：

「既是你兩位老兄的面子，我也不好堅持，那就是一百九十元成交吧。」

對方卻有猶疑，說道：

「兩百元不能再少，我開的是實價。」

斡旋的其一大聲抗議：

「喂，你總得看地頭的面子吧，做生意行四海，買賣之外，大家亦做個朋友。」

「是啊，阿祿仔都讓步了。」

矮壯漢子顯得為難：

「既是各位如此說，那我也就——這樣好啦，也讓我賺一點，一百九十五元。」

此話一出，大家譁然！有人就不以為然的大聲叫道：

「查甫人，阿殺力一點，一百九就一百九，還講那五塊錢的價！」

「說得也是，牛隻買賣是大生意，計較那幾塊錢沒意思。」

矮壯漢子無奈，只得讓步：

「既是各位鄉親的意思，那就一百九十元成交吧，算你買到便宜。」

結果皆大歡喜。甘祿松付了錢牽了牛，又如法炮製去買他看上的第二頭牛。

等到兩頭牛都買定，甘祿松牽著牠們來到吃食攤前，將牛繫在不遠前的欄杆上，叫了碗米漿，又加了塊綠豆米糕，就坐在長木板條凳上吃將起來。

米漿與糕餅，吃在嘴裏都甜美無比。雖是三角錢的開銷，但若非交易完成，眼前又有漫長迢遙的回家路得辛苦的走，甘祿松實在捨不得花這幾角錢在此享受。

說實在的，來買牛前，孤家寡人，走路趕路雖是辛苦，不過，至少沒有風險。

回程時就不一樣了！牽著兩頭尚不知牛性的陌生牛隻，路遙迢難測，只有靠天保佑，牛不中途生病，也莫發作什麼牛脾氣，平安無事讓他趕到家中才好。

畢竟是經驗老到的牛販仔了，甘祿松知道趕路雖然要緊，卻也不能趕得太緊，趕得太緊，牛隻容易出毛病。

尤其夏天趕耕牛，必須覓有水草的地方，草食是牛隻飽腹所必須；水窪在正午時讓牛隻浸泡一下，更可消暑解熱，免得牛熱壞了發脾氣，如果發狂跑不見，不僅辛苦半輩子都泡湯，只怕還得背上一身債呢。

想到這裏，甘祿松抹抹嘴，站起身子，尋到那賣牛配件的攤子，買了兩副牛鈴，回來繫上新買來的那兩頭牛頸上，順勢拍了拍牛背，套套交情。

十點多鐘，現時趕路的話，走個兩、三小時到溪邊或圳邊，還可以小歇一下讓牛透透氣。甘祿松想是這樣想，可肚子仍餓得發慌。以他那樣的身量，做的又是靠體力的工作，連趕兩天路，接下來還得趕牛兩、三天，只靠包袱中的乾番薯籤果腹，實在無法支應這龐大的工作量。

甘祿松幾經猶豫，終於還是去吃了一碗米粉條，這才抹抹嘴準備上路。

他將兩條牛的繩子聯結起來，一前一後依序而行。他自己則牽著前一頭牛的穿鼻繩，走在前頭。

如此，一人二牛，慢慢走離葫蘆墩，往犁份的方向行去。

頭一夜，甘祿松睡在乾涸的河床巨石上，兩頭牛就繫在河岸上的一棵大樹下。

帶著兩頭牛，甘祿松睡得很警覺，牛鈴一響，他就張開眼睛瞧瞧動靜，怕有什麼失閃。

一夜無事。

第二天天濛濛亮，甘祿松便起身，走到河中央有水流處，蹲下身子掬了溪水洗臉。才掏下長方巾揩拭臉上的溪水，便發覺岸上繫牛處有了動靜。

甘祿松即刻轉身，見樹下出現兩個年紀輕輕，像是迌迌人一般的男子。

甘祿松站起身子，背上包袱外摸到那隻牛鞭頭，迅即將之抽出，牢牢握在右手上。然後，他大步跨過半個河床，站在離岸不遠處，擺了個隨時準備出手的姿勢，將腦後長辮子盤了上去，揚聲喝問：

「少年的，有啥麼指教？」

那兩個迌迌模樣的年輕人，拿眼上下打量一番甘祿松，其中一個明知故問：

「這牛可是有人的？」

「當然！是我的。」甘祿松昂然大聲回答，右手向下一揮，皮鞭發出清脆響亮打在石頭上的聲響，反問道：「怎的？有什麼代誌？」

先前發話的一個回答：

「我們走失了兩頭牛。」

甘祿松一躍上岸，站在離兩人三、四步遠處，像棵參天巨木般，足足比兩人高出一個半頭！

「那一定不是這兩頭──別處去找吧，別把力量和時間浪費在這裏。」

甘祿松穩穩站著，臉上出現一股漸漸不耐的煞氣。

「我看不像──不像我們失落的牛。」沒開過口的那人開了口，有點結巴。說話間退了兩步路。

「既不是你們的牛，那就別處去尋。莫妨了我的事。」

兩人退了開去。甘祿松等兩人不見蹤影，迅快將繫牛繩解下，牽起牛往另一個方向行去。

像這種長途趕牛的日子，遇上歹人並不常有。一般老牛販，長年走四海，到處都有熟人，有事情招呼一下，彼此都會照應。但有時荒郊野地，真要遇上事情，前不巴村後不著店，呼天叫地都無著時，靠的就只有自己。

甘祿松仗的就是自己這一身高人一等又魁梧的身量，等閒還沒有人敢輕易冒犯他。但他亦不想生事。真要打架，總是兩敗俱傷，尤其更會驚到牛隻。像他們這種牛販，和氣生財仍是最高原則。

第二天夜裏，甘祿松趕著牛，仍是睡到來時宿過一眠的毗盧寺山門外。

該處雖在半山腰上，但山形不高，又兼有草有水，是個理想放牛的地方。甘祿松近晚來到該地，讓牛隻吃了草、喝了水，這才找棵大樹將牛繫好。自己摸到山門外的石階上坐定，掏出番薯籤果腹。

如此走走停停，兩天三夜才回到犁份。

牽牛回犁份，照例要休息兩天，倒不是因為人疲累的緣故，而是買來的牛經過長途跋涉，不讓牠休息兩日，看不出精神，有時賣不到想要的價錢，運氣差的，尚且被原先託付的買主誤會不曾盡力，那就很冤枉了。

回到犁份山上的家，除了今年三月從台北醫事學校畢業，目前在大屯郡一個前輩所開的醫院幫忙的天龍不在家之外，其餘五個兒子全在跟前。

甘祿松環顧著自天虎以次的五個兒子：天豹、天鴻、天鵬、天鷹，從五歲到十八歲，自己辛苦這二十多年，雖未掙到什麼家業，至少撫養出這六個大小壯丁，很值得安慰。尤其還出了個醫生，這可不是每個人都有的成就。

那一晚，甘祿松飽餐了好幾碗稀飯，又安心睡了一夜好覺。早起看牛，見最早買的那頭精神奕奕，甘祿松在心中讚嘆一聲「好牛」，臨時決意要提早去交付買主。

看到他在穿衣，甘祿松的妻子阿柔便問：

「一早又到那裏？」

「把牛牽到麻頭去給人家，早去早回。」

「到牛麻頭，回來豈不又三更半夜。」

甘祿松不耐煩的回道：

「妳這查某！不然錢有那麼好賺？天龍要開業行醫，我們自然得攢積一筆錢給他，不聞人家說，偷雞也得蝕把米？」

「我問你，不過是打算幫你帶番薯籤，這樣大聲小聲的，打算嚇誰？」

一提番薯籤，甘祿松不覺反胃，馬上反射式的拒絕：

「不用！再吃下去，我不破病才怪！」

說罷，出了屋子，牽著一頭牛，回頭吩咐正在剁豬菜的天虎：

「母豬需奶水，番薯藤多剁點！回頭劐些長草來餵這頭牛，別餓著了牠，可是要賣的主啊。」

天虎答應著，望著他阿爸的身影遠去，揚著聲音叫喚天鴻：

「鴻仔——拿鐮刀去割些草來，可不能餓壞了那頭等著換錢的牛。」

甘祿松到了下午兩、三點才來到麻頭的黃三多家，一見面拍拍牛側腹對黃三多邀功：

「看看給你找的好牛！走三天三夜還一點沒有疲態，你看看！」

三多仔細看看牛的牙齒，滿意的點點頭，問道：

「要多少錢？」

「兩百。只賺你走路工。」

三多想想，甘祿松信用好，做事仔細，這是有口碑的，因之亦不好殺價，算是應承了甘祿松開的價錢。

「我亦忘了，原來要順便託你買副牛軛。」

「這樣好了，下回再去牛墟，我幫你選一副上好的，葫蘆墩近大雪山和八仙山，有好木料做牛車板和牛軛。」

「來、來，喝碗茶！順便吃碗點心，剛剛送來！」黃三多殷勤的添了碗鹹稀飯遞給甘祿松，自己亦盛了一碗，兩人就蹲在田埂上吃將起來。

「沒有巡田水，不然有泥鰍，炸得香香脆脆的，再滾點豆油糖，一等一的好料理，配稀粥最好！」三多殷勤的說著：「沒事來走走，開講亦是挺趣味的。」

「是啊，整天做田，有個人開講有趣多了，下回有機會再來——對了，下回給你帶副牛軛，又會來一趟。」

黃三多抹抹嘴，站起身子，說道：

「走吧，回屋子算錢給你。」

兩人一前一後走田埂回去，三多回頭說道：

「我倒忘了，街仔尾再過去，田水仔，你認識吧？他的牛要找個人賣，聽說是收成不好，過不下去——」

「那我等一會兒順道去他那裏。」

「實在是可憐，做田做到要賣耕牛。」

「是啊，莫非田租過高？」甘祿松知道田水仔是個佃農。

「應該是吧，今年雨水不豐，影響收成。你也知道，田佃仔靠天吃飯，日子過得險啊。」

黃三多又問：「聽說你兒子去學什麼西醫，藥不用燉？」

「是啊，西藥。現此時，中醫考試只考個一回兩回，日本人不鼓勵我們的漢醫，反而積極在養成西醫。我聽我兒子說，西醫打針吃藥，效果很快，現在病人不少。他打算在葫蘆墩開業。」

「那你可出頭天啦。」

甘祿松哈哈朗笑三聲，謙抑著說：

「還早，還早！下面還五個，我是要大的牽成小的，有辦法的，牽成較憨慢的。」

甘祿松拿了牛的錢，滿懷希望又往街仔尾的方向去。牛販這行業，靠的就是人面廣，互相通報買賣消息。雖然利潤不是太高，但賺點行路工錢，亦足夠溫飽。不似田佃仔，租地主的土地耕種，看天吃飯，那才不穩當。

想到這裏，儘管日頭赤炎炎，甘祿松卻覺步履輕快，襟袋裏那兩百塊錢，格外有著令人安心的分量。

2

每年十月開始到年底之間，因為正值耕作期，是牛墟交易最熱絡的時候，牛販仔的忙碌不言可喻。

這一日，甘祿松方自北港牛墟趕牛回來，趕回來的三頭牛之中，有一頭顯得無精打采，老是伏在地上。

甘祿松和陪他一起到北港的四子天鴻，隔著幾步遠的地方審視著那頭耕牛，相互猜測交談：

「怪奇啦！我做這一行二、三十年，應該不會看走眼才對。這頭牛真壯健，沒道理如此病懨懨！」

「會不會中暑？我們走了這許多天。」天鴻問道。

「一頭耕牛，如果抵不過日頭，還能做田耕種？」甘祿松瞪著那牛：「沒道理這麼嬌貴。何況，在路上，我們逢溪過河，不是讓牠們浸泡一陣，就是用水潑淋牠們的身子，應該不會中暑才對。」

「阿爸，這會不會影響賣牠的順利或……」天鴻不敢再問下去，怕遭甘祿松斥罵。

甘祿松倒不曾注意兒子的問話，他盤算思索了一陣子，才開口支使兒子：

「阿鴻，要你阿母剁一把蒜頭，混在飼料草裏，讓牠吃吃看。」

一般牛販，多少都學有一些治牛傷病的草方，幾年下來，累積了經驗，偶爾也可客串一下赤腳牛醫。

天鴻才應聲要去，忽然歡聲叫了起來：

「大阿兄！阿爸，大兄回來了。」

甘祿松聞聲，霍地起身！

可不是！他那長得無比體面的長子甘天龍，此刻不正在山坡上，遠遠的往山上的家行來？

甘祿松有六個兒子，但甘天龍得天獨厚，最得甘祿松的寵愛。除了是長子的緣故之外，還有許多原因。

汪氏初有身孕，當時窮得連溫飽都有問題的甘祿松，連著數日都有龍蛇入夢。第一次夢見龍入懷中，第二次再夢小龍繞身，甘祿松拿這兩場夢去就教牛販同行中一稍通命理占卜之術的阿久，阿久沒聽完便抱拳恭喜：

「龍入懷中和小龍繞身，都主得貴子，賢夫人是不是有了身孕？」

「正是，有三個月身孕。」

「那真是大喜啦，一定是貴子。」

所以，長子落地誕生，甘祿松將之取名為天龍。

天龍還在襁褓時，有一次汪氏將他置放在土墩上，大人回身去做事，娃兒不知怎的，翻身或如何，一下子跌下兩人高的坡地，又滾了好幾圈才被一棵樹擋住沒摔下山去。

甘祿松和汪氏大驚去追抱孩子，那甘天龍不曾啼哭，事後亦無傷損。甘天龍和人談起，有人稱讚孩子「頭殼硬，日後必長得勇壯」；另有那些會說話的，便揀了些討巧的話對甘祿松說：

「這不是孩子命大，根本就是這孩子命貴！你想想看嘛，那麼大一劫，他毫髮無傷，是沒人敢傷他呢！這孩子是山中之王呢！既是王，誰敢犯上？」

甘祿松一聽，簡直不得了啦，不想這孩子自小就有這些異象！

「你給他取名沒？」

甘祿松老實的點點頭：

「叫天龍。」

問者點點頭，說道：

「這倒不辱沒他。龍是海中之王。他的名有海中之王的威，命裏又具山中之王的相，這孩子以後不得了，一定大富大貴！」

天龍自幼聰敏過人，什麼東西一學就會，倒也不是小時了了之輩。

甘祿松雖著意要栽培這長子，無奈實在是真窮，加上兩年之後又生天虎，天虎之後又是天豹，孩子一連串生下來，無論他多麼努力，日子還是總在溫飽邊緣徘徊。

所以，天龍直到九歲過後才入公學校就讀。

公學校雖不花什麼錢，總還是得多多少少要點花費。何況，山上人家最重人力，天龍每天跋涉到沙鹿去上學，來來回回、上山下山，一日光在路上就是三、四小時。家裏的工作，自然別指望他能插手幫忙了。

不過，甘祿松有志氣亦有識見，為了讓下一代脫離赤貧階級，他矢志要培養孩子讀書識字，縱然不能六個全上學，最少有三個能受教育，再由受教育的這三個，在日後用金錢或其他財物回饋未受教育而以勞力供養他們的其他兄弟。

甘天龍公學校的成績一直名列前茅。

日本據台之後，由於亟於養成西醫，所以設立了四年制的台灣總督府台北醫學校，公學校畢業即可報考。

甘天龍公學校畢業那年，台北醫學校已招生了十二屆。天龍在師範學校、商學校和醫學校之間，選擇了醫學校，並且以優異成績考取。

四年間，陸陸續續用掉甘祿松相當一頭牛價錢的學費，現在，甘祿松作夢也想不到，幾代赤貧的甘家，居然要出一個掛牌行醫的後代了。

難怪甘祿松對這個長子厚愛有加。天龍不僅自小沉穩、獨立，什麼事都處理得很好，而且生得一表人才，真正是個名副其實的美男子。後來的那幾個兒子，雖也生得人模人樣，但也許是因所有的鍾靈毓秀全被天龍佔去，剩下的就乏善可陳了。

甘祿松望著甘天龍行近。

「阿爸——今日沒去牛墟？」天龍穿著黑色學生服，益發襯得他唇紅齒白，唯有那雙虎目，透著逼人的英氣。

「知道你今日要回來，我在家裏等著呢。」一向沒閒心情說笑的甘祿松，對著英姿煥發的長子，居然也開起玩笑來。

「阿母呢？」

甘祿松沒來得及回答，阿柔、天豹、天鵬等，除了在遠處的天虎沒到之外，所有家庭成員全到齊了，七嘴八舌叫著天龍。

「今日怎麼突然回來？」甘祿松在亂軍中，以一家之主的威嚴大嗓門向長子問話。

「年初要自己開業，回來向阿爸、阿母稟報一下。」天龍帶著笑意回答：「我在葫蘆墩看了一個地點，月租要二十塊錢。」

「二十塊？簡直在搶人！」

「是貴一些，但新開業，要吸引患者，地點就很重要。」

甘祿松沉吟一下，問道：

「不知阿爸手邊的錢，夠不夠你開業做準備金？」

天龍一聽阿爸提錢，就說：

「這倒不必阿爸操心。我這七個月，在前輩那裏幫忙，很積了一些錢。反正吃他、住他，月給薪俸沒處也沒時間花，全部存了起來，快有兩百一十塊錢，即使不很夠，也差不了太多，我想將就可以了。」

「一個醫生，剛畢業就可以賺這許多？」甘祿松有點不相信自己的耳朵。

「阿爸，若是自己開業，何止這個數？因我是幫忙，做他的副手，一方面也得些經驗，所以月俸隨他給。」

「是啊，讀書人畢竟不同，像你阿爸趕趟牛，做成生意，最多賺個十元、八元，還要艱苦十分。」

「阿爸，做個教書的先生，一個月也有四十五元。趕牛太苦了，開業以後，如果順利，就不要阿爸再去趕牛。」

甘祿松一聽兒子這番話，老懷甚慰，呵呵笑了幾聲，說道：

「不忙，不忙，別忘了你下面五個弟弟，成家、讀書，全賴你牽成。你的擔子很重，我身子還這麼硬朗，仍然做得動，不做反而難過，只是往後的日子，毋庸過得那麼緊就是。」

一直站在旁邊的母親發話了：

「進屋裏去吧，哪有站在外頭說話的。」

父子一群，陸陸續續進了屋子，連在山坡下做活的天虎亦被喚了回來。

阿柔自吊在天花板下的謝籃裏，顫巍巍拿下她醃了幾天的一塊五花肉，又顫巍巍自高高的木圓凳子跨下來。那肉是前些日子以為天龍要回來才準備的，天龍不曾回來，阿柔便將那塊肉醃了起來，寶惜的藏在謝籃裏。

為了天龍回家，當晚的晚飯雖不是乾飯，至少沒有摻番薯塊下去熬，純純粹粹的大白米稀飯。

天龍看到父母全力張羅出來的那幾樣菜餚，平素家中甚少有機會吃到如此。然而，在一般人家，這樣的菜色極為平常，天龍因此既感念又十分感慨，反而無法下箸。

「怎麼啦？」甘祿松指指那碟五花肉：「自己夾，自己夾。」

「吃不下。」天龍放下筷子：「最近太忙，可能如此反而沒胃口。」

「一般人對西醫可以接受嗎？平常有病，吃點草藥亦可打發，誰會去看西醫？」

「這點倒不必擔心。民智總是會開，西醫一定會慢慢被接受。我之所以選在葫蘆墩開業，是因為它是一個大鎮，人很多，生意應該不成問題。而且市鎮地區，會比較開化，新的事物比較不被強烈排斥。它另外比大屯郡佔優勢的地方，是目前開業西醫較少，競爭性一定比較小。當然，小鎮也無法拿太高的診療費，不過，相對的，開銷也會比較小。所有這些，我都仔細考慮過，阿爸不必擔心。」

甘祿松聽天龍如此說，想想自己即使要幫也幫不上忙，因之也就不再多言。

倒是阿柔注意到兒子仍穿著學生服，不免質疑：

「做先生為人看病，還穿著學生服不太好吧？要不要到街上裁件長袍？」

「已經去定做了洋服。」

所有該想的，天龍都已自己想到，做父母的倒似乎再也沒什麼可以貢獻的了。甘祿松看著天龍走到門外去看那一片山坡的背影，一種落寞突然襲上心頭——畢竟，沒讀什麼書還是不行呀，孩子的事，一點也插不上手。

而天龍和差他兩歲的弟弟天虎，兩人站在坡前，眺望著矮而蔓延一地的番薯園。自小即在耕這貧瘠坡地、連一天公學校也沒上過的天虎，望著夕陽下的山坡，無限感慨的說道：

「如果這是一方水田就好了，至少不必每餐吃番薯。同樣做那些工，收成卻是天和地的差別。」

天龍眺望著山腳下，平和但有力的對弟弟說：

「你會有一塊水田的。多大不敢說，但我答應你一定會有一塊水田，你成家育子，那些囝仔，不必餐餐吃番薯。」

「大兄——」

天龍伸手拍拍弟弟的肩膀，說道：

「這些年，辛苦你了。你沒讀書的這些犧牲，我全記在心裏，天虎，你會有田有牛的。」

甘天龍的診所，在日本仔的新年過後不久，由他阿爸甘祿松挑了個吉日吉時，正式開業。

診所取名「濟世醫院」，有濟世救人的寓意在內。脫病去苦，是很典型的醫生襟抱。

濟世醫院坐落的地點在葫蘆墩的頂街仔。頂街仔和下街仔，同是葫蘆墩最熱鬧的兩個區。

甘天龍原先只用了一個藥局生，是個二十多歲的葫蘆墩當地居民，名喚阿民的，初來時萬般皆不知，必得天龍一一吩咐教導，才漸漸上了軌道，配藥、收費，無須再勞天龍操心。

那甘天龍生得俊美，又深知病家心理，看病時和顏悅色，明明是風邪感冒的小病，他必也諄諄吩咐病家一些護理常識，問診之間，便令病家覺得既安心又順心。沒多久，口碑打開，患者漸漸多了起來。

「戲棚下站久是你的」，開業一年以後，甘天龍和阿民已忙得連吃飯時間都沒有，因此，又加請了一個住在附近的婦人巧春來料理三餐吃食、洗衣清理的工作。

原來，葫蘆墩是附近山區木材和田產的集散地。當地有個營林所，八仙山伐下的巨木，運到此地，為防木材損壞腐敗，所以營林所有一個極大的水池，專門浸泡林場伐下運來的巨木，等木材賣出或取材他用，方才由水池中取出。

營林所內有日籍技師及技工將近百人，不知誰的口耳相傳，所內有人罹患大小病症，全到濟世醫院看病。

天龍生得體面，看診用藥從無誤診，慢慢贏得信賴。所以濟世醫院幾乎成為營林所員工的專屬醫院。

葫蘆墩另有一規模極大的台灣製麻會社，當地人稱為布袋會社，是專門製造裝米等麻袋的工廠。光是廠裏的女工，便多達一千多人。

每日上午八時、中午十二時及下午五時，工廠上下班及午休時間，由於員工人數太多，所以以施放水雷做信號，幾乎葫蘆墩一地都聽得到。

製麻會社的女工，一有這個那個的疑難雜症，亦都爭相來找天龍求醫，所以開業一年以後，天龍已可確定自己似乎可以在葫蘆墩生根立足了。

自開始行醫，天龍除了大年除夕和初一、初二在犁份山上老家過年之外，從此被病患綁住，再無時間可以回家定省。不過，甘祿松倒是十天半月會因到牛墟買賣牛隻而彎過來看看兒子。天龍每個月平均給家中五十元錢，每回給錢，總不忘叮嚀父親「退休」：

「阿爸，你也看到，診所生意好得如此，事實無須您再辛苦的販牛了。我給的這些錢，您儘管拿去買米、買肉過生活。至於小弟們將來要讀書、買田，我另有打算。當然，總須等些時日，俟根基穩了再說。」

「天龍，人由艱苦日子要跳脫到好日子去過，不學就會，也無須適應，這是人的本性。你初初開業，連自己的厝屋都無，哪裏就想到買田什麼的事去？我亦不許天虎他們此刻存這非分之想，不然，人想著天要掉下米給他，失去打拚的力量和精神，很快就成廢物。」

「阿爸說得是。我的意思是不要阿爸、阿母再過辛苦日子。」

「那怎麼會？現在一天吃一餐白米飯，還要怎的？」

天龍無奈，只得隨父親的意思。

過了一陣子，甘祿松又來診所，此番倒不是販牛順道探訪，而是專程來和兒子討論大事。

「人說成家立業，眼前你頭路做得如此順遂，卻缺個妻室照顧起居，不太妥當。何況你今年都二十一了，男子過二十不娶，總是不對。我和你阿母都認為你今年無論如何要成家才是。對於這件事，你可有什麼想法？」

天龍不語。

「你也算新派人，世面亦看得不少，我問你——是否有什麼意中人？提出來參考參考，你阿母和我，可以——」

「並沒有這樣的人。」天龍斬釘斷鐵回答：「對於成家這件事，以前不可能想，現在則無暇想，這是實話。」

「這很好！」甘祿松大喜，說道：「男子成婚，其實無須太過挑剔，因為娶來的人是靠你供養，不好亦有補救辦法，雖不一定休妻，但冷落她是天經地義。大丈夫何患無妻？三妻四妾，只要你有本事亦無不可。」

「阿爸，現此時想不到這事，沒閒呀。」

「我知道、我知道，所以你不用管，只做個便的現成新郎即可，一切由阿爸和阿母做主，反正，查某人，無非婦德和婦容，只要能讓尪婿沒有內憂即可。」

甘祿松劍及履及，照會了長子之後，旋即展開物色工作。

但是，別人家養在深閨的閨女，不親眼見見不放心，畢竟是搭配他心目中那樣俊秀而有才情的兒子，女方家境寒傖點無妨，人品卻要拔尖一點才是。

可人家閨女亦不許甘祿松他一個大男人隨便相看。相中倒也罷了，如若相不中，對人家閨女名聲不好。因此，相媳婦的事，就落在他妻子阿柔身上。

阿柔娘家姓汪，亦是赤貧佃農，身量長得高大，和甘祿松很適配。由於家貧必須操作，所以並未纏足。這一點倒是她心目中最大的憾恨，所以挑媳婦時，「小金蓮」就成了重要考核標準之一。

阿柔雖是個窮牛販之妻，不過倒也並非全無識見，相兒媳婦這件事，她就不曾孟浪從事。

首先，阿柔囑甘祿松將消息放出去，人家報來的對象，她琢磨仔細，只要是不太適合的，她亦不肯相看，只著丈夫婉轉回絕。

結果，三、五個月之間，只看了兩個女孩子，兩人都不合她的意。

甘祿松這一來便有些沉不住氣，對阿柔說道：

「天龍好是沒錯，不過，也不是選皇帝娘，不必那麼嚴格，再拖過三、五個月，天龍就二十二了，他年輕力壯的，陰陽不調可怎麼會好？」

阿柔可也答得理直氣壯：

「適配、適配，若選個不好的，豈不叫兒子鬱卒終生？」

「那也不至於。男子是天、女子是地，天龍自己可以對妻子的事情做任何變動處理。」

「你急什麼呢？二十一年都等了，哪裏就急在這一兩個月？」

中秋過後不久，有人報來一個江氏女，單名叫惜，才十六歲，是個佃農之女。據媒人稱，江惜生得膚白如雪，完全不似農家女，難得的是還纏足。而且，據說醃菜、做豆腐乳的手藝絕佳，人又勤快。

阿柔決定立刻就去相這名叫江惜的少女。

江家在犁份山下不遠處。這一日，阿柔特別放下工作，和媒人一起下山。

江惜捧茶出來敬客時，阿柔忍不住讚嘆欣賞！

只見這身量嬌小的女子，真的膚白如雪。臉蛋稍圓，五官細緻，尤其令阿柔滿意的是，江惜看起來好脾好性，是那種逆來順受的樣子。

何況，江惜還纏過腳！雖非三寸金蓮，但好歹是纏過腳。做為未來的「先生娘」，這少女不至於辱沒了天龍那好孩子。

甘家一經決定，下聘得很快。

由於兩家素來都窮，所以倒也並沒有什麼繁文縟節，甘家送了聘禮金一百二十元，算是把一應全含包在內，同時還大方的不要女方任何嫁粧。

迎娶日子在一個月之後。

花轎抬到犁份甘家老宅，房子事先略略整理過，特別空出一個房間，權充新婚夫婦住上兩日。

甘天龍在結婚日之前，從未見過那叫江惜的女子。

拜過天地，又拜祖宗，在庭院外擺了兩桌宴客席，招待雙方少得可憐的諸親好友。晚上入洞房時，在熒熒油燈下，甘天龍挑起新娘的頭巾，只見這即將成為他名副其實的妻室的少女，低低俯著她的頭，油亮油亮的烏髮，前髮剪至眉頂梳平，是標準的鉸剪眉；後髮則梳了個龍鳳髻。

她沒有抬起臉，甘天龍只覺伊的肌膚，照眼晶瑩雪白，把他懸著多時的一顆心，給輕輕放了下來。

天龍清清喉嚨，對她說了他們這一輩子的第一句話語：

「可會累？」

江惜搖搖頭。

「餓吧？」

江惜又搖搖頭。

天龍想了一下，溫柔的再次開口：

「妳抬頭讓我看看，不要怕。」

江惜動了一下，不，也許是抖顫了一下。

天龍帶著一點玩笑，說道：

「妳難道能一輩子都不抬頭見我？不要怕——」

江惜經過了一番掙扎，忽然緩緩將頭抬起。她的眼光與天龍遭遇時，迅即點燃了天龍心靈某一個地方的燈火。

天龍喃喃的，像作夢一般說道：

「不要怕，我是妳尫婿。」

3

婚後第三天，甘天龍就在母親阿柔的催促下，攜著新婚夫人江惜下山到葫蘆墩他的診所去。

阿柔精明強悍，而且完全外露於表相。本來江家許婚的，看上的是女婿的才情，卻也擔心阿柔這強悍的婆婆，會叫江惜吃虧。

出乎意料，媳婦過門，阿柔不要她留在犁份山上老家操持家務，卻叫她跟著兒子到診所去照顧天龍的起居。雖說阿柔此舉完全是出於愛護自己的兒子，但亦顯示伊做抉擇時的拿得起放得下。

天龍帶著江惜來到葫蘆墩診所，在山腳下長大的江惜，真正是養在深閨未識人，也未見過什麼世面。一到葫蘆墩，幾時見過這麼熱鬧的街市？人來人往，市面繁榮，要什麼有什麼，簡直像是看戲一般。

天龍忙於看病人，外面的診所業務，江惜完全插不上手，天龍現在除了用一個藥局生阿民之外，另外亦用了個助手東山，因為病人多，小孩患者又不少，打針、看喉嚨等等，非有個助手不行。

家務方面，傭婦巧春做得很好。所以江惜簡直就像她自己所說的「吃飯缸中央」，飯來張口、茶來伸手，過著十六年來最幸福、最快活，也最閒適的日子。

她住熟之後，開始央巧春帶著她逛東逛西，起先是在頂街仔，慢慢就逛到下街仔去。

江惜喜歡上媽祖宮拜媽祖，每逢初一、十五，必然到宮裏燒香參拜。

媽祖宮位在頂街靠葫蘆墩中心區之處，有非常寬闊的廟埕，前埕極大，穿過前埕，就有一個大大的橫匾，上書「慈濟宮」三個大字，殿內就供奉著媽祖娘娘。

慈濟宮後廟埕稍小，再過去不遠處，是竹圍仔內的土地公廟。

光葫蘆墩一地，就有好幾座土地公廟。其中最大的兩處，分別在竹圍仔內和後菜園仔。竹圍仔內的土地公廟，規模大如一般住宅，亦有極大之廟埕。此廟靠近諢名叫放屎溝的八寶圳。

後菜園的土地公廟規模較小，建在一棵大榕樹之下。

江惜反正閒著亦是閒著，拜完媽祖再拜土地，求的無非是尪婿才情、早生貴子、闔府平安。

葫蘆墩市面非常繁榮。因當地產極負盛名的葫蘆墩米、竹和山產，因之街上最多的就是木材行、籐器店、山產店等等。

葫蘆墩附近有許多著名林產，盛產檜木等上好木料，所以當地亦有國營的營林所，私人木材行更是到處都是。

除了木材行之外，最多的就數竹籐器行了。由於氣候和地形的關係，葫蘆墩盛產各類竹子，如莿竹、麻竹、桂竹、孟宗竹、烏竹和箭竹，所以筍子又鮮又嫩，竹子、竹器既多樣又奇巧。

初嫁時，驚異於這世間竟然如此富庶豐饒、多采多姿，江惜一心只在欣賞、陶醉、追逐，哪裏還有多餘的想法？

十六年艱辛的生活在赤貧的佃農之家，莫說那魚肉甘味，只怕連大白米飯自己親手種的，都不一定餐餐皆能吃到；更遑論那些非生活必需品的奢侈之物，像竹編的、精巧無比的茶盤、竹籃、竹蓆、竹簾等等。

每一次到竹器行，江惜總或多或少會買些竹編的東西回來，或擺飾、或使用，雖多少用了點她從前想都不敢想的金錢，但診所內，卻也因為有了女主人，所以一切顯得非常「家庭味」。這種柔和的氣氛，也使自小生長赤貧、後來負笈台北求學、為了力爭上游而始終把神經繃得很緊的甘天龍，感受到他從未領受過的嶄新感覺。

做了醫生娘的第二年，一方面因為無聊，一方面也想討丈夫的歡心，江惜開始偶然由傭婦巧春領著，主僕兩人相偕到菜市場去買菜。

葫蘆墩的市場在下街。

江惜習慣穿件漿得雪白的大裀衫，再配上一襲長長有細褶的裙子，踮著小腳，一步一步跟在巧春身後到市場去。

她亦不囉唆，市場裏看看，挑幾樣要買的東西，其餘仍舊由巧春全權負責購買。

那年新筍剛出，半乾濕泥仍沾在筍殼上，江惜用她尖尖的指甲掐掐新筍肉，感覺上像掐出一指甲水似的。

她犁份的娘家，自家亦種有綠竹筍，記憶裏似乎沒這麼幼嫩、這麼水靈靈的。江惜手裏拿著那帶泥的綠竹筍，想到她那貧無立錐之地的娘家，不覺亦心酸起來。

那幾日，江惜教巧春用竹筍燜肉，又將她春天醃製的豆腐乳自後院的矮牆邊拿進來開罐，罐裏醃料裏，蠕動著肥肥的蛆，江惜用鼻子湊近嗅了嗅，那味道連她自己都忍不住讚嘆兩聲。

日頭赤炎炎，白日裏燠熱難擋。

甘天龍看診時穿得整齊，即使盛夏，亦是一件白色夏麻布裁的襯衫，一條西褲。等到忙到告一個段落，進後面屋裏吃中飯。

只見江惜喜孜孜滿含笑意等著他。

桌面上菜色不同昔日，看來一新耳目。

「這麼大熱天，我叫巧春姨熬了一鍋稀飯，比較容易下口。你瞧瞧這新筍，連看都看得出那種幼嫩。」

天龍走近桌邊坐下，忽然聞到豆腐乳香，好奇的問道：

「今日妳上菜場了？」
江惜點點頭，得意的表了點功：
「市場是去了，但這豆腐乳可不是買的，春天時我醃了一罐，現在吃正是時候。」
天龍拿筷子輕挖了一小塊，放到嘴裏含著，過了會兒，用讚嘆的口吻說道：
「真甘啊，這下粥飯正好！」
得到丈夫的稱許，江惜那小婦人得意而安慰的笑開來了。
夫妻倆正在用餐，前面另桌用飯的助手東山忽然進來通報：
「先生，有患者要見您。」
天龍正扒了第一碗粥的最後一口，回道：
「若是不急，我吃了第二碗粥飯再去診治，勞他坐一下。」
「不是看病。」東山說道：「手上提了東西，說是要拜謝醫生的大恩大德。」
天龍雖身負甘家兩代興家的重責大任，但天性中多少有濟世之心，遇著家貧無力支付醫藥費用的患者，天龍不收分文費用，非僅是常事，有時見病人真正窮困，反而還會拿錢濟助。也就是因這一點仁德之心，所以濟世醫院才能門庭若市，生意越來越好。
一聽是來答謝的，天龍躊躇一下，不好由人等著，粥飯也不添，放下碗筷便到前面診斷室去。
來者是個做田人的模樣，黝黑的皮膚，原來戴著遮陽用的斗笠，此刻放在身旁長條木椅上。見到天龍出來，那人忙忙起身，對著天龍打躬作揖。

「這麼大熱天，巴巴的跑來做什麼？」天龍和氣的埋怨著，紓解來人的不安。

「醫生，我兒子上回差點肺炎，若不是醫生仁德，我們沒錢，您仍免費施藥打針，把他醫好，這種大恩大德，我們全家一輩子都會記得……」

天龍本分的清清喉嚨說：

「醫生人，救人是第一，賺錢只能排第二，這是做得到的事。」

「我——不知怎樣感謝，……做田人，沒有錢，這是一點點心意，請您收下。」

說著，將放在膝上的紙盒，雙手奉上給天龍。

天龍知道他窮，盒子裏若是吃食，讓他原封不動拿回家，至少還可給一家大小吃用。因此不肯收禮。

「不收醫藥費，若是改收禮物，這樣四四不是十六？你拿回去給孩子們吃。」

「不！醫生！務必請您收下。這是我們社口那裏的特產綠豆椪，雖不是名貴東西，但非常好吃。無論如何，請您留下來，才不枉我跑這一趟的心。」

社口在葫蘆墩郊外，來到頂街，又是大日頭底下，真是迢迢遠啊。

天龍雖於心不忍，但不能拒絕，只得收下，說道：

「那我只有多謝了——囝仔好吧？頭殼硬吧？」

「是、是，託醫生的福。」

像這樣，懷著感謝之心，拿著土產或家裏有的、養的、種的種種東西來醫院的病家或患者家屬時而有之，年深日久，天龍早就不記得自己何時曾義助過什麼人？但這種人情味的往返，一直是他辛苦忙碌的行醫生涯中，極大的安慰和鼓舞力量。人啊，大多數是有良心的，看病無錢，得醫生協助，事過境遷之後，除了自己覺得虧欠，其實是沒有人會記得這件事的。但受人滴水之恩，不敢薄倖去忘，正顯示了人性的質樸渾厚。天龍有時不免要想：蒼天不仁，以萬物為芻狗，讓這許許多多無知淳厚的人，吃這許多的苦！

到葫蘆墩的第三年，江惜有孕，生下一女。

天龍的母親阿柔，第一次下山到兒子的診所來，提了四隻母雞，來到葫蘆墩，才知兒媳婦生的是個女娃，阿柔當著江惜的面，一點也不掩飾自己的失望：

「怎麼會是個女兒？我連生六胎兒子哪！」

甘祿松用手肘碰碰自己的妻子，說了一番安慰的話：

「才第一胎，莫要緊。多生幾個，總會有幾胎查甫囝仔。」

江惜聽著公婆議論著生男生女的事，雖不是令人痛快的論調，但她可也不敢著惱。十九歲的她，萬萬想不到這生個子嗣的夢魘，會成為她終生的負擔。

這第一個來報到的孩子，取名碧湖。

碧湖三歲的時候，江惜又生了第二個女兒，取名碧釧。

連生兩胎女兒，江惜這才開始有點著慌起來。

坐滿月子，江惜提了謝籃，裝著五牲和香燭，一個人踮著小腳，來到媽祖廟慈濟宮拜拜。一拜媽祖賜她母女平安，二拜媽祖求祂賜個麟兒，三拜求闔府平安，公婆不會嘮叨。

碧釧滿三個月大的時候，天龍在犁份的家人，用了天龍給的一筆錢，在犁份山下買了一甲多的農地，又蓋了幢四合院的磚造房子，從此成為有自己耕地的小小農戶。

入厝時，天龍特別撥冗回去，在微醺中，拍著弟弟天虎的肩膀，說道：

「大兄答應過你的耕地，不曾食言。」

天虎轉頭面向著天龍，激動的說道：

「我一定會打拚——」

天龍拍拍他，什麼也沒說。至少，他是實踐了自己對父親的承諾，要牽成這些弟弟。給了天虎一塊農地，是報答天虎犧牲就學的機會，讓排行奇數的兄弟有機會上學。換言之，是一種交換。但這種交換的本質是殘酷的，因為，受了教育的那幾人，有機會進入上流社會，他們的人生亦在某一角度上比較平順；不像天虎他們這幾個排行雙數的兄弟，即使有耕地，亦只是粗做人而已，一輩子要做粗活求取溫飽。

這樣想時，天龍心中，莫名其妙便產生一種悲哀的感覺。人，從出生那一刻起，便注定是不平等的，像天虎，如果排行第一或第三，他的命運便截然不同。而他甘天龍，是如何的得天獨厚，甘家所有的厚愛都在一身……

「天龍，阿惜是怎麼的？老生不出一個查甫囝仔？」母親阿柔不知何時走近天龍，喃喃的說著，像在問天龍，又像在自問：「按理，甘家有很好的生查甫囝仔的本錢。」

天龍很懊惱回答這個問題。但母親動問，即使千次百次也得回答。他說：

「總是會再生，也許下一胎就是個男孩了。」

甘天龍答了話，一眼瞥見父親不知何時走到他身後來，大聲像在安慰天龍似的斥責自己的妻子：

「有子有子命，妳這查某人，叫妳不要老是提這事，妳偏不聽！唸唸叨叨，唸叨就生得出孫子?!說多少次了，有子有子命呀，一切天注定，無須自找煩惱。」

甘祿松罵完這件事，才又轉頭問起天龍另一件事：

「天龍，醫院目前是租的，不是長遠的辦法，你怎麼不向厝主商量商量買下來?」

「阿爸，現在那間厝不理想，主要就是太小，房子也舊。醫院的房子，總要過幾年再考慮。現此時，先將老家的厝與田辦齊了，別的事，一件一件再來辦，也不是一時半時都辦得了的。」

「這目前的房子有什麼不好?這麼旺，讓你錢都賺不完。」

天龍笑道：

「阿爸，那是醫生這個行業的關係，不是房子的問題。只要是繼續行醫，有醫德，那麼到哪裏做、哪裏住都一樣。」

「這是你們少年人的想法。也罷，阿爸是過時的人啦。」

說起來，天龍要尋個理想的地點，買來做診所，似乎也不是一蹴可幾的事，因為甘家六個兄弟，包括兩老在內，目前全部指望天龍一個人，天龍自己的事反而排不上。

犁份新厝才落成，阿柔又在靠近海港的漁村，相中了一個可以做兒媳婦的貧家女，這次女方要了較高的聘金——兩百塊錢，所以新厝落成後兩個半月，天虎也完成了終身大事。

天虎的新婦叫阿麻，名字奇怪，人卻長得乾淨俐落。眉毛細細像新月高懸，吊梢眼，小嘴小鼻子，皮膚不是幼白型的，剛好和江惜是兩種截然不同的樣子。初初見到阿麻，甘祿松不免為自己妻子兩極的審美觀大為不解，他問阿柔：

「前面選個白泡泡的，第二個卻選個黑甜粿，我可不懂妳是怎麼選的？」

阿柔胸有成竹的答道：

「白泡泡為的是做醫生娘好看，給天龍做面子；至於在家的媳婦，外面有一甲田，屋裏四個小叔加上我們兩個翁姑，她不能幹俐落點怎成？這是有分別的。」

阿麻一入門，很快便成為阿柔的左右手，婆媳兩個合力打點一家，倒也非常妥貼。只是，做天虎的媳婦，畢竟不同於天龍的妻室，遠在葫蘆墩的阿惜，雖因一連兩胎生女，有點壓力，但婆婆遠在犁份，偶然才來；天龍門診辛苦繁忙，無暇關顧；除了原來的傭婦巧春之外，又用了一個奶娘金釵。阿惜因此每日像個無事人似的，除了逗弄碧湖、碧釧兩個稚女之外，幾乎無事可做。

而碧湖已經四歲解事，不會煩人，小女孩寧願跟在巧春身後，看巧春忙進忙出，而不太肯跟自己的母親。至於碧釧，幾乎由金釵一手在帶，阿惜對於這不受歡迎的碧釧，事實是有點漠視的，誰叫碧釧又是個女兒呢？

阿惜天生有種浪漫和天真的氣質，她對什麼事都好奇，又最喜歡湊熱鬧。

慈濟宮逢年過節，為酬神而由地方仕紳出錢請歌仔戲班來獻演時，阿惜可以連看三天，日夜場同一戲碼，她亦不嫌煩，和一干民眾坐在長條板凳上，聚精會神的由頭看到尾。只有看戲時，她才不覺得日子無聊，反而一身旺盛的精力。

巧春得空，有時帶著碧湖，陪阿惜去看戲。主僕、母女，兩個大人一個小孩，一起看得津津有味。幾乎是葫蘆墩的人，都認識這好命的醫生夫人。看一場戲、上一趟街，阿惜總是笑咪咪的和鎮上的人出聲招呼。

「先生娘，散步囉？」

「是啊，出來走走。」

「先生娘，看戲哦？」

「是呀，你也來看戲？」

歌仔戲真是迷人！阿惜看多了，自然也能哼上幾句相褒調、七字調或哭調仔，閒來無事，悄悄出口的，居然都是歌仔戲調仔！

酬神廟會演歌仔戲，畢竟有時有陣，一年才只不過那麼幾次，哪能滿足一街四庄的眾多居民的期望？

因此，戲園仔請來歌仔戲班演出，就成了許多人熱中的生活調劑了。

一班戲班子應邀來戲園演戲之前，會先遊街廣告一番，藉以招徠民眾買票入場觀賞。

所謂遊街，是整個歌仔戲班子的人員，穿著戲服，繞街遊走，吸引圍觀或居家的人出來觀看。

這「遊街」可亦不能等閒隨便。一團那麼多人，只有三、四個主要角色能在遊街時以人力車代步，像小旦、小生及第二「男」、「女」主角有數幾個人而已；其餘都得走路。

歌仔戲團的小生，雖不乏女扮男裝者，但當時中部最負盛名的兩個歌仔戲班：丑仔水和紅花米仔，台柱卻都是男性，丑仔水的主角是演丑角相當出色的「阿水」，紅花米仔的主角則是專演花旦的紅花米仔，男扮女裝，場場叫座。

每當歌仔戲班公演前的遊街，江惜便如醉如癡的守候在街邊駐足欣賞。公演時的戲碼，很多都根據「傳仔書」演出，有《陳三五娘》、《梁山伯與祝英台》、《西廂記》、《陳世美反奸》、《打金枝》等等。

江惜坐在台下，望著台上那些生旦賣力演出，鼓、樂齊響，曲調盪氣迴腸，她時而歡笑、時而流淚；要不就低迴、扼腕，整個情緒就跟著劇情起伏抑揚，十足是個戲癡。

江惜愛看戲，可也不是全無主見。其實，說起來她還是個行家呢。她最喜歡的竟是屬於北管戲系統的亂彈戲。俗語說：「吃肉吃三層，看戲看亂彈。」江惜正是如此。

正值二十多歲的江惜，生命力旺盛，人間，尪婿又忙，除了看戲、燒香之外，她又喜歡隨處亂逛，也不管是不是可以去、適合去，只要她的好奇心一挑起，什麼也攔不住她！

有一次她聽說後菜園仔的土地公廟供奉的土地公很靈，便一直央巧春帶她去。

巧春卻一反平日，顯得很不帶勁：

「土地公，我們地頭上就有，而且更大間，何必沒事找事，跑那麼遠去拜人家地頭上的？」

「唉呀，人生兩條腿幹什麼？逢廟就拜，多幾尊神保佑，有什麼不好？何況神又不比人，哪裏分什麼地頭？」

巧春仍不肯答應，推託道：

「醫生娘，妳全天閒閒的，自然就想東走西走各處看。但我們做嫺婢的可不同啦，從早到晚做不停，能少走幾步路，幹嘛要多走？」

江惜亦是巧巧人，聽得巧春如此推三阻四，她收起笑容，問道：

「巧春，妳在後菜園仔可有什麼怕見的人？難道是舊日的契兄（意即情夫），怕我知道？」

江惜出言，有時粗鄙得如鄉下農婦，這也難怪，她本來就不是書香門第或富戶出身，能有今天這日子過，全拜嫁了個好尪婿。

「夭壽喔，先生娘，說這款話！」

江惜見巧春變了臉色，她激將得逞，自己反而笑道：

「不是的話，就隨我走。」

「先生娘，先生如果知道了，會罵的！」
「為什麼？妳就直說了吧！妳越不肯說，我就越好奇。」
「那是──藝妲間呵！趁吃查某滿滿是，妳也敢去！」
不想江惜一聽，興趣大增，更是執意要去：
「藝妲間？那正好！我一直想見識見識！我怎麼不能去。騙猶吔！」
「去了有失身分呀！」巧春無奈，只得警告她：「若是給人知道了，不被笑說是不知輕重？」
「那才可笑！藝妲間，男人可去召妓喝酒，為什麼女人只是去看看門面就不成了？妳騙那個猶的？走吧，走吧，沒規定那裏的路不給女人走的。」
巧春不答，禁不起江惜催三請四的，終於說道：
「先生娘，做藝旦已經很不幸，如果我們同是女人，還像看猴子一樣去看她們，那是會引起她們反感的。」
「原來如此！那我們裝作去燒香，好不好？」
巧春這時才露出促狹的笑容，說道：
「那怎麼好？萬一先生娘被誤認為是藝妲間的女人去求生意旺，那我巧春豈不成了老娼頭啦？」
一席話，說得江惜又叫打又笑彎了腰。

結果，那天下午，江惜和巧春還是去了一趟後菜園仔。

由於事先得到巧春的警告，所以江惜不敢明目張膽的到處張望。藝妲間其實外表像一般民宅一樣，只是多了看板，寫著花紅柳綠的店名，像一枝春、小桃紅、杏花閣等等。

看過藝妲間，看不出什麼名堂的江惜，不久以後，又聽說有個王祿仔仙，算命算得很準，她又躍躍欲試，問明了地點，坐著人力車遠到水湳地頭上去。

「窮算命、富燒香」，江惜做著她的醫生娘，其實無什麼憂患可以操心。若非連生兩胎女兒，她亦不會想到算命這種事。

來到王祿仔仙的地頭，江惜孤家寡人一個，顫巍巍走到攤仔前。

王祿仔仙是個青瞑瞎子，他問明了江惜的生辰八字，默默推算了一下，這才開口：

「妳這命，說好命亦算好命，說歹命可也說得通。」

江惜聽這開場白模稜兩可，以為王祿仔仙徒負盛名，其實還不是個江湖術士。因此，她單刀直入的說明來意：

「我來請問，可有生兒子的命？」

王祿仔仙又沉吟了一下，再度開口：

「這命啊，可說有子命，亦可說無子之命。」

連聽兩次這不算批命的話，江惜不覺著急起來，開口便說：

「先生如此講，我一個查某人沒知沒識的，實在無法聽懂。可否請先生明白告知？」

「妳聽不懂？時至妳就懂了！」

江惜沉默著，抬眼審視著這眼盲的算命仙，心裏嘀咕：到底是走還是再請問？忽聽王祿仔仙開口說道：

「妳這命呀，大概一生不愁吃穿，人家沒得吃時，妳仍有魚有肉可吃。但是，妳這是鬱卒的命，尪婿才情，可惜只有十年是妳的。至於兒子嘛，有是有，但是，母子緣分只二十五年。總歸一句話，自己要自求多福，放得開，自然好命。」

江惜給了他一塊錢，其中五毛算是賞錢。

這王祿仔仙據說鐵口直斷，可江惜聽得一肚子歹言歹語，存心不肯相信。

只有十年是她的，意味著什麼？

母子僅有二十五年緣分，又表示什麼？

江惜坐上等著她的人力車，在車上忿忿不平的想著：算命嘴，胡纍纍，若是算命仙仔的話可信，人生就不用打拚了！坐著等命運來就好了嘛！

那瞎眼王祿仔仙真不得她歡喜，但她仍然給了他比旁人加倍的賞錢。眼睛看不見亦是可憐，這葫蘆墩上，一天能有幾人找他算命？只怕餬口都不容易。

但他講那些話真的叫人不快！

江惜任車子顛躓著，決心把王祿仔仙的話忘掉，只記取他其中有關她會得子的那句話。

在回程的路上，江惜叫車夫彎到雪花齋餅鋪，買了幾個綠豆椪回去，那是天龍頂愛吃的食物之一，綠豆仁磨細，摻入細碎滷肉，甜中帶點些微的鹹。天龍夜裏看完病人，最喜歡就著熱茶吃一個綠豆椪。

江惜捧著綠豆椪，心想：不管算命仙仔如何說，日子仍得過下去，總不能拿著算命仙的話胡亂操心吧？

4

碧湖七歲、碧釧四歲時，江惜發覺自己又有了身孕。

幾年前算命的王祿仔仙告訴她的話，雖被江惜自心底深處予以排斥，但王祿仔仙預言她會有子嗣，唯一的那一句卻深植江惜心中。

因此，她對這一次的身孕，特別抱著強烈的希望。

那一年，整個甘家大家族喜事連連。

天龍在一年多前，花了兩萬多元，由一位向日本政府申請墾地的郡民手中，買下大約半甲的土地，準備建蓋自己的大宅兼診所。

土地坐落在大魚池地段上，正巧位於一座小土地廟的後面，房子面向外，與土地公廟相互背靠背，只有一堵矮牆隔著。

天龍把自己的意思說給負責蓋房子的阿水師聽，一切由阿水師統籌，自進料、施工、請工人等等，天龍什麼也不過問，只在剛接觸時，問了阿水師一件事：

「我聽人說，台北州的大浪泵宮附近四十四呎，用的全是福州杉，如果我們也用同樣的杉材，老師傅看看有什麼困難？」

「先生啊，葫蘆墩本身的檜木、杉棵，又粗又好，附近林區所產，在台灣數得上名的，何必捨近求遠？您大概是太忙了，沒有到我們營林所的大水窪去看看，大杉木又大又直又好，況且又省去一筆運費；雜木仔更多。」

「既是師傅做主，一切聽您的。」

大宅的第一進是診所，面向大街。由於門面極寬，因此亦有小小的規劃。天龍是山上長大的孩子，若非行醫在市鎮，他還相當懷念綠樹或山坡。所以宅院前預留了前庭，大門兩邊聳立著兩根大石柱，右手有花草石景，以松樹為主，左手邊則應江惜之請，栽種了好幾株芭樂樹。

庭院之內，才是醫院，中間為藥局，右手裏進是診治室，左手邊則為讓病人候診之處。緊接著是一段不長不短的走廊，通過走廊，便是居家之處。中央是客餐廳，兩旁是長長毗連的廂房，自客餐廳一直延伸到更後面的大天井。這區蓋的，主要是土塊厝，較省錢。

天井是名副其實的天井，鑿有一口又深又清澈的井，另外又裝了一支自來水龍頭，這支自來水龍頭可值錢得很，因為全葫蘆墩也不過只有三支。

廂房地基一直高於天井的地面。天井尾端、接近圍牆的幾間矮房舍，則分別是柴房、茅廁和浴室、廚房。

蓋房子的時候，靠近土地公廟有一棵老榕樹，由於年深日久，樹齡不短，樹下又自然形成一個小土丘，另有亂石覆蓋。阿水師可能略略懂點陽宅風水，決定不砍那棵老榕樹，而將圍牆砌得稍稍外突，繞過老榕樹而去。

大宅院蓋得差不多，江惜卻也發現自己有了身孕。好在後續工作還不少，至少得叫構造行量著做些家具，準定還需一段時間。

三月，天龍的三弟天豹，自台南長老教會中學畢業。天龍認為天豹資質不錯，因此早就計畫讓天豹赴日上大學，讓甘家第二代出幾位大學教育者。天豹是第一人，以後老五天鵬亦可步其後塵，負笈東瀛，那時有天豹熟門熟路的，天鵬自然不必吃太多的苦。

其實，天龍本身何嘗不想多讀點書，和當年他許多同窗般赴日再進修？將來回國，在大學裏作育英才，地位遠勝於小鎮醫生。

然而，他身負父親甘祿松「牽成弟弟」的重責大任，根本不可能有什麼棄醫去進修的可能。如果他執意圓夢，只怕後面那幾個弟弟都會失去「過得更好」的機會。

所以，這亦算得是一種犧牲吧？

天豹赴日那一天，天龍特意休診兩日，一大早，和天豹自豐原車站上火車，到了基隆已是下午兩點。

一萬噸的高千穗丸停在基隆港，天龍花了二十一元為天豹買了張三等艙的船票。

黃昏時候，天龍目送天豹走過船橋，在即將進入船艙之前，天豹回首揮手向岸上的大哥道別。

天龍等所有旅客都上了船，船橋收起，汽笛「嗚——嗚——」的響起，這才返身離開。

自台灣總督府台北醫學校畢業迄今，已整整十年。十年間，天龍竭智盡力，先是為犁份祖厝蓋新屋，買了一甲多地給天虎、天鴻這些未曾受教育的弟弟們；再讓三弟天豹、五弟天鵬受教育。

現在，他三十歲了，回頭來看自己，好像什麼也不曾擁有。他有妻有女，亦蓋了半甲多廣地的新宅，擁有仁心仁術的令譽，但他可一點也不快樂。

每天，他所面對的，全是老、病、苦、死的人生慘事。周遭瀰漫的，不是藥味，就是消毒酒精的特殊味道，他連走出去的機會都很少。

現在，他蓋大厝，即將擁有自己的診所和房舍。但，那又如何？

他情願像天豹那樣，飛出去，海闊天空的遨遊！而不是關在宅院裏，面對苦哈哈的病人和人生！

然而，即使心裏有著那樣一股強烈的意願在吶喊著，甘天龍仍在次日一早，匆匆搭上回豐原的火車。

那時，距大正九年（西元一九二〇年）修正地方政制後已好幾年，葫蘆墩改名豐原。

甘天龍坐在蒸汽火車之中，想著自己這一輩子，似乎就要老死在這四十七郡、一百五十五街庄的台灣島了！不，甚至沒有這麼大的活動範圍，而僅僅是在豐原郡役所所管轄的範圍，包括豐原街、內埔庄、大雅庄、潭子庄、神岡庄這一街四庄的區域之內罷了。這一兩年，病患越來越多，他甚至連「往診」出門的時間都沒有。嚴格講，他似乎只在豐原街上濟世醫院過活罷了。

天龍在隆隆的火車聲中，有節奏的隨著車身的搖晃擺動著。他可也像屈在小池中的天龍，失去了飛翔的本能？

現在，老三天豹赴日去了，天龍得再為他準備七年的學費、生活費以及雜支費；七年以後，天豹畢業，不管做哪一行，那都是天豹的事，做大哥的可以撒手不管。

他要扶持牽成的，只剩五弟天鵬。如果能力許可，最多再為天虎、天鴻和天鷹加添一塊耕地。如此，就非常對得住父親的託付了。

甘祿松這一年已近六十歲，早兩年已不再餐風飲露，像個流浪人般去牛墟買牛、販牛。現在，他偶然在農忙時，幫襯著天虎他們收割或做雜役，身子硬朗得很，日子亦過得不錯。有時興起，他就走個七、八小時到豐原來看長子和媳婦，住個兩日，嫌醫院裏太小，又無厝邊頭尾可聊天，耐不住又走了。當然，天龍這裏的事，他完全插不上手；但在犁份老家可不一樣了！天虎他們遇到問題，還經常得向他這老爸討教呢。

天龍的新厝，為他老爸甘祿松留著一間房間，言明了歡迎老爸和他同住，畢竟天龍是長子，父母不隨長子一起住，總覺得不對，也怕親戚鄰居說閒話。

然而，甘祿松天生是個以天地為簾幕的草莽人物，像葫蘆墩這種繁華小鎮，偶然行腳至即可；要住，哪有犁份那種遼闊的愜意和暢快？人，還是近性最好。

天豹赴日不久，天龍這一家的日子又恢復平靜。

四月新學期開學，天龍的長女碧湖，剛好可以進公學校就讀。江惜本來認為女子無才便是德，查某囡仔讀什麼書？嫁個好尪，才是一切，但天龍執意要碧湖入公學校就讀，他所持的理由是：

「讀書，眼界才會開闊。」

碧湖長得纖纖秀秀的，骨架子很細，肌理停勻。她不曾繼承天龍和阿惜的大眼，反倒眉眼俱細，配著瓜子臉，完全是另一種型。

由於是長女，嘴巴又甜，所以較受寵愛；相形之下，小她三歲的碧釧，便像個小媳婦般，少人關顧。

八月節尚未到，江惜臨盆。這第三胎隔了四年，陣痛更甚於第二胎。

天龍破例彳亍於後進屋子裏。當江惜悶聲呻吟時，天龍始終蹙著眉流露出焦躁的神情。也是第一次，他讓求診的病患在候診室等著。

孩子終於在傍晚時分落地。不負所望的，果然是個男嬰！

甘天龍站在那裏，癡癡的看著接生婆抱著赤裸的兒子對他展示。

嬰兒很勇壯，雖然沒什麼頭髮，但身子圓滾滾的，是很巨大的娃娃。

「恭喜啦，先生！這般勇壯，難怪先生娘會難生！」

甘天龍這才想到自己的妻子，他訥訥問道：

「阿惜她——先生娘伊——還好吧？」

接生婆笑咪咪答道：

「很好，很好！只是陣痛太久，比較累罷了！」

巧春這時，趕緊翻身去廚房，邊走邊說：

「我去炒豬腰子讓先生娘墊腹——這一胎生得辛苦，足足痛了十多個小時。」

江惜雖然筋疲力竭，又兼在大熱天裏陣痛連連，早已一身汗濕。但她仍在產房裏聽到丈夫和產婆的對話，雖然只有寥寥數句，但對於生了兒子，丈夫應該是高興的吧？遠在犁份的公婆，這下子應該也不會再有多言嘀咕才對。

江惜如此一想，心寬力絀，頓時覺得倦意襲來，連張開口要求看一眼兒子的力量也沒有了。

天龍為兒子取名碧山，大約有希望兒子巍峨如泰山、美麗如富士嶺之意吧。

然後，為了怕動江惜胎氣而延遲搬遷至新大厝的行動，在江惜堪堪滿月之際便著手進行。

新的濟世醫院真的氣派十足。前院所種的松樹和芭樂樹，因為才幾個月的關係，所以仍非綠樹成蔭的成樹，倒是後院靠近土地公廟後面的那棵老榕樹，益發的濃蔭蔽天了。

天龍特為新居前的診所做了一個巨型的橫木匾，上書「濟世醫院」四個大字。

等一切搬定，天龍有日抱著滿月不久的兒子碧山說：

「哪，你來得正巧，上面是我們自己的屋瓦，下面是我甘家的土地，這是我一手辛苦掙來的厝殼和土地，以後就要交給你了。」

奶娘金釵聽到了，偷偷笑著去跟江惜學舌：

「先生得了個兒子，不知有多欣喜，他抱著那才滿月的囝仔，嘀嘀咕咕說了一串話，好像那孩子聽得懂似的。」

江惜心下甚喜，卻說：

「妳小心看著囝仔，別讓先生給抱壞了，寵慣了以後，妳可是難帶得很。」

九月天，葫蘆墩的日頭依然赤炎炎。為著懷碧山特別辛苦，江惜這個夏天亦不曾醃製任何鹽漬品，早些時醃的豆腐乳早已吃光，甘天龍有日吃粥飯，忽然心血來潮想吃豆腐乳，央了巧春去街上買，才嚐一口，便廢然停筷，說道：

「這哪裏叫豆腐乳？一點甘醇的味道都沒有，只是死鹹。」

天龍雖不曾講出江惜手製的豆腐乳甘醇好吃，但隔天，江惜便要巧春到市場買回來清豆腐和大黃瓜，洗的洗、釀的釀、曬的曬，趁著好日頭猶酷烈，趕緊醃曬黃瓜。新居寬敞舒適，兼又有著矮牆可以曬黃瓜，日出拿出去曬，日落前便收回來，牆頭矮，江惜再也無須拿把凳子，顫巍巍的站高去曬黃瓜片了。

這日一早，日頭照例赤炎炎，江惜踮著小腳，兩手捧著淺米籮蓋，準備把米籮蓋裏的黃瓜片再拿到矮牆上去曬。

她人站在距大榕樹約莫三尺遠的地方，面向著榕樹，正在審視日頭照到何處，忽見榕樹下那堆石頭中，鑽出一截黑青色的長物。

江惜以為自己照了日頭眼花，看錯事物，勉力眨了一下眼，再定睛一看。

這一看非同小可，那長物不是別的，正是一條六尺多長、腕口般粗的黑色帶青大蛇！

那條蛇，略略昂首，不斷吐信，爬到廚房外的排水溝，不知是喝水還是食穢物，暫時停在那裏！

江惜在那黑青色的蛇爬出洞口時，失手將米籮蓋跌落在地上！黃瓜片跌了一地，江惜叫不出也走不了，人像被釘在原地似的動彈不得。

倒是在廚房忙著的巧春，聽到米籮摔到地上的聲響，探出頭來察看。

只見先生娘花容失色僵在那兒，不知為的什麼。

巧春以為先生娘被什麼煞到了，因此出聲喚她：

「先生娘！有要緊麼？」

江惜如夢初醒，拚命指著巧春腳下那條大蛇，卻是一個字也吐不出！

巧春見阿惜一臉驚恐，不免低頭看看究竟是什麼嚇著了先生娘。

這一看，巧春裂帛一般叫了出來！

那叫聲，驚動了屋子裏的金釵，也嚇壞了那條長蛇！蛇飛快爬回石洞之中，一點也不戀棧溝裏的食物殘渣，同時亦不曾攻擊就在牠舌信不遠處的巧春。

三個女人，雖一樣是驚嚇，但卻是三種不同的表現。江惜扶著矮牆，不敢直接橫過天井，而係摸索著繞過另一邊的矮牆，勉強摸回餐廳。人一到餐廳，馬上癱在長條凳子上，動彈不得。

那巧春叫出了驚心一嚇，手中的鏟子也隨手一丟，人卻迅速退進廚房灶邊，出聲請求灶王公保庇她平安，那長物不會進灶邊來傷她。

而金釵卻是一路飛奔到堂前去告訴那些藥局生和男助理了！

一時之間，除了天龍之外，東山、阿民，以及天龍的人力車伕憨財仔，全部飛奔至天井！

金釵指著大榕樹底下那堆石頭，氣急敗壞的說著：

「就在那洞裏！我看牠爬進去的！」

阿民隨手操了根木製的竹竿叉子，東山去自己房裏握了柄木劍出來。兩個年輕人殺氣騰騰欺近石堆，便想動手用木棍去搗蛇穴！

「等一下！」驚魂甫定的江惜，這時勉強自己站起，小聲喝止那些少年仔的衝動。「先生娘！這蛇在院落裏出入，非常危險的，莫說牠會爬進屋子裏去傷人，就這後院裏養著的雞鴨亦難保！」東山揮著木棍，一副要和那長物一決生死的樣子。

憨財仔有三十開外了，人是忠厚老實帶點憨氣，此時卻也殺氣騰騰，雀躍得像個二十上下的少年仔，興奮難抑的附和著東山：

「是呀，是呀，這石洞淺淺的，掏它兩三尺深就掏得到那大蛇了，不怕牠不出來。」

「先別去動牠！」江惜心口猶在卜卜亂跳，但她理智卻十分清醒。

「先生娘，放著牠亂竄不好呀，」巧春餘悸猶存，誇張的形容：「你們沒看到牠那樣子，舌頭吐得那麼長，好像隨時要吞下什麼似的，怕人喲！」

江惜此時心神稍定，說道：

「我們搬進新厝，也有一個月了，亦沒見到牠出來。況且，牠的洞穴離雞窩這麼近，不是我胡說，亦沒見到那些雞仔有損傷。這點大家都清楚。蛇吐信，是一般現象，不見得表示牠要傷人。」

大家面面相覷，想想先生娘的話也沒錯。不過，要他們日夜與條大蛇共處一處，實在也叫人心驚。

巧春首先發難：

「先生娘，或者這次我們人多，嚇著了牠。萬一下次……我可是很怕哩！想想看，我一個人在灶腳，三餐煮食，還得洗衣清潔，全在這天井四周出入。不說別的，光晾衣服這件事就夠人腳軟了，那石頭堆就在腳邊，誰知那東西什麼時候會悄無聲息的爬近腳下……」

江惜還未答話，忽聽天龍走進來發話：

「什麼事這樣驚天動地的？」

「先生呀，有條烏青蛇，這麼粗——」巧春以目擊者的身分，絮絮向天龍敘述，金釵也在旁加油添醋的補充著。

天龍蹙著眉聽著，東山便趁勢說了：

「我們想把牠解決掉，免得和蛇穴為伍，日夜不安。但先生娘說那蛇不傷人，我們也別傷牠。」

天龍想了一下，說道：

「按理，蛇是暑熱時才出來活動，冬天牠要冬眠蛻皮。我們搬來這個把月，也沒人見牠出現，雞仔食物亦無損失，所以先生娘的話是有道理。」

阿惜一聽，丈夫支持自己的想法，不覺膽壯氣足，趕緊說道：

「萬一是個吉物，傷了牠，豈不破了自己的好處？」

「可是，我在灶腳工作，萬一牠爬進來，我可怎麼辦？」巧春第一個發難，她著實被方才那蛇昂首吐信的驚悸場面嚇壞了。

天龍說了一句：

「個把月啦，牠若要進去，早就進了，還留到今天？」

但是這句話仍難杜悠悠眾口，天龍思忖半天，對眾人，亦是對憨財仔說道：

「早上病患如果稍少，囑他們下午再來，憨財仔趁這時候帶我到下街仔去訪阿水師，他這一兩年在這裏蓋房子，一定見過那長蛇，不然動工期間，敲敲打打的，也必驚擾過牠。阿水師特別留下那棵大榕樹，不是平白無故，只是沒對我說破而已。」

說完以後，又轉頭對江惜說：

「妳看看屋子裏有什麼吃的，給我備辦一份禮，好做伴手，送給阿水師，彼此有話直說。」

這件驚擾事件，暫時就告一個段落。天龍回到前面診療室為病人看病之前，私下對妻子嘀咕：

「按理，我應該沒得罪阿水師才對。蓋房子期間，該有的禮數，我不曾少；不必有的優遇，我也做了。何以他這件事不曾對我明說，鬧得一屋子人心惶惶？」

江惜心裏亦有懷疑，但她仍安慰天龍說：

「這亦無妨。既是我們發現了，壞的也藏不住，最多我們再找個風水師來看看，想個辦法破它即可。如果是好風水，那豈不甚佳？是不是因此阿水師才不肯先說破？」

天龍無由置可否，想想又加了句：

「拿個紅紙，我包一個紅包給他，五塊錢吧。若是先前多有得罪，看在此番這五元錢的份上，他亦該盡釋前嫌才對。」

夫妻兩人商議妥當，天龍自去前面看診。江惜則趕忙備辦禮物，封了紅包，準備給天龍帶去阿水師那兒。

天龍約莫十點許，坐了憨財仔拉的自用人力車，穿著白夏麻布襯衫、白西褲，戴了頂大甲紳士帽出門去了。

江惜坐不住，又趕忙吩咐下人，不可將有蛇出沒的事講出去，亦暫時不准向孩子們提這件事，只防著他們走近那石頭堆就是。

想著碧山還在襁褓，江惜特別叮嚀金釵：

「先生可只這一點血脈，妳千萬要留神，千萬別傷到碧山、嚇到碧山，好好的看著他，要留下他一人在搖籃，不！最好別將他一人留下，要有人看著。」

從頂街過溝到下街去，其實不甚遠。但阿水師住的地方彎彎曲曲，不甚好找。天龍擔心阿水師一早出去幹活，自己怕會撲個空，白走一趟。但事出緊急，若是阿水師出外工作，知道地點的話，天龍準備趕到工事地點去問他。

幸好，終於來到阿水師的住處。而且，天龍尚未下車，就看見阿水師坐在廳堂裏抽煙葉。

葫蘆墩是個好地方，由於氣候合宜，又有大甲溪和大安溪可供灌溉，因此物產相當豐饒。農產品除了稻米之外，尚有竹和煙草等經濟作物。

農民在先期稻作收割之後，大約每年的十月左右，開始種植煙草。煙葉長得非常巨大，次年的三至五月間即可收成。農民全家總動員收摘之後，將煙葉烘到半乾，再繳交至專賣局去，製成紙煙。

但摘下來的煙葉，農民往往會私下多少留下一些，將之剪碎，用煙斗抽著享受。

「先生！什麼風吹您來這歹所在？」阿水師一見天龍坐人力車來到，略略有點吃驚，但亦好似早在預料之中，連忙出聲殷勤招呼。

天龍笑咪咪進屋，順手將帶來的禮物遞給阿水師，回道：

「特地來拜望，有事請教。」

「趕快請坐，我叫他們泡茶。」

「不敢勞煩！」天龍用手勢阻止阿水師，說道：「有要事請教，就不必彼此拘禮了。」

阿水師聞言坐下，臉上表情也變得嚴肅起來：

「不敢，請說！」

天龍清清喉嚨，又有顧忌，不禁猶疑起來。萬一，阿水師並不知道那條蛇的事情，自己貿然說出，豈不弄巧成拙？自己今日這一趟，是否有些冒失？想到這裏，天龍臨時改口道：

「最近不曾出外工作？」

阿水師察言觀色，知道甘天龍此行絕對不是來和他談天說地的，因此，他一邊答話，一邊就主動希望引出天龍談正題：

「前兩日才剛結束了另一個地方的工作，這一年多來，忙先生那大厝，結結實實做了數百日工，真還應該讓自己休息一陣子——不知道先生對那房子可還滿意？」

天龍見阿水師主動將話引到自己的宅第來，他即刻自懷中拿出那個準備著的紅包，雙手遞了上去，懇切的說道：

「今日就特為這件事，前來向阿水師道謝，勞您費心，住得極稱心。」

「那怎麼好？」阿水師用手推開那紅封袋，說：「承先生給我那大工事，一年多無須擔心生活；且先生又禮數周到，阿水真是感激。這個紅包，阿水萬萬不敢收，沒這個道理。」

「您收下，我有事請教。」

天龍堅持要阿水師拿著紅封袋，這才又開口：

「是這樣的，我家牽手今日在後院，被一條腕口粗大的烏青蛇嚇了一跳，那條蛇爬到灶腳外吃雜物，見到人，被女人尖叫嚇得又逃回那棵大榕樹下的石頭堆裏。那棵樹和那石堆，都是原先就在那裏的，我因此來請問，在施工那一年裏，是否見過那條蛇？」

「確曾見過。」阿水師點點頭：「但不敢張揚，怕那些工仔不知好歹傷了牠。」

原來如此！

「何以阿水師不傷牠，亦不曾告訴我？」

「先生，您不覺得那條南蛇頗有靈性？牠不傷人，但亦不避人，府上住了這許久，可曾發現雞仔、食物有損？」

「是不曾聽說。」

「那就是了！」阿水師露出笑容：「我曾見牠捕鼠。且見我時，亦不甚走避；但遇到那些工人在做工時，牠又不肯出來。這不是有靈性是什麼？牠知道誰會傷牠、誰不傷牠，所以有時肯出來，有時不出來。我因之跟先生建議，不要砍那棵大榕樹，以免破了牠的棲身之處。很可能，那是一個好風水。」

天龍沉吟著，說出了疑慮：

「人蛇共處，總是心裏不安，家中又有襁褓小兒。」

「先生，依我看，那蛇無害。而且，非僅無害，絕對有益。」阿水師篤定的告訴天龍：「人家不是說，草尾蛇是土地公的女兒？貴宅院後面緊鄰土地公廟，這說法有些根據。」

「草尾仔蛇是土地公之女？這我倒是第一次聽到。」

「就是因為有這說法，我才不敢砍樹毀牠的巢穴。先生待我甚厚，我也希望那風水讓先生大發特發，世代昌隆。」

「依您金口。」天龍依舊有些拿捏不定：「蛇類不比鳥禽。如果是鳥窩燕子巢，自然不去動牠，但——」

「先生，我癡長您好幾歲，您聽我一句，千萬別去動牠。不然就枉我為您瞞過那些工人的一片心！據我看，那南蛇是吉祥之物，千萬別去傷牠。」

「我且想想。」

天龍告辭出來，心中亦無結論。腦海中亂紛紛，千萬種想法。

憨財仔拉了一會兒車，忽然慢下腳步，回頭問天龍：

「先生，要不要在龜仔水的店裏買些綠豆椪回去？」

天龍一聽，煩心的揮揮手，表示一路回去。

那龜仔水是個偏名，起因乃背有些駝，像個龜殼，人家就如此稱呼他。他店裏做的綠豆椪，全葫蘆墩有名。

又走了一會兒，忽聽憨財仔在前頭發話：

「南蛇無毒，就是被咬也不會太要緊。」

憨財仔有些憨傻，因以得名。一聽他說了這話，天龍不覺輕斥：

「講這憨話！好好的，放著讓蛇咬！」

回到家，天龍趁著午飯時刻，略略將阿水師的話轉述了個大概，但亦不敢太強調風水之說，只將重點放在這南蛇不傷人之上，何況：

「草尾仔蛇是土地公的女兒。」

這種民間傳說很能服人，大家對那尾蛇因之又敬又畏，不敢再有人堅持要去搗牠的穴了。

天龍明白交代巧春：

「若有飯菜或肉類，就為牠準備一份，放在固定的地方。」

這話很明顯便表示非僅不去傷蛇，甚至還將之視為家中豢養之動物了。

巧春雖則心中害怕，但既是主人吩咐，她亦只好忍受著腳尾發冷的懼怕，嘗試著和那長物和平共處。

雖則如此決定，但天龍私下仍不忘叮嚀江惜：

「別嚇著孩子，尤其是碧山，不要讓他一個人躺在搖籃裏，隨時都要有大人看著。」

就在全家上下戒慎恐懼的防範氣氛中，那尾南蛇時不時會出沒一下，不一定什麼時候，也不一定出來多久，但牠似乎謹守著自己的戒律，既不咬人畜，亦不傷建物，很安分的吃著巧春為牠準備的肉類和雜食。

牠亦只在天井中活動，從來不曾逾越門檻進屋子一步。

久而久之，甘家上下視牠如家中一寄居而無涉的房客，任牠自由來去，彼此相安無事。

巧春，以及碧湖、碧釧兩姐妹，偶然撞見牠昂首吐信咻咻而過，似乎也了無懼意。

說也奇怪，甘天龍「濟世醫院」的生意，自搬遷至這大宅，一天好過一天。頂街、下街雖都有新起的西醫院，但絲毫不曾影響他的生意。

天龍茶餘飯後偶然想起，不得不憶及阿水師的話，也許那南蛇，真是個什麼旺宅的風水亦未可知。做人嘛，順天應人，加上要打拚，大約是錯不了的吧。

生活雖有些倦怠，但上天待他確然不薄，這是天龍不敢或忘的事。畢竟，他什麼都有了；別人窮畢生之力，也許還沒有他一半的福分呢。

人不該奢求。有一天，天龍終於看到了那尾家中人人都看過，只有他緣慳一面的南蛇！他看著牠施施然橫過半個天井，昂首吐信，像個南面王般，睥睨一切又悠然自得的行至灶腳外。

天龍不知怎的，癡癡的看著那長物，以一種驚異、欣賞、感激又莫知所以的複雜情緒。

5

入冬之後，葫蘆墩季候雖不甚冷，但濟世醫院後院的南蛇，確實有一段時間不曾出來「遨遊」了。

藥局生阿民堅稱，不久前他看過南蛇捕鼠，一口將之吞下。

可醫院中其他人，無一要信。

巧春尤其認為南蛇捕鼠有損她每日固定給牠在排水溝上留些食物的善意。她對阿民的「見證」提出強烈的質疑：

「我們可是新蓋的大厝喲，哪來的老鼠？尤其是像你所說的那麼大的一隻！」

「難道我會騙人？我騙妳有什麼好處？」阿民悻悻的辯解：「這房子新蓋的沒錯，但這塊地可是自古皆有，何況我們還留著那棵大榕樹，隔壁土地公廟是間老廟，年深日久，難保不會有那些鼠輩。」

金釵也有意見：

「人說蛇能捕鼠，這話必不假。不過，新厝之中，就是有鼠，為數必少，這極少之數，也早就給那老神在在的南蛇吃光了，哪裏還留得到等我們搬進來，又住如此久，才被阿民看到？」

一聽兩個女人如此說，阿民頓覺十分無趣，有些老羞成怒般，忿忿說道：

「隨妳們怎麼想，反正我不再和妳們這些查某番講話！」

車伕兼雜役的憨財仔這時終於打破沉默，說了自己的看法：

「老鼠無所不在，野地、水溝，處處皆能繁殖，實在也不能肯定的說，新厝就沒有老鼠。」

東山此時不免嫌大家無聊：

「蛇吃不吃鼠干我們什麼事？大家竟為了這種事爭得面紅耳赤，這才是無事找事做。」

醫院內，有關蛇的爭論方自不休的喧騰，醫院外，不想也有人知曉這件事了。

這一日，天龍在看診之中，來了一個訪客。

「先生，真歹勢呀，您在百忙之中，跑來叨擾！可是像您生意這麼好，無時無刻都是患者一大堆，任何時候來都算叨擾，因此我亦只好不管這些了！」

來者正是在鎮上以介紹各種買賣、生意為生的掮客劉四方。當年，濟世醫院這塊地的取得，正是他的說合。

由於新厝住得不錯，天龍對劉四方，多少便存點感謝之心而有些擔待了。

「啊，是劉樣！什麼風將你吹來？」

「不敢、不敢！特來拜訪！」

天龍邊寫病人的問診書，邊問道：

「有事嗎？是要邊看病邊聽您講，還是可以等一下，待我看完病人再談？」

劉四方笑嘻嘻回道：

「我等一下好了！外面只剩兩個病人，我索性等一下，等會兒專心談。」

天龍看好病，約莫過了十來分鐘。他邊洗手邊聽劉四方的來意。那劉四方卻問起後院的事：

「我聽人說了，先生後院有一尾長蛇，不傷人畜。」

「是有這事。消息傳得真快。」

「恭喜先生了，這是大喜！福地福人居，求也求不到，一定是先生濟世救人，祖上有德，才有這福報！」

「那豈不也得謝謝先生？」天龍嘴裏應酬著，心裏卻不免犯嘀咕：特為來這一趟，不會是專程前來說這件事的吧？掮客的佣金都給清，事實也相當優厚，不知劉四方此來何事？

「哪裏哪裏！」劉四方笑嘻嘻說明來意：「我今日來，是再來給先生通報好消息的。」

「既是如此，我們換個地方坐吧。」

天龍將客人延至會客室去洽談，旋即吩咐東山叫裏面泡茶。

「先生每日，由睜眼到休息，看了不少病人吧？」劉四方顯然還不想直指事情核心。

天龍不知這話究竟意欲何指，只能謹慎本分的回答：

「也就是這樣了。在葫蘆墩住久了，都是一些老病患。」

「先生人旺運旺，該當做點投資事業，錢滾錢，不用怎麼操心，越滾越大，勝似現今這樣，從早為人看病，到晚才休息。」

天龍笑笑，不卑不亢說道：

「看病是本業，我亦不覺苦，半是濟世救人。其他事，我實在不內行。」

「是啊，看病自然是本業，不能放棄。我是說，先生可以選一兩種事業做投資，毋庸自己去經營，只要出本錢，交由內行的人去執行，屆時分紅享受利潤就好。」

「天下有這麼好的事嗎？」天龍對目前的生活算是七、八十分的滿意，並不想為錢多傷腦筋、多花精神。

「先生，您也了解我的為人，不會亂吹亂擂，胡亂說、胡亂報！要不然，如何在這一行站起？」

「劉先生言重了！」天龍不想得罪人，忙說：「我實是無暇再做別的生意。」

「無須先生另外多操心，我很明白先生十分忙碌。是這樣的，豐原下街有位林先生，他認得營林所一些日本人，最近，他和營林所談妥條件，可以用一筆錢包下雜木山，砍伐下來，我們找製材所裁成各式木材，市場很大。」

好的木材大約都是長在高山上的針葉樹，那是國營林場。至於雜樹林通常山勢較低，生產的林木經濟價值亦較低。政府當局，常以某一價格，包給私人砍伐。

葫蘆墩距大雪山及八仙山林場很近，是有名的木材集散地。

天龍聽了劉四方的提議，一時亦無太大的反應，畢竟這是他本行之外的事，所謂隔行如隔山，難怪天龍淡然。

「這位林先生，本身對木材很內行，從木材的好壞、砍伐、製材等等，都有經驗，問題是沒錢。所以要找個人合夥，一個人出錢，另一個人出力，這件事才辦得妥。」

天龍沉吟著，實亦不想沾染另一個自己不懂的行業。

「先生，看病行醫自然是不會虧本的生意，但這伐木製材，利潤更大，若非對方沒本錢，不然誰肯將利潤拱手讓給別人？先生，您可以信任我——」

「我不是不信任你。」

「營林所有位片岡先生，說他認識您，是他建議林先生來找您合作的。」

片岡曾來濟世醫院看過幾次病，亦曾和天龍有過交談，天龍對他有些印象。

「事情這樣說，實在不容易了解。」

「正是，正是！」劉四方急忙說：「如果先生想多了解一些情形，我安排先生和林先生見面，兩人當面說一說，事情就很清楚了。」

「這是可以的。不過，」天龍客氣而婉轉的說道：「總要我認為事情可行了，才決定參加；萬一——」

「那是當然，那是當然！」劉四方急忙應允：「又不是強徒，豈能強人所難？」

「劉先生言重了！」

「這樣吧，晚上在蘆山閣，由林先生做東，請先生光臨。」

天龍一想，他叨擾那一餐，萬一不想合作，豈不叫人破費？因此，他說：

「我來做東才是正理。請林先生為我說明，在我是增長見識，理該我做東才對。」

「做東的事，屆時由先生和林先生會面當場再決定，我只負責撮合雙方見面洽商的事。」

當晚，甘天龍由車伕憨財仔送到新町的蘆山閣去。

新町是葫蘆墩地區的風化所在。甘天龍在此地行醫十餘年，今晚是首次踏上這一地區的地頭，一切都很新鮮。

走桌的侍應生，將天龍延至二樓，劉四方與另兩名男子，早已在座。

三個人一見天龍來到，不約而同趕快站起。

劉四方指著一中等身材，年約四十的漢子介紹道：

「這位是林新春先生，雜木山就是他和營林所洽談的。」

天龍伸手向林新春，兩人熱情的握了握手，互道幸會。

劉四方另外介紹在座那位略矮稍胖的男子：

「這位是蔣木譚先生，是林先生的舅子。」

四人紛紛就座，寒暄了兩句。

走桌的侍應生跑來詢問：

「可要叫個藝妲來陪酒？」

天龍不嫻熟這些酒樓場面，愣愣望著侍應生不知回應，倒是劉四方很熟門熟路的轉頭問著天龍：

「先生，您是愛聽曲呢，還是找個會猜拳划酒的頂色藝妲？」

天龍一聽，半是初來乍到的生疏，半是出於害臊而顯得有些手足無措：

「我並不——看林先生及各位的意見。」

林新春此時充滿笑意的對劉四方建議：

「先生既是初來，我看叫兩個會唱曲和拉三弦或彈琵琶的來，再叫校書先生來拉弦，熱鬧、熱鬧。」

「就這樣吧。」劉四方轉頭對走桌的吩咐：「要三個年輕好看的。」

走桌的剛走，蔣木譚便笑問甘天龍：

「先生酒量如何？」

「不行。平常不常喝，沒時間也沒興趣。」

劉四方忙替天龍解釋：

「先生的患者很多。」

「那倒也不盡然。」天龍笑著說：「診所就是這樣，其實和小店差不多，門開著，等客人上門，有客沒客，都只好候著，既不能走開，亦不能關門。」

「醫生這行業的確不錯，坐在家裏，盡是收入，反正沒時間去花錢。」

劉四方的話，讓在座諸人都笑了。天龍有些尷尬，問道：

「林先生和蔣先生，一向做些什麼行業？怎會對伐木有興趣？」

林新春答道：

「我丈人家原是墾地的，我舅子跟著我丈人做了十幾年，算是很有經驗。至於我，實不相瞞，只是個包工頭。那日本人片岡，和我舅子相識，原來是問我舅子要不要包下那高山林場，專門揀滾落山下和掉到溪圳之中的遺木。但揀落木是小生意，我舅子想，既要做，何不再包個雜木山頭來伐，工程大一點，亦較有利潤。」

林新春口中所說的舅子，乃是指在座的蔣木譚而言。

蔣木譚隨即將自己和片岡所談的各種條件一一說出，隨後加上自己的優勢：

「我手邊可調到五到八個工人，按照期限，足足有餘；我初步算了一下工資、運費等種種開銷，應該可以有兩三千元的利潤。如果雜木中有好一點的木材，應該還不只這個價。如甘醫生應允了，改日我們一道上山去看。」

「製材所方面，我有熟人，二十年交情，不會讓我們吃虧。」林新春又補充說明。

「這是大生意，先生也清楚了！本錢粗，但利潤也可以，上、下游我們全摸熟了，只欠資金而已。這生意萬無一失，即使發生什麼天災也不會有損失，除非大火山。」

「這什麼話！好好的，你偏去提什麼大火山，簡直——亂亂來！」林新春出言責備他的舅子。

天龍估算一下，問道：

「如果要做，本錢和利潤怎麼分攤？」

「是！我來算一算給先生聽，看這樣您覺得如何？」蔣木譚傾身向甘天龍，準備細說。

這時，走桌的侍應生喊了聲「失禮」，說道：

「阿姐們來了，是兩位。另有弦仔先生。」

所謂弦仔先生，是指伴奏拉弦的先生。

首先進來的是一位十八、九歲的年輕藝妲，伊的秀髮及肩，分別在臉蛋的兩側綁成兩束；這年輕藝妲穿的是白底紅楓葉的綢唐衫，體態婀娜，手上提著一把三弦。

第二個進來的藝妲年紀大些，大約有二十二、三歲的樣子，眼波流轉，顧盼嫵媚，身段比前一個略略高些；伊亦穿著櫻花圖案的唐衫，脖子上圍著一條白色的長圍巾，圍巾兩端綴著長長的流蘇，看起來十分時髦。伊的髮式是鉸剪眉，劉海剪到齊眉，腦後卻是一類似日本婆子的高髻，卻又有些像貴妃髻的豐麗後髮。她是光著手進來的。

最後一個進來的，是位五十開外的拉弦先生，人佝僂乾瘦，像個癆病鬼般。

本來要出聲責問：何以要三個藝妲，卻來兩個的劉四方，此時見那兩個貌美姿態嫵媚的藝妲，頓時罵不出口，反而改口說：

「這兩位阿姐，唱什麼曲？」

蔣木譚笑著緩頰：

「先讓拉弦先生和阿姐們坐下才是，哪有忙忙要人拉弦唱曲的？」

「正是，請坐請坐。」林新春笑笑在旁插嘴。

拉弦先生首先坐到最靠裏邊的凳子上去，接下來是那年長的藝姐，再其次才是那年少的藝姐。

拉弦先生向客人們深深鞠躬，謙抑中帶點自持，開口說：

「我是深目仔仙，請多多指教。這位是明秋，彈三弦的是杏春。」

年長的明秋和年少的杏春，同時微微頷首，對著客人福了福。

「明秋和杏春，有春有秋，莫非是姐妹掛牌？」老馬識途的劉四方，此時就仗著這點「經驗」，出言詢問。

所謂姐妹，其實並非真正骨肉，而是由同一個老娼當養母，分別領養來習藝接客，領有藝姐間執照的同門藝姐。

那年長的明秋抿著嘴笑笑，回道：

「先生好識見，杏春正是我的小妹仔。我們都是一枝春的姐妹淘，以後還請多多照顧。」

明秋說話時，拿眼分別環視在座諸人，最後又回眸看了一眼甘天龍，笑了一笑。

天龍發現她笑時，頰旁有兩道深深凹進去的酒窩，令人印象深刻。

「不知道客人們喜歡聽什麼曲子？」深目仔仙拿人錢財，本分的就要開始工作：「我們兩位姐仔，會唱北管、小調，日本曲子亦會幾首。不知客人想聽什麼？」

蔣木譚大約來慣這種地方，因此處處有做主的意願；不過，他也很顧著天龍是第一次來，又是財主金主的地位，因此便說：

「我們甘醫生是主客，他是第一次來酒樓，叫藝妲出局、演唱，所以，我看你們揀些熱鬧的戲曲唱唱吧，務必要讓我們甘醫生開懷。只要醫生高興，自然衫帶錢多些。」

衫帶錢就是召請藝妲陪酒時，除了付藝妲的出局費用和演唱錢之外，額外給藝妲的小費，一般叫衫帶錢、賞錢、賞或賞封。

這種衫帶錢，由客人給藝妲，再由藝妲分給「走桌」的（即服務生、侍應生之類）和廚師的小額禮金，稱為小彩。

天龍第一次在召請藝妲的酒樓宴飲，心情相當緊張。倒不是因不諳行規怕破費，事實上他一直相信，這世間只要能用錢解決的，都不是難事。怕的是錢解決不了的事。

天龍所以緊張，是因他不曾涉足這種聲色場合，怕有所踰越，惹人笑話。而且蔣木譚他們，又口口聲聲將他提出來講，讓他沒有觀察和學習的機會而手足無措。

那明秋眼一瞟，未語先笑，睨著甘天龍說道：

「原來是醫病的先生！難得這麼年輕俊俏，又這麼潔身自愛，我們今天是福氣呀，坐到甘醫生的番。」

「是呀，甘醫生愛聽什麼曲，我們就唱什麼曲。」那年紀輕的杏春，笑咪咪的附和著明秋。杏春其實約莫比看起來的年紀小，因為出局陪客，打扮總是濃豔一些，看起來會比實際年齡老成些。杏春的聲音很亮，還帶點童音。

接連被在座諸人如此相拱，天龍亦覺不甚自然，他勉強自持，淡淡的掛著笑容說：

「大家相聚，自然是大家快樂為主。我不曾來過，不知妳們流行唱什麼曲，一切就由校書先生做主，選些熱鬧的曲子唱來聽聽。」

深目仔仙點點頭，半是讚賞半是客套，說道：

「不愧是讀書人，如此識禮。既然如此，我們就彈一些北管吧。」

那北管曲又稱亂彈，是用北京話唱的，藝姐一般皆不諳北京話，全是照音拼湊硬背下來的。北管戲熱鬧，日本治台後的昭和年間，已取代過去流行的南管曲，而逐漸在酒樓和藝姐間風行起來。

深目仔仙放下拉弦，換上鑼鼓，準備伴奏，又說了段「前話」，算是向客人介紹：

「人說，呷肉呷三層，看戲要看亂彈，這亂彈就是北管，全用北京官話唱的。諸位，聽了——」

鑼鼓聲中，明秋揚著聲音唱將起來，天龍只見她，時而皺眉、時而嬌笑、時而憂傷、時而快樂欣喜，曲子唱的什麼，並不知道，但是明秋臉上的表情卻十足豐富。

一曲既罷，大家鼓掌叫好！明秋嫵媚的對眾人福了福。

接著，杏春拉起三弦，開始自彈自唱，天龍一聽，是七字調，用福佬話唱的，倒聽得出曲子在唱什麼。

杏春聲音高亮，論音色，實在比明秋要好；但杏春的聲音裏，少了明秋那份慵懶和滄桑，聽起來就不那麼有味。

一場筵席，在藝妲歌聲彈唱之中，輕鬆而熱鬧的進行著。

甘天龍幾杯酒下肚，慢慢亦放開襟懷，少了矜持，自然的有說有笑起來。

由於氣氛不錯，所以生意的事，談得亦很融洽。天龍第一次涉足這種場合，又是第一次從事醫生本行以外的生意投資，到了這個時候，要說「不」，似乎已嫌太晚，而且亦很難說得出口。他因此把心一橫，暗自下了決定：也罷，總也得跨出這第一步，生意若做得順，一本萬利，強似他一個病人五角、一元的看診！這第一宗投資，只求保本就好，不必賺錢，掙他一種經驗！

由於生意談成，蔣木譚和林新春便執意做東，包辦了酒席和藝旦出局、演唱及衫帶錢。天龍一來不知如何打發藝妲，二來又掙不過蔣、林兩人，因此也就做了客人。但他又不好白吃白喝人家的，所以忙忙便說：

「下次簽約以後，我來做東，順便給大家打打氣。」

林新春揮揮手，說道：

「既然合夥，大家都是兄弟，何必請來請去。」

劉四方愛湊興，兼且又可賺吃賺喝，便駁了林新春的話：

「就是兄弟，才好互相請來請去。」

剛剛才向在座客人各敬了一杯酒的明秋和杏春，一見大家都意有未盡的樣子，即刻力邀客人到她們的藝妲間去做「二次會」：

「既是如此，何必等到下次？此刻就轉到我們一枝春去，繼續喝酒唱曲，大家盡興盡興。」

新春和木譚才剛猶疑了一下，那中人劉四方馬上攛掇：

「這不正好？選日不如撞日，正好今天生意談成，再到一枝春去消磨消磨，也算慶祝。」

天龍拿出懷錶一看，已過十點，怕是晚了。今日提早休息，少看許多病人，怎好再荒唐下去？

「先生在看時間，只怕歸心似箭。明秋和杏春，這是妳們兩位，今日伺候得不好，先生才急著回去！」劉四方惟恐天龍一走，晚上的「二次會」就泡湯，因此就忙忙拿語言激雙方。

那明秋與杏春兩個藝妲，早就被訓練得很精於察言觀色，況且如能拉客到藝妲間，收入更好，因此兩人異口同聲便挽留天龍：

「先生，您聽這樣說，今日若是不到一枝春，我們姐妹倆可是不能做人！」

「是啊，難得大家有緣，再去我們那兒坐坐，不然，只怕傳出去，我們姐妹沒面子！」

天龍尷尬的解釋著：

「不是嫌什麼，實在是因診所太忙，今日已出來三個多小時……」

「沒有人十點後還看病的，平常這時候，先生應該也早就休診了。」

「是呀，做醫生也該休息休息，賺錢有數，性命要顧呀。」

「不是如此，」天龍訥訥的企圖辯白：「明日一早還得看診。」

「知道了，先生是怕先生娘不高興——」明秋抿著嘴，瞟著天龍直笑：「若是會害您回去麻煩，我們就不敢相強。」

明秋那話是激將，又是以退為進、欲擒故縱。那劉四方一聽這話，忙忙說道：

「沒這種事！先生娘最賢慧了！」

天龍在眾人你一句、我一句的慫恿下，只好「慷慨赴義」，和另外三個人，一起來到一枝春。

一枝春距酒樓尚有幾十步遠，出得酒樓，憨財仔拉著車便迎上來。

天龍只好對他說：

「還有二次會，就在前面一枝春，我走過去就好。」

劉四方此時自做主張，打發憨財仔先回去：

「憨財仔，你先回去，先生待會兒叫別的車回去就好。順便向先生娘說一聲。」

憨財仔正不知如何、進退維谷之際，天龍亦開口要他回去：

「這一盤旋，不知到幾點，你自回去睡吧，我等會兒叫車回去，不然，走路也不遠——就不用等門了。」

天龍最後一句話是對江惜的交代。

憨財仔見是要去藝妲間，想想時間難料，自己留著等，天龍亦不便，因此只好拉著車子回醫院。

一枝春是三層樓的樓房，進門處有兩塊木牌，刻的正是明秋和杏春兩個藝妲的花名，表示她這裏有兩張經過官方許可的「執照」。

一夥人直上二樓，老娼梅子忙著招呼他們，又忙不迭拿出裝有香煙的盤子來敬煙。

這一著並不是單純的敬煙，而是所謂的壓煙盤，老娼敬客人香煙、蜜餞或瓜子，客人回報她們的盛情招待，必須包紅包給她們，俗稱壓煙盤或點煙盤。

林新春、蔣木譚各給了一塊錢紅包，輪到劉四方時，則伸手在口袋中摸索半天，久久掏不出半文錢出來。

天龍見狀，自口袋中拿出五塊錢，放在煙盤子上面，說道：

「劉先生的，一併給了。」

老娼梅子，以及明秋、杏春，一見天龍人長得體面，是醫生，又出手大方，不禁都使出渾身解數，希望套住這恩客。

由於剛剛才吃過酒菜過來，所以老娼便到酒樓裏叫了幾樣精緻稀奇的菜色來佐酒。

明秋傍著天龍，又是曲來又是酒，說不盡的曲意承歡。

天龍由於平日少飲，兼且又摻雜喝了兩種酒以上，所以「二次會」才開始一個多小時，他就因不勝酒力而被明秋攙到後面去嘔吐一番。

吐完整個人軟綿綿的，天龍堅持要回去，其他人包括藝妲間的明秋和老娼梅子都指望將他留下。

天龍此時真是後悔；千不該、萬不該將憨財仔遣回！否則此時由憨財仔送回去多穩當。

蔣木譚看上杏春，林新春和劉四方亦指望到別處找藝妲陪宿，因此都慫恿天龍留下。

天龍半是吐後辛苦，半是也對明秋的殷勤動了心，所以横了心腸決定留宿。

蔣木譚因天龍係他帶來，怕天龍出手大方吃了虧，所以趁明秋走開時偷偷對天龍說道：「人家說：請東請西，唯有女人錢是不互相請來請去的。所以，這裏的費用，我們各自負擔——通常是這個數。」

木譚比了個十元的手勢，天龍會意。

那明秋依著天龍，半扶半架的將天龍弄到一個套間去。

那房間內，有張八仙桌和兩張太師椅，裏進還擺著一張雕有龍鳳麒麟的紅眠床，縷紗帳子兩邊掛起鉤著，兩旁還垂著繡布劍帶。一屋子充斥著一種氤氳的檀香味，聞起來香而不膩。

天龍其實已經醉過、吐過，他原不是沒有酒量的人，只是因為不曾這樣濫喝過，同時又在短時間內喝了兩種不同的酒沖到，所以才導致大吐。

明秋扶他進來時，他其實人甚清醒，只是有點虛；他原告訴明秋不用扶他，但明秋一意要扶，天龍倚在佳人軟玉溫香的身側，自然也不會執意排斥。

明秋讓他坐在太師椅上，卻站到房間外，用力拍了拍手，只聽老娼在問：

「先生要些什麼？」

「阿娘，叫招弟泡杯上好烏龍給先生解酒，另外要盆溫熱的水，一條新毛巾。」

吩咐始畢，明秋便走近天龍身邊，跪在天龍腳前，伸手去解天龍的領帶。

「先生，我來幫您寬衣，這樣紮著脖頸，未免太不舒服。」

天龍是個新派人，一入台北醫學校便剪了辮子，比台中聞人林獻堂提倡的「剪髮會」還早了好幾年。日常穿著，也以西服為主，恐怕和他是個西醫有大關係。

此時，只見明秋跪在地上，微仰著那張瓜子臉，帶著甜甜的笑容在為他解著領帶和襯衫釦子。天龍兩手輕輕扶著她的腋下，想要將她拉起：

「別跪著，站起來吧，地上涼。」

那明秋風塵滾慣了，趁勢仆在天龍懷裏，一張臉就在醫生懷裏摩挲復摩挲，兩隻手臂則在天龍背後，時而細揉，時而用指撩撥。

兩人正在不可開交處，卻聽著一個粗嗄的女聲在門口「嗯哼」兩聲，說道：

「明秋姐，臉盆水來了。」

明秋手撐椅子，自天龍身上站起，扭轉身子，對招弟揮了揮手，示意她拿臉盆過來。

招弟生得醜陋，尤其是兩隻鴨母蹄（意即平板腳）更是不堪入目，也許就是因為這樣，才被老娼買來當嫺婢使喚，而無法像明秋或杏春這般，無須做粗活，只耗工用自然本錢討生活吧。

招弟捧著臉盆放到臉盆架上，又將一條新毛巾掛到毛巾架上，返身要走。

明秋冷著聲問道：

「叫妳泡的茶呢？」

「還沒泡。我一次只能做一件事呀。」

「還頂嘴！」明秋出手擰招弟的手臂，啐道：「做事情如果有這張嘴的一半厤利就好了。」

招弟「唉喲」一聲，用另一隻手去揉被擰的手臂，恨道：

「會痛吔！」

明秋笑道：

「不痛我擰妳幹嘛？快去端茶上來！」

招弟嘀嘀咕咕一路恨恨的去了。

明秋轉頭又換上一張甜滋滋的臉，笑對天龍說道：

「這小孩不受教，自五、六歲來，一直不長進，人懶，不肯用心。」

天龍笑答：

「她要懂得長進，也不用做人嫺婢供使喚了。至少可和妳一般，打扮得水水的，猜拳行令、唱曲彈琵琶了，是不是？人天生是不相同的，不相同才有各行業。」

明秋又依偎到他懷裏，柔聲說道：

「我也並不是都快樂呀，客人裏要像先生如此有緣分又有恩義的，可並不多。但先生只怕日後不常來，所以今天我的快樂，日後反成痛苦呢。藝妲這一行，即使相思成病也沒用，我們是只能在店裏候著客人愛來不愛來哩。」

天龍沒有說話，一來是所言皆實，本來如此；二來，「茶店查某若有情，你家公媽就無靈」（意即：妓女若有真情意，家中祖宗就不靈），如何能和一個初識的藝妲論及交易以外的其他呢？

見天龍不語，明秋又膩了上去：

「哪，先生日後常來嘛，不用到酒樓去，直接來我們這兒，開銷自然少了一半。」

天龍笑著摸摸她的後背，半玩笑道：

「我還沒坐穩，妳就和我談下次了，莫非要早早攆我走？」

「唉喲，怎說這話？這就是我的不是了！我因為太愜意先生，口不擇言，您莫見怪！」

「開開玩笑罷了，別介意。來，幫我把西服掛起。」

明秋原是到了賺吃的最高年限二十五歲了。由於學藝不精，人也並非絕色，又因蹉跎錯失姻緣，所以至今還在娼門。

藝妲到了這個年紀，既非有艷麗絕倫的外貌和高雅的氣質，如「大色藝妲」之流，亦無有驚人的酒量和猜拳本領，如「頂色藝妲」；當然，更沒有人家吟詩、作畫這般風雅，可以和騷人墨客吟唱共和、附庸風雅，因此事實只能做個一般的二、三流藝妲。若有人肯迎娶，亦不是做正室或續絃的份，最多只合做人家的小妾。

即使做妾，年紀亦不能再大。否則只好像她養母老娼梅子一樣，逼近三十歲，就到處尋訪，看哪個窮苦農戶，日子過不下去，又有個年幼有些姿色的女兒，花個百多元買下來，讓小養女自小習藝，到了十四、五歲就可掛牌營業，繼承老娼的衣缽。

明秋和杏春，都是這種制度下的產物。

由藝妲升格為老娼，繼續讓養女們操自己從前做的賤業，而自己成為娼頭，事實上雖不再賺皮肉錢，但仍舊過的是送往迎來的日子。最多找個男人姘居，供養那小白臉吃軟飯。

這種「結局」，實在是等而下之，最最末流了。算來也稱得上是大不幸。

因此，明秋這幾年，非常積極的在物色恩客，看看是否能嫁個日子過得去的富戶當如夫人，勝似一輩子在娼門中沉淪。

這甘天龍，如眾星拱月般被請到「一枝春」來，在言語間，明秋弄明白，林新春、蔣木譚他們有生意要做，找天龍出資。

如此看來，甘天龍的資產應該是「不在話下」了。

就不知他那正室夫人厲不厲害？如果不是狠角色，這甘家倒是她的最好歸宿。

也許就是因為這不為人知的心願，才使她方才表現得惟恐失去機會那般心急吧。

太心急反而容易嚇走對方。

明秋經天龍那般玩笑似的提醒之後，凜然牢記於心，便只想盡心盡力、使出渾身解數的款待天龍，使他「終身難忘」。

大凡曾有留宿藝妲間紀錄的男人，除非特別不合意，否則通常都會再度光臨。明秋所圖正是如此。

她侍候天龍洗過臉、淨過手，又捧起招弟沏來的上好烏龍茶，掀開杯蓋，細心的用口吹涼，待得將將可以入口，才拿到天龍唇邊，餵他喝下。

「先生，剛剛吐過，腹肚都空了，要不要叫他們弄點清粥，填填肚子？」

天龍一聽，想想不錯，但又怕太麻煩人家說不過去，因此說：

「好是好，就怕勞煩媽媽桑和大家。」

「不必客氣，招待客人本來就是我們的本分，否則我們仰仗什麼吃飯？」

明秋說著，自天龍身上站起，照例又想拍掌叫人，忽然心念一動，決定自己下去吩咐。

「先生請寬坐。我自己下去一趟才周濟，要不吩咐那招弟，又掛三漏四的。」

天龍微微頷首。等明秋去了，他放目一看，只見房裏近八仙桌上的牆，掛著一直軸，上寫了四句草書，仔細一辨，原來是首詩：

「一去二三里，前村四五家，閣樓六七座，八九十枝花。」寫的應該是妓女戶和藝姐間。詩之好壞，他是不懂；不過，此處不是叫一枝春嗎？那詩的最後一句：「八九十枝花」，卻是有點不合，如此應該稱不得好詩吧？還是只是隨便拿來湊風雅的？

天龍看看想想，漫無邊際。只一會兒工夫，明秋又翻身進來，笑咪咪說道：

「馬上來了。」

天龍十分詫異，問道：

「酒菜旁邊酒樓叫來，我知道十分快。但這稀粥，怎的也這般快？」

「先生呀，您是一心賺錢看病，全不知外面這花花世界。您可聽過，錢能通神這話？更何況是小小的粥飯？」

果不其然，不一會兒工夫，老娼頭梅子和招弟，一前一後捧著兩個托盤上來；明秋這時也欺身近前，三個女人擺碗筷置粥菜，一下子便弄停當。

梅子笑笑對天龍屈身行禮：

「請慢用。」

隨即和招弟連袂下樓。

天龍湊近桌邊，見是一碟炒土豆、一盤菜脯煎蛋、一小碗滷三層肉、一塊豆腐乳，天龍不禁食指大動。

明秋與之對坐，偶然夾一口菜放到嘴裏，並不曾吃粥。

天龍方才吐過，有些嘴澀，又見有豆腐乳，第一筷便去挖了一角，放到嘴裏。

不對！天龍眉一皺，趕緊扒了一口稀飯！

明秋心細，早就瞧見，忙忙便問：

「怎麼啦？不對胃？」

天龍吞下那口粥飯，笑著掩飾：

「不，挖得太大，很鹹！」

一句帶過，但心裏卻不曾平靜。吃過幾處外面做的豆腐乳，這才發現江惜做的，確實高人一等！

天龍此時，想起自家妻子和一歲初生的兒子，儘管有些許不安，但迅即消失。男人家在外，誰不找點花草？「醉臥美人膝，醒掌天下權」，不是說的如此？

天龍扒了一碗稀飯，便叫撤桌。

明秋這時，更加的殷勤體貼，服侍天龍又擦了把臉，為他脫下西服西褲，換上一件寬大的和服，然後輕輕悄悄繞到天龍身後，動手為天龍捶背指壓。

明秋顯然學過指壓穴道的門道，用力剛巧，拿捏準確，天龍只覺緊張的頸項肩背，在明秋纖指拿捏之下，說不出的暢快與舒服。

那明秋，前胸抵著天龍的後背，又是輕揉，又是力壓；髮際那一陣陣特有的藝妲女人香，不時撲進天龍鼻息。

天龍忽然伸手抓住她的手腕，意亂情迷問道：

「那什麼味道？真香！」

明秋故意將自己的頭湊近天龍腮邊，然後很快又抽身而退，令天龍來摸她的手抓了空！

就在這孩子式的調笑間，天龍經歷了他這半生以來從未有過的新奇經驗。

他返身去拉事實並不曾走遠的明秋。女人那不曾做過粗活的、柔若無骨的手腕；女人那異於良家婦女的薰香；女人那種全心全意只為博取男人歡心而呈現的風情；女人那介於淫蕩和楚楚可憐間的特質……一件一件混合成蝕人的浪頭，撲打著男人那亙久屹立的胸口！將它蝕了一個碗大的缺口。

夜裏，木窗外風聲呼呼掃過，不知要呼喚軟帳裏的男人和女人，還是助興一般為他們催眠。

6

在一夜數驚、半睡半醒之間，尖著耳朵等人的江惜，一直等到天亮，那點希望之火才熄滅，徹底的接受她那十多年無外心的丈夫甘天龍，當夜宿在一個花名叫明秋的藝妲那裏之事實。

憨財仔放單、空車回來，幾乎全家上下無一不知。江惜在剎那間，只覺自己身為妻子和先生娘的尊嚴蕩然無存。

第一次，她感到在眾人環伺下的夫妻生活，直可以說稱不上什麼夫妻生活。窮人破戶，說不定還有那些打情罵俏的樂趣和自由，不必有人前人後的顧忌。要打、要罵、該撒嬌、能撒賴，甚至扯破臉來一場河東獅吼，反正沒有這麼一大家乳母、傭婦和藥局生，夫妻床頭吵床尾就和，也干不了別人家什麼事，反倒容易解決。

現時此刻，她端著個先生娘的頭銜，反倒處處都得中規中矩。

她好恨唷！可又怕得要命！

她耳聞周遭許多娶藝妲為妻或納藝妲為妾的男人事跡，她所惶然的，是藝妲乃另一族類的女人，是像她這般良家婦女所不認識、不熟知的「對手」，她不知該如何「對付」她們！

她知道即使她此刻受盡煎熬，心中有千百個疑問渴盼得到答案，當天龍倦遊歸來，面對著她，她亦無法啟口詢問，當然更不用說質問了！

長久以來，他一直是天，她是逆來順受的地。他給她生活、給她子女、給她身分，她一直是個接受「施予」的人。她不相信自己能夠去問他，即使他是她的丈夫。

那種不知和不能問的恐懼，將她逼到死角上去了。

天亮的時候，江惜聽到雞啼，聽到巧春起床到後院灶腳去汲水、起火和淘米；她聽到東山和阿民在井邊漱口交談；她聽到碧湖起床、喝粥、去上學……終於，她聽到天龍那熟悉的腳步聲自外踱行進來。

天龍拉開紙門，踩上榻榻米，不經意的看了看勉強坐起的江惜，問了聲：

「還在睡？」

江惜看著丈夫一夜未換的襪子，悶著聲音回答：

「我等了一夜的門，剛剛才入眠。」

天龍粗魯而簡單的說了一句：

「不是叫妳不用等？」

有關於他昨夜一夜未歸的重大情事，結果是如此簡短扼要在周邊上冒了點零星火焰便隨即自然澆滅。

江惜坐著，聽到天龍問，不，只是他一貫的說話方式：

「我的西褲和襯衫呢？連內衣褲也拿一套給我。」

江惜決定服從丈夫這號令，只是問了一句：

「要不要洗澡？」

「洗過了！」

天大地大一件事，眾目睽睽之下，竟然如此匆匆了局！

也不過半盞茶工夫，天龍重新穿戴好，一言不發走出去，開始看診。

阿惜擁被坐在榻榻米上，只覺一夜未睡萬般昏沉，什麼事都無法想，既不悲哀也不嫉恨，昨夜啃蝕她的諸多情緒，此刻全麻木得無感！

五天以後，天龍又在看完診時，準備出去。他吩咐憨財仔拉車的消息，由東山悄悄掩到後進告知江惜，等江惜匆匆忙忙趕到門口，憨財仔拉著天龍高高坐著的人力車，堪堪轉過街角，沒入夜影之中！

江惜扶著門檻，再次感到心底那個黑洞，赤裸裸又被撕了一個開口。

憨財仔的人力車，直接拉到一枝春門口才停下，天龍一步跨下，對憨財仔丟下話：

「不用等了，你直接回去。」

憨財仔楞楞看著天龍的背影消失在一枝春的藝妲間，這才拉起車子轉回程。

那老娼梅子不愧是久經風月的老鴇，對於客人幾乎見過即不會忘。此刻撞見天龍進門，急忙就捧上盛有鹹酸甜（即蜜餞）的盤子，跪迎嘉賓。嘴上甜蜜蜜像上了糖膏：

「唉喲，先生！這多天不來，我們明秋都想出病來了。」

天龍拿出三塊錢點煙盤，笑笑說：

「實在是忙，患者太多。」

「錢要賺，福也得享！人生海海呀，要多多樂透。」

「這不就來了？來聽聽明秋唱唱亂彈戲。」

老娼面有難色，小心的說道：

「真不巧，深目仔仙出局去了，還沒有回來。」

天龍一聽，大為掃興，說道：

「原來如此！那，就不叨擾了。」

「可是，先生找的不是明秋？」

「明秋不是出局了？」

「唉呀，今日出局的是杏春和深目仔仙，明秋早回來了。快請上來！」

短短幾秒鐘之內，天龍那顆心，先是高高提起，再被狠狠摜下，最後又輕靈靈被往上一挑，滋味雜陳。

不等上樓，那明秋早已聞聲下樓，嬌滴滴又極其興奮的倚著樓梯欄杆，喊了一聲：

「先生！」

然後便緊緊靠近天龍，兩手抓著天龍的右臂，將他請到二樓。

老娼梅子半真半假說她：

「妳呀，真不是款！讓先生好好走路吧，這樣豈不嚇著他了！」

明秋理都未理她養娘，幾乎是半趴在天龍身上上的樓梯。

兩人進了明秋房間，天龍無話找話問：

「今天沒有出局？」

「還說呢！」明秋哀怨的睨了一眼天龍，回道：「前兩日一直盼您來，就怕我出局當番，那頭走不開，偏偏這頭您又來，我因此不肯出局去，推說身子不爽快，已經好些天沒出局了！我阿母少賺很多，要跟我算帳呢。」

天龍一聽，不好裝傻，便說：「我賠妳！不要妳為難！」

明秋幽幽怨怨又愛愛嬌嬌說道：

「我不是要您賠，我圖的不是你的錢，難道您不明白？」

「我知道，只是……讓妳為難，梅子姨怕會囉唆，所以……」

明秋將他拉到紅眠床上，兩人並排偎坐一起。明秋特意笑著問天龍：

「這許多天不來，是不想我呢，還是先生娘不讓您來？」

「家裏那個，連問也不曾問，伊是個很老實本分的人。」

「這樣說來，是先生不想我囉？」

「明秋，一共才幾日不見？我每日忙到好晚，看病人是很累的，妳總不希望我來妳這兒，累得什麼都沒心情吧？」

「那就是我的不是了，誤解您啦！」

天龍聽她語氣，語多負氣，因此只好略略陪笑道：

「這些日子，季節性的關係，有幾個小孩感冒轉成肺炎，所以比較走不開。以後，既知妳在等，我得空就來。」

明秋這才轉嗔為喜，撲在天龍身上，問道：

「都十點多了，要不要吃點東西，還叫粥飯來吃嗎？」

天龍想想，吩咐道：

「叫點炒菜來下酒吧。天天在家裏吃，千篇一律就那幾樣。」

明秋歡天喜地便到樓下去吩咐老娼梅子準備。梅子見了她，愛理不理、冷言冷語說她：

「不是我說妳，黏得太緊，男人全怕妳；男人來我們這裏，無非是圖個痛快，妳如果不知檢點，又是眼淚又是脾氣，不把人家嚇跑才怪！有錢大爺，不會花錢來買罪受的！」

「說的什麼呀！」明秋兩眼一翻，一副不受教的樣子：「妳若沒偷聽，怎知我與我契兄（意即情夫）講些什麼？」

「妳看妳這不知見笑的女人！凡來一兩回的客人，全都成了妳的契兄啦！亦不知人家願不願意呢。妳不會大紅，就吃虧在這賤字上頭！」

「阿娘，得啦！我不紅，妳有什麼值得高興的？衫帶和褲底的錢都少，妳不煩呀？」明秋斜著眼看老娼梅子：「幹藝妲娼這一行，有不賤的？妳不也是自小做這行到老？龜笑鼈無尾，差沒多少啦。」

「妳這小賤婢，阿娘為妳好，說兩句，妳那牢騷比破布還長——」

「得啦，客人要喝酒吃菜，勞煩阿娘叫三、四樣菜上來，要精緻一點的。」

「衫帶錢出手三元、五元的，是可以叫精緻點的——得啦，妳上去陪客人吧。」

「深目仔仙什麼時候可以回來？今日出個局那麼久。」

「妳別指望他啦！亂彈曲有他的鑼鼓是比較熱鬧，所以今日深目仔仙不在，妳就唱點小曲子吧，反正只有他一個人，唱點體己的。」

明秋上樓，問天龍道：

「可要洗身？」

「家裏洗過了——倒是來幫我搥搥背，捏弄捏弄這脖頸肩膀。妳的手勁力道，實在甚恰好。」

明秋聞言，走過去開始動手為天龍搥背捏頸，一邊笑問：

「家裏的先生娘，不會為您搥背？」

「伊是老實笨拙的人，什麼都不會。」

「那我至少比她多會了一項！」

「憨人！」天龍笑著中止了這個話題。

酒菜上來，是一盤大螺肉炒蒜苗、一盤紅糟雞、一小碟酒烘烏魚子。天龍酒量不甚好，他也相當自制，兩人閒閒吃了些菜、喝了少許酒，便叫撤桌。

明秋侍候人慣了，拍拍手，叫招弟捧來洗臉水，溫熱溫熱的，讓天龍擦臉洗手。

時候尚早，明秋便提議唱曲給天龍聽。

「今日不唱亂彈戲，那戲可得熱鬧才行。我唱個小曲給您聽好了，〈濱千鳥〉這支曲子，先生聽過沒有？」

明秋說的是日語，天龍因為不諳這什麼唱曲之類的，加上明秋說的日語腔調甚怪，所以不曾聽清，因此又問了一次：

「什麼曲？」

明秋想想算了，自己又改變主意：

「算了，算了，我唱〈金色夜叉〉這支曲子，他們說，這是大正時代的歌曲。」

〈金色夜叉〉，這支曲子流傳甚久，連天龍這種人也知道。

只聽明秋唱道：

「在熱海海邊散步的
貫一和阿宮

兩人相見　唯有今日
相偕散步　亦只今日
要相守，要講話
亦唯有今日而已
……」

明秋的唱腔聽來有些滄桑，靜寂之中，格外更見蒼涼。

天龍靜靜聽著，不由自主有些淒涼的感覺。富足與平順的日子過慣了，很難有機會接觸到唱曲這一類的情趣。也許，這就是天龍容易感動的原因吧。

一曲既罷，天龍動容，說道：

「唱得真好，我不知妳還懂日文。」

明秋不覺赧然，笑道：

「我哪懂什麼日文？像我們這種人，自小學曲、學唱戲，全是校書先生有一句教一句，硬學起來的，頂多告訴我們一個大概意思而已。」

「原來如此！這豈不更難得！」天龍倒是由衷的稱許。

「不說這些了，先生既喜歡，我再唱一支曲子。」

於是，明秋又開始唱起另一支日文曲子。天龍仔細聽她講的歌名，原來是〈忘記如何唱歌的金絲雀〉。

明秋的咬字不很精確，想來也是硬背起來的歌曲。

天龍聽罷，溫柔問道：

「可知曲子唱的什麼？」

明秋不答，反而要求：

「先生說來聽聽！」

「這是支很溫柔的曲子。它是這樣說的：

是不是用柳條枝子來打牠？
不好，不好
鳥是不能用打的
忘了如何唱歌的金絲雀
千萬不能打牠
在十五月明之夜
把牠放在一葉小舟之上漂流
看到月光
牠就會想起應該怎麼唱歌」

「原來是這個意思！」明秋做出恍然大悟的表情，又重新將歌哼了一遍，才又欣然說道：「知道歌曲的意思，以後唱起來會更好聽，因為放了感情進去呢。」

兩人又合唱了一遍，天龍覺得旋律好唱，歌詞又有意思，因之破例學唱。

明秋見天龍興致高，她自然十分湊趣，高興的說道：

「我再來唱支歌給先生聽，我知道這歌名叫〈幽會〉。」

天龍聽她唱道：

「非常　非常的愛
非常　非常的想看你
非常　非常希望能相見
這樣強烈的渴望
使我早已不知害怕
雖然如籠中鳥那般不自由
但我仍要破籠而出」

明秋唱歌時，歌聲滄桑，而神情卻有一種天真的味道。

天龍想及伊小小年紀，便賣身娼家，習藝挨打，想來吃過不少苦頭。十四、五歲開苞接客，送往迎來、生張熟魏，至今猶沉淪煙花，亦是可憐。

如此一想，心中便有溫柔情腸；加上酒力頻催，天龍遂情思晃蕩起來。

自此以後，天龍每隔四、五日，便會去一枝春明秋那兒，宿她一晚，有時聽曲唱戲，有時喝酒溫存，從前有規律的生活，弄得秩序大亂。

由於晚睡，加上明秋善於調情，所以天龍宿在一枝春的次日，往往便無法早起。

患者習慣晨起便至濟世醫院看病，每逢天龍宿在一枝春的那時節，歸來有時過九點、十點，患者久等未見醫生，在不耐煩之餘，慢慢便有流言。

葫蘆墩街坊鄰居，不管頂街、下街，許多人都知道濟世醫院的甘醫生，正在迷戀一枝春的藝妲明秋。

住在濟世醫院不遠處，有個窮苦人家，姓葉，名叫時武的，是個做鳥籠的小販，他的小兒子有次得肺炎，無錢醫治，是天龍免費施診給救活的。所以一家人對甘天龍都非常感激。

葉家貧窮，江惜可憐他們那一歲多的小兒子營養不良，因此曾買了兩罐煉乳送他們；家中有吃不了的，人家送來有多的，江惜亦慷慨送給葉家。

葉時武有個母親阿柑，大約五十歲上下，經常在甘家走動，和江惜很談得來，有關風俗等等，江惜常要向她討教。

天龍勤走藝妲間之後，江惜十分鬱卒，但礙於身分，不能隨便向人傾訴。

這一日，阿柑在自家後院挖了兩支冬筍，拿到甘家給江惜。

「新筍，應該不澀，先生娘趁新鮮，叫巧春燜冬菇吃，一定好吃。」

「真是多謝，我近日心頭悶，吃不下粥飯，這新筍正合胃口，真感謝阿柑姑仔。」

阿柑嘆了口氣，低下聲音：

「人家說，第一憨，無非是花這煙花錢，想想看，去藝妲間，見面就要錢，酒菜、壓煙盤、出局、姦宿，在在都是錢。先生雖說行醫不在乎花這些錢，但也得看值不值得，藝妲娼，又聽說已是二十好幾了，又不曾大紅特紅，橫豎是個籠底貨，一個月花上幾百元在那裏，比將錢丟在海裏還不值；丟海裏尚有撲通一聲說感謝，給藝妲哪，可惜！先生是巧巧人，這點也不會想。」

江惜知道阿柑是好意，因此亦不隱瞞，只嘆道：

「他是迷了心竅，我亦無法。」

「現在，外面傳得好歹聽，本來先生有好聲譽，全給這煙花女子弄壞了。」

江惜嘆了口氣，實在亦無法可想。

「上回先生的老父來過，看來是很有威嚴的老人家，是不是能請老人家規勸一下？」

江惜想想，嘆道：

「他是他們甘家的長子，甘家有今天，全靠他一人，他阿爸，不會管這種小事的。」

阿柑無奈的搖搖頭，起身準備離去，她拍拍江惜肩胛，勸道：

「先生娘，越是鬱卒，越該去燒香，去求神明保佑先生浪子回頭吧。」

江惜現在也不太出去買東買西或看戲了。外面流言傳得那麼厲害，誰不知道天龍現在跑藝妲間如此熱切殷勤？她頂著先生娘的頭銜，卻要忍受那些外人好意惡意的同情或指點，豈不太羞辱了？

她也不想去燒香，這十年來，她燒的香還不夠多嗎？從大廟拜到小廟，有神皆拜，有佛就頂禮；而且她這幾年有錢之後，亦打心底無所求的佈施。何以神明非但不曾佑她，反而讓她遭此大變？

天龍去找藝妲，亦非為了什麼子嗣的問題。她已為他生了個兒子碧山。她今年未滿三十，還會再生……不該為此冷落她的……

自然，論到媚功狐術，她是不懂的，一定比不過那些煙花女子。

想到這裏，江惜益發的絕望挫折。她是不懂那些的，並且亦不想學那些，她是個好人家的正經女子，如何能叫她倒頭去學那不三不四藝妲娼的伎倆？

現在，天龍去一枝春，已經變成名正言順而理直氣壯了。從前，多少總還有點虧欠和歉疚，現在則否。和林新春、蔣木譚兩人合力包下雜木仔山之後，過一段時間，三人連介紹的劉四方在內，就會在酒樓吃喝一頓，叫藝妲來出局，名為談正事，其實大家趁這時節享樂痛快一番，反正吃酒吃菜、叫藝妲出局、演唱錢，一應全是甘天龍所付。只要不召妓陪宿，事實上自己根本無須付半毛錢。因此，何樂不為？自然得時時找些名目，像「報告伐林情況」

之類，叫金主甘天龍出來請客酬庸啦。

蔣木譚、林新春及甘天龍所包的雜木仔山，是用兩萬元包下開墾砍伐。按照蔣木譚他們當初所估算，利潤應該有四到五千元之譜，也就是兩成到兩成五之間。

這種獲利算是極普通的。

包伐雜木山，最重要的是在估價方面的準確與否。

有些善於精算的，包攬的價格低的話，獲利有的甚至是百分之百，即包價一萬五，獲利（即扣除成本後的毛利）亦是一萬五。但也有外行的，最後竟然虧本。

甘天龍他們包伐的這座山，依目前砍伐至一半的程度分析，應該是不會虧本才對，甚至還可以樂觀的預估，獲利絕對在當初投資時的估算之上。

因此，蔣木譚和林新春，便時時挾著這報喜訊邀功的心態，前去尋甘天龍，大家找些機會吃喝玩樂一番。

甘天龍也不是傻瓜，怎會不知這些人在吃他？然而，一來他是個好面子的人，「阿哥」做慣了，一時也放不下身段。

二來，他樂觀的想，既然本行以外的第一宗投資就賺錢，這樁買賣又是蔣、林兩人的關係和人脈牽成，他亦不好太過小氣，該請客的地方，還是不能省錢。就當作是大老闆給小股東的吃紅算了。

他們這夥人一起吃食玩樂，一開始大家並不知天龍和一枝春明秋的關係，因此叫藝姐出局，不一定會指名。

天龍私底下亦覺不要公開他和明秋之間的關係較妥。因此，很多時候，叫的演唱藝妓、宿的藝妲娼，常常都是不同藝妲間的阿姐。說起來這亦比較刺激，天龍根本也不覺有什麼對不住明秋的地方。反正就是客人與狎妓之間的買賣關係。他並不曾要求明秋為他守身、不要接客。天龍之所以自己出門時一定去找明秋，事實只是基於一種習慣，也省得重新適應別的藝妲間的規矩罷了。

這一日，天龍的父親甘祿松和母親阿柔，連袂來兒子的大宅小住。說是小住，其實是來商量老四天鴻的婚事和老五天鵬的升學問題。

天鴻已經二十二歲，在家和天虎耕那一甲多的土地；最近阿柔看上清水地區一個女孩子，得一筆聘金和結婚費用，仍然必須仰賴天龍。

至於老五天鵬，公學校畢業之後，先後去考了台中一中和台南長老會辦的中學都不曾考取，因之兩老就希望天龍出錢送天鵬去日本，自中學讀起。因為老三天豹當年由天龍資助赴日，讀的雖不是什麼名門大學，而是三流學校法政大學，但畢竟也畢業了。所以老五由老三照顧，一個牽成一個，理所當然。

總而言之，兩件事全須由天龍出錢來辦，因之，連向來鮮少離開犁份的阿柔都一起來了，順便也要看看碧山這寶貝孫子是否頭殼硬。

甘祿松是個老派人，腦後留的辮子，直到好幾年前才剪去，但衣裝仍維持台灣式的衫褲，為了方便工作，褲長只及腳肚，維持七分長的程度。

阿柔雖是個美人胚子，但因作風強悍，長期艱苦，所以慢慢就失去那種優美的女性特質，只剩下嚴厲的五官。她亦是長年一襲黑衫褲，頭上依然是舊時的昭君牌——一條長黑綢布，前額處用線縫上小塊綠玉，前面寬約兩、三寸，越向後面和兩側越窄，這種繫的頭巾，到了這時，早已鮮有人繫戴了。

兩老約莫下午時分來到，睡了一個較長的午覺之後，入晚九點亦不想就寢。

天龍當日原和明秋約好要到一枝春去，不想兩位老人家臨時來到。

天龍看完診，和父母同坐廳堂，一起商量兩個弟弟的婚事和赴日求學的種種。講了半個多時辰，該談的事情談妥，天龍便說：

「阿爸、阿母，不早些安歇？在犁份這個時候，不早睡了。」

「犁份是犁份，難得來這裏一趟，而且下午睡了一覺，現在亦不睏。」

阿柔也說：

「年紀大了，換鋪就睡不著。」

天龍心裏是急得不得了，但父母難得來一趟，他亦不好抽身離開，因之又問：

「可要吃點東西？叫巧春——對了，有此地的綠豆椪，非常好吃，阿爸、阿母各吃半個如何？我叫阿惜拿來。」

天龍趁著去叫阿惜拿綠豆椪的當口，先去找車夫憨財仔，吩咐他說：

「你去一枝春告訴明秋阿姐，我今日不得閒，過兩日再去。」

憨財仔應聲去了。

天龍繼續陪著父母邊吃糕餅邊話家常，兩老雖不睏，但仍體貼兒子一整天看病不免疲累，因此揮手要天龍先行就寢。

正在這時，憨財仔卻自外回來。這憨財仔一進屋子，滿臉便藏不住祕密而陰晴不定。

甘祿松不明就裏，隨口問道：

「這麼晚，你去哪裏？」

憨財仔尚未回答，天龍趕緊搶著代答：

「我有事差他出去。」

天龍說著，對憨財仔揮揮手，說道：

「你去休息吧。」

憨財仔卻回頭望著天龍，露出為難的表情，欲去不去。

甘祿松看著奇怪，不免動問：

「莫非事情沒辦妥？你不問問？」

天龍忙不迭卻說：

「沒事、沒事，這憨財仔——」

憨財仔憋不住了，叫著天龍：

「先生呵，有回話。」

「等下再說。」天龍硬是不理，回頭問他母親：「阿母，妳還要不要多吃一小塊？」

阿柔尚未回答，甘祿松卻已動疑，對兒子說道：

「既是有回話，你去問問，好讓阿財仔安心去睡。」

天龍無奈，只得起身。憨財仔見天龍起身，忙忙的就趕緊往東廂房閃去，彷彿怕被兩老聽見似的。

甘祿松見狀，就對阿柔說：

「咱們快去安歇，好讓兒子好辦事。」

阿柔偏不肯就範，強悍的說道：

「豈有此理！有什麼事須得瞞我們？」

「好啦！我們暫去安歇，有事問阿惜或憨財仔也一樣，何必叫兒子為難？」

原來，憨財仔帶回的話無他，明秋不肯接受天龍告假，要憨財仔帶話回來：「無論多晚，都要等先生。」

在明秋想法裏，天龍已是三十好幾的人，家業又是自己掙的，上個藝妲間，何須瞞著老父老母？何況她亦有野心，早晚要入甘家大門，早點讓甘家兩老知道有她這個人，甚而承認，豈不更好？

可天龍就有點不快。若非不便，他何須叫憨財仔去傳話？這已仁至義盡了，偏她硬要叫人為難！

可憨財仔又說了：

「明秋阿姐，說她親自下廚為先生準備酒菜，買了活蝦；烏魚子又剛剛才泡了酒，過今晚就不好吃了，所以希望先生今晚能去，無論多晚她都等。」

這卻又是一片盛情和癡情。像伊那等藝妲人家，自幼只學唱曲、技藝，全是應酬男人的伎倆，煮飯炊事一應不會。今晚她肯費心下廚，不知推了多少出局的機會，又花了多少心思，這點心意倒甚可感。

天龍想到這裏，怒意消失，疼惜之心油然而生，因之把聲音放軟，對憨財仔說道：

「知道了，你去睡吧。」

他一回大廳，甘祿松和阿柔便說要睡啦，雙雙進了天龍為他們兩老留著的房裏。

這倒方便了天龍。

天龍進房去更衣，阿惜本來伴睡，這會兒再也按捺不住，翻身坐起：

「阿爸、阿母來了，你也要出去？等會兒問起，叫人家怎麼回話？」

「囉唆！老大人睡了，怎會去問妳？」

天龍走到外面問診室，推開大門，黑壓壓一片。想到要走到一枝春，實在也嫌路遠，因之回頭，又到下房裏輕聲叫醒憨財仔。

憨財仔，人憨是憨，倒也摸得清天龍的習性，畢竟跟了天龍好些年。因之，他實則未睡，連衣服也不曾換下。

天龍一嗅，他翻身便起，將天龍載到一枝春，才又縮著脖子，將人力車拉回。

不想一進屋子，便看到先生娘紅著眼眶，垂首坐著。先生的父母，各自坐兩旁太師椅，面色凝重。

憨財仔一見這景況，心下明白，訥訥問了聲：

「老大人怎麼又起身？」

甘祿松首先問道：

「憨財仔，我問你話，你老實回答，先生那裏，有我做主，害不到你頭上。」

憨財仔不答，垂首立著。

「你載先生去何處？老實告訴我。」

憨財仔衡量了情況，諒自己今日不說實話必難過關，因之清清喉嚨，明確清楚的說道：

「載先生去一枝春藝妲間，找他的老戶頭明秋藝妲。」

「你說老戶頭是什麼意思？」

「先生時常照顧伊，大約三、五天便要去一次，每次都得次日才回。有時在酒樓吃飯，亦叫明秋出局來唱曲。」

阿柔一聽，怒目瞪著正在垂淚的媳婦江惜，罵道：

「這種事，妳竟放任他做！妳知道，賭博還有三分贏錢的機會，開查某（意即嫖女人）

是純粹白耗錢，天龍如此開桌喝酒加過夜，一次難道不需上百元？妳怎會如此無靈，任他胡作非為？定必是抓不住他的心，他才去找茶店仔女人！」

「阿柔，好了！」甘祿松出聲喝止妻子責罵媳婦：「天龍是可以管得住的嗎？現在不是罵阿惜的時候，她豈願與別的女人共享丈夫？」

一句話堵住了阿柔的嘴。

甘祿松又問憨財仔：

「這事有多久了？」

「約莫有半年多。」

「辛苦你了，憨財仔，快去安歇吧。」甘祿松支走憨財仔之後，轉頭對江惜說：「妳也去睡吧，男人要往外去，亦是禁不住，可能過一段時間，他就厭倦，浪子回頭亦說不定。妳仍是本本分分把家理好才是要務。妳這甘家大媳婦，濟世醫院的先生娘，無人能將妳擠走。」

說完後，甘祿松自與妻子阿柔回房去了。

回到房裏，阿柔追著丈夫問道：

「天龍為這藝妲如此花錢，巧巧人卻不會想！那茶店查某豈有真心，要的無非是錢！你是父親，該當點醒他才是！」

「天龍又不是孩子，他迷戀過一陣子，自會回頭。要不，多人多福氣，將那藝妲納為細姨，亦省得他時常往外跑。」

「什麼？茶店仔查某，千人枕萬人壓的，什麼女人不好找，要找茶店仔女人做細姨！」

「要嘛妳以為什麼在室女會當人家細姨？」甘祿松冷笑兩聲：「憨財仔說那女人有二十好幾了，我看亦是人老珠黃在發慌了。納伊做妾，大約無須花太多錢。反正阿惜亦是軟腳蝦，要有個能幹的貨來撐持，說不定還多少添個男丁。」

「我總覺得，藝姐間沒有好女人。」

「那倒是不一定。窮人家賣女兒，做藝姐亦非天生犯賤，常常是環境所逼。不過，」甘祿松打了個呵欠，打算要結束談話：「這件事不必鼓勵，明日見了天龍，仍要勸他以行醫為要務。畢竟仍是家和萬事興呵，家中多一個女人進來，識大體的便罷了，否則吵吵鬧鬧，反無了局。」

次日，鄉下種田人起得早，甘祿松和阿柔儘管晚睡，仍然天濛濛亮和巧春幾乎同時起身。

偏偏甘天龍前一晚多喝了點酒，次日起晚，醒來後，又和明秋糾纏一番，等回到醫院，已是十點以後的事了。

甘祿松一早便坐到候診室等天龍，天龍遲遲未歸，倒是看病的患者來了好些個，有的一聽醫生不在，翻身便走，有的苦等半個時辰、一個小時的，耐不住亦走了。

甘祿松等得心慌意亂、心火上旺，差點沒有跳腳！對他而言，患者一個一個來了又走，就猶如到手的金錢，一筆一筆沒來由又從手中飛走一般！

人，豈可如此暴殄！如此不知珍惜自己的福分！

好不容易等到天龍自外歸來，偏偏已有患者在等。甘祿松只好一個等過一個，等到終於沒有患者時，他才進去和兒子交涉。

「天龍，你是成人，做什麼事，阿爸都不可能再管你。不過，我對於你輕忽你的工作，這麼晚才回醫院，覺得十分不妥。目前你生意不錯，患者亦信任你，也許，早上來找、沒等著的，下午還會再來亦說不定。但亦有可能，人家找別的醫生去了，反正西醫慢慢多了起來，不一定非要到這裏來不可。你明知道，你能有今天，是因受了教育，又勤勤懇懇，用十多年打下今天的基礎。病人信任你，是因隨時有病上門，醫生都在，不會撲空。你知道，這是一個小地方，流言傳得很快，誰會信任一個被藝妲迷得團團轉，荒忽自己工作的醫生？這樣的醫生，會有足夠的理智、會用心、會小心的替別人看病嗎？還是心思全不在了？只在一個千人騎萬人壓的藝妲娼上面？」

天龍不語，似乎有些動容。

「我聽說這情形有半年之久。我不騙你，如此再繼續下去，不要久，只要再一年，你的患者一定會顯著減少。我不是管你，我是來提醒你——你是聰明人，想想我的話。」

天龍默默聽著。父親的話，比罵他更能入耳。

只聽甘祿松又說：

「藝妲娼玩玩無妨，但和她在那裏摶感情就是傻瓜了！那一行，做到上二十，基本上打算人老珠黃沒人要了，伊對你有情，所圖，不是錢，就是希望從良。我也不是說，藝妲一定不好，人說，有娶婊做妻，無娶妻做婊的。只是，才玩一個藝妓，就被套住，不免被人傳著當笑話。你堂堂是個醫生，是知識份子！用點頭殼想想！」

甘祿松說完這話便退出看診室。

天龍一句句回想父親說過的話，真是！何以沒有一個人對他分析過這件事呢？這種沉溺和耽溺，父親只不過幾句話就分析透徹了！

是的，藝妲娼侍候過多少男人，像明秋那樣，何至於見他一面就絆上他？乃是因他表現得可以上鉤之故呀。

明秋已二十好幾，藝妲再做最多不過兩三年，現時生意就不頂好。

論姿色，明秋差得遠，臉上甚至有些凹凸不平；論才藝，明秋亦只得一個中等或中下。

伊巴著自己，圖的是什麼？

錢嗎？

亦是！這半年花下來，不下四、五千元，為了宿她而少賺的錢還不在這之內。

想靠他從良嗎？

亦對！明秋曾多次提起要跟他的話題。

看來父親所言，無一是虛！而父親終其一生，僅僅是個牛販罷了！竟比他這醫生還透徹事理、還了然人情。

真奇怪，就那一番話，竟讓天龍混亂的心思澄澈寧靜起來。那種對明秋的慣性的召宿和迷戀，也在剎那間清醒！

是呀，橫豎是個即將人老珠黃、急於找人從良的藝妓罷了！不找他，定然也會找別人。他何須自己去上鉤？

這樣想時，甘天龍才發覺自己竟然一身冷汗！究竟是羞愧還是怎的，他也不必去細想。現此時，只想好好洗個澡，換身乾淨衣服。

7

五月節剛過，熱呼呼的空氣裏，充斥著烘乾的煙草葉子的味道，以及燜燜的柴火薪味。

台灣製麻會社午休的水雷剛剛響過，明秋病懨懨躺在一枝春藝妲間自己的紅眠床上，瞪著幃帳外的劍帶發呆。

想像中，麻袋公司那一千多名女工，正像螻蟻般四出打發自己的午食。

布袋公司的女工，一個月能有多少月給？最多十五元或十八元罷了，不夠她出一次局陪酒、唱歌加上點煙盤和陪宿錢。她日日穿得水水的，目的無非招蜂引蝶，別的不說，光唐衫，出局唱曲，穿得上身的，少說也有二十件，得要那些布袋公司女工多少年的薪水才買得起？

胭脂花粉，旁的全不用說，光耳環，她便有三、四十對，什麼龍仔耳鉤、月旁耳鉤、古盤耳鉤、桂花耳鉤，雖說銀飾佔大部分，也有一兩副金子打造的，論起價值，兌算起來，亦值不少錢，一般良家婦女，哪有辦法有這排場？隨便她一支長壽簪，大約也抵得上平常女工半個月薪水。

但是，這些，有什麼用呢？

明秋寧願自己仍在那窮門破戶的生身之家，雖然窮，但父母俱存，到了她十五、六歲時，老大人便急急幫女兒選婆家，訂前程，體體面面、有禮有數的嫁出去。

她亦聽說嫁出去的女兒有苦有寬裕的，尪婿有魯莽有會疼惜人的。然而，一家一業，畢竟在自己手頭上拿捏，自己或多或少都能做主！

像那些布袋工廠的女工，自己會掙錢，自然就有地位，有或多或少做主的權利；哪像她，煙花界裏沉淪了十多年，到了該抽身洗腳時，看上了一個男人，旁邊竟沒個幫她推送的可靠親人！

煙花女子，鐵定上一輩子欠了男人一大把花債，這輩子才會淪落至此，償也償不清這一身風流債！

明秋懶懶的自紅眠床上坐起，她髮未梳、臉未洗，倒也並非剛剛才醒，實在是輾轉了一夜，兩眼未曾闔過。

她起身至兩步遠的地方，自牆上取下那只葫蘆狀的緞綴面，織著牡丹、綠葉的煙袋來。煙袋口上兩個如意結，用以綁緊袋口。明秋拉開如意結，自袋中取出剪絞成碎片的煙葉，塞到長長的煙斗裏，取過月琴牌火柴，點燃了煙葉，開始吞雲吐霧起來。

這煙葉實在好處甚多，人煩得無處可躲時，抽幾口煙，情緒慢慢沉澱，塞得無處可通的頭殼，便又有了思考的餘地。

明秋重新坐回她的紅眠床，在煙霧裏開始企圖整理自己的思緒。

首先，伊不免又落入這大半個月來困擾她的那個問題：究竟那個又妍帥、又多金，況且亦多情的甘天龍，為什麼忽然不聲不響便是將近一個月不來？而且至此無消無息？

這個問題困擾明秋甚久。她想了又想、思之又思，不斷回憶起上一回天龍最後一次來一枝春的情況。她仍然使出渾身解數伺候他，她，以職業的敏感觀察：他應該滿意她的服侍才對。

臨走時，天龍沒有任何不快的感覺，兩人還相約下回要見的種種。

然後，突然人就不曾來了！

五天、十天，過了十日以後，明秋才真正絕望起來。

莫非，自己跟他提起要入甘家門楣去從良，嚇到了他？同樣的話，她在先前交往的半年之中，亦不止一次對他提過；天龍雖含笑沉默未予應允，可也絲毫不以為忤。應該不會這一次便觸怒了他才對。

唯一的理由，一定是天龍的父母有意見。

那天，天龍以父母來為理由，差遣車伕憨財仔來一枝春，表明當日不能來赴約的意思。是她，千求萬求，請他務必要來！

天龍雖然也來了，恐怕是有點勉強的味道。次日回去，也許就是他老父老母有了律令！

……

如此說來，自己當初忍下就算了，早知會有這後果！

天龍之不曾來，是否也因老大人仍住在他處，沒有回老家的緣故？

明秋想到這裏，不免就有怨懟。有錢人家，三妻四妾不是異常，天龍有錢有身分，娶個細姨算什麼？騙那個猾的，藝姐就辱沒人了？有多少紅藝姐，嫁給名門豪室當正室夫人？她明秋，雖不曾大紅大紫，又係在葫蘆墩這個小地方掛牌，然而，肯委身做細姨，哪裏就辱沒了他甘家了？甘家，早十年還不是破落戶？靠販牛在維生！

然而，怨歸怨，於大事無補。

如果天龍因為他父母反對就絕足於藝姐間，那麼，即使他父母回老家去了，這種禁絕的約束力量依然存在，他仍然會瞻前顧後，辜負她的期盼。她仍然是注定要守著空幃等無人。

明秋想到這裏，血脈僨張，突然就有了力量。

她拍手喚來招弟，捧來洗臉水。洗臉梳妝、打扮停當，換了襲銀白印蒼松的唐衫，內衫袋裏揣了三十元私房錢，施施然下了樓。

她養母梅子和一應人等都還在睡，只有招弟見她反常，這麼早穿戴好要出門，不免問了句：

「明秋姐去哪裏？」

明秋絕然回了招弟一句：

「我去哪裏與妳無干！」

「梅子姨問起呢？」

「去燒金拜拜，不久就回。」

明秋答了話，亦不理招弟，埋著頭急急就走。

她要去的地方不近，可明秋不願此行被好事者洞悉傳話。這小地方，一有風吹草動，總是講得滿城風雨。

但是，走了一小段路之後，一來藝妲少做體力工作，二來她近來食少失眠，禁不得日頭底下走長路，所以只得還是招了人力車代步，顧不了街上一些好事者在那兒指指點點。

明秋來到大滴地區一個偏僻處，下了人力車，不免稍稍四顧，怕有人注意到她的行蹤。這才側身拐入一條窄巷，行入一間半敞著門的屋子裏去。

原來，這是幾年前，梅子曾有一次帶明秋和杏春兩姐妹來此求教之處。梅子原有個姘頭，遊手好閒，兼又好賭，梅子來此求助，結果這裏的洪力大師幫梅子做法畫符，又以梅子姘頭里慶的衣衫做法，囑梅子回去，將符化水，予里慶服用，再將那件衣衫予他穿著。洪力大師另以紙人，寫上里慶姓名、生辰年月日等，做法三日。

結果，里慶果然在不久之後，因賭和人互毆，傷了一條胳臂，從此倒是乖乖的做個吃軟飯的閒人，豪賭不再，偶然在家裏和屋子這些女人們玩點小賭資的四色牌罷了。

這件事，給明秋極大的震撼！原來，在所有正神正教之中，賄賂神祇的各種祈求，不是有求必應；唯有陰神和巫術，還比較容易遂人之所求。

人在走投無路時，也許只有求助於像洪力大師這種人，還多少有點希望吧。

明秋進了屋子，很恭謹的對在廟堂上的一位老者通明來意：

「這位阿伯，不知洪師傅在不在？我有事請教。」

老者看她一眼，點點頭：

「稍待一會兒，我去請他。」

洪力是個約莫五十餘歲的瘦小漢子。上回梅子來找他時，少說也有十年、八年了，但洪力看起來沒多大變化，依然是襲黑布衫褲，也不曾見老。

洪力出來，只簡單的指指長木板條凳子叫明秋坐，然後便沉默的等著明秋自己供出事情原委。

明秋即便是有備而來，真正要說出來，還真不太容易。

「師傅，我是一枝春藝妲間的藝妲，做這一途已十年將近。近來年歲已大，生意漸淡，所以有從良之意。遇到一個人——」

洪力看了明秋一眼，那一眼非常銳利。

明秋不知不覺停頓下來。

洪力簡單的問了一句：

「想要有什麼打算？」

「這人是有妻室，我亦只打算嫁他做細姨。本來認識半年一直很順利，但一個月前來過之後，忽然就不來了。我是想求他回心轉意，早日能夠給我一個……安定，一個結局。」

洪力想了一想，問道：

「可知他生辰年月？住的處所？」

明秋點點頭，依實說了。

「妳這事，說難不難，但要費些時日，也得不少花費，我把話說前頭，妳自己定奪。」

明秋一聽，趕緊站了起來，對著洪力便是一拜幾乎到地，殷切誠懇的拜託：

「一切請師傅做主。」

「既然如此，我得連續做法四十九日，四十九日之後，自有好消息。」

明秋一聽，必須四十九日才得有好消息，不覺愁上心頭，想著，眼前這日子，已是日日難捱、片刻都如度著漫長一年，如何還能再苦捱四十九日？

「師傅，這四十九日……」

洪力似乎明白明秋的心思，說道：

「四十九日，是一定會有個定局；若只是要見到人回心轉意，大約半個月之內就有消息。」

「是，多謝師傅。」

「我把法做了，這法須四十九日，每日均須催符，工程浩大，因之花費亦大。」

「是，請師傅吩咐。」

「妳先給我十五元，四十九日事成之後，在一個月之內，妳再來謝我三十元。」

如此說來，總共是四十五元的意思。

明秋清楚這種搞巫術的人，絕對不怕主顧黃牛不付後金，因為巫術既能成事，亦必可壞事，誰也不敢冒著被巫師做法陷害的險而不付後面餘款的。

明秋什麼話也不曾說，趕緊自襟袋裏拿出紙鈔，數了十五元，恭恭敬敬的遞給洪力。

「一切請師傅做主。」

洪力收了錢，回身自屋後拿出一塊柳木，用小刀刻出男女兩個形體，上寫甘天龍和明秋的真名李阿秋，再寫兩人生辰八字、兩人住址；然後用七七四十九根紅線紮在一起，再用紅布一塊蒙住男子眼上，以艾草塞心，用針釘手。

如此捏弄停當，洪力開始喃喃唸咒達十來分鐘，再以口含符水噴兩個木頭人形，用手舞弄一番，如此才告一切停當。

「妳可以回去了，回去後，將這紙形釘在紅眠床上無人注意處，七日後取下火化，必有佳音。」

明秋喜孜孜又對洪力福了下去，口裏不住的稱謝：

「多謝師傅，事成之後，必來相謝。」

明秋將人形紙仔細包好，揣在懷裏，這才告別離去。

回到一枝春，大夥剛起，正要吃飯，明秋大事底定，忽覺飢腸轆轆，很久沒有如此清心了！

趕緊先上樓，將紙形悄悄用針釘在紅眠床靠頂帳的角落上。由於那處所一向昏暗，是視線不及之處，因此她非常放心。

現在，就只剩下等待，也只有等待了。

8

甘家大宅，這一個多月來，接連辦了幾樁喜事。

甘祿松的第四個兒子天鴻，娶了個販豬仔的女兒，新近完婚，聘金兩百四十元。

天鴻婚後，跟著他岳父販豬仔、牽豬哥（即帶種豬去和母豬交配），收入比種田要好；何況天龍一共才買了一甲多的土地外加三、四甲坡地，兄弟三人全靠這些亦無法翻身變富，所以天鴻才決定改行跟著岳父販豬仔。

天鴻的婚事剛了，天龍由於在葫蘆墩地方上有名望，被日本當局派令為豐原街的協議會員，雖然是個無給職，但可向政府建議有關地方事項，是非常有名望的榮譽職。

接下來，就是老五天鵬的升學事情了。

天鵬排行較後，年紀相差甚多，成長在甘家家境轉好之際，所以不曾吃過苦。公學校畢業之後，連考了兩處中學都沒考上，甘祿松一直執意要貫徹他排行奇數的兒子必須受教育的主張，因此，即使不是讀書料，也一定要他至少受完中學教育，所以才有要求天龍牽成天鵬赴日讀中學的構想。

天龍一直不曾違逆老父要牽成五個弟弟的意旨。他給了一年學費和生活費用給天鵬帶在身邊，又親自領著天鵬，在豐原車站搭上縱線二等快車到基隆。

天鵬機運好。天龍在一等和二等的特別售票口買車票的時候如此想著：當年老三天豹到日本時，也是自己陪著到基隆去搭船，當時，由葫蘆墩搭的是紅線普通車，還擠在人群裏排隊買車票，不像此時，二等縱線車有個別的售票口，根本無須排長龍購票。

看來，甘家第二代，越往後的排行，境況越好。

當年若非他書唸得好，一舉考上台北醫學校，他不相信他有機會唸完中學再求深造，那麼，今天他的際遇，以及整個甘家的狀況都會大不相同。如此，還會有天豹在日本讀那名不見經傳的三流法政大學，以及此刻天鵬的赴日嗎？

由於想到刻苦自勵才會有成的古訓，天龍特別買了三等船艙票給天鵬，反正只是兩夜三天的航程，辛苦亦只是短暫。所以天龍給弟弟一段忠告便送天鵬上船：

「書是靠自己讀的，我們甘家不是大資產家，要出脫，仍得靠自己打拚，而讀書，眼前看來是唯一、也是最有效的辦法。一切就靠你自己了，到日本找個好一點的學校讀，務必讀出一個名目來。」

結果，天鵬到日本，在京都找到一所東山中學，準備先讀完五年中學再說。

早幾年到日本讀法政大學的老三天豹，此時早已畢業，和幾個台灣去的友人在京都開了家專賣台灣特產的店面，並且也已娶了當地一位台灣人的女兒為妻。

天鵬到日本，就是到天豹那兒依他，但天龍也不希望增加天豹的負擔，因此給天鵬足夠的金錢帶在身邊，必要時可以住學寮（即學校宿舍）。

天龍一直不知道天豹在日本的生活狀況如何？一去將近十年，天豹一直不曾回台灣，信件偶然來一封，也是語焉不詳。天龍不明白，一個大學畢業生，即使只是三流大學畢業，應該也有很多出路才對，何至於必須「淪落」到去開一坎老闆還不是只有一個的店面？

而且，論理，天豹是老三，天龍既牽成他讀畢大學，難道他不該也遵家規、守家訓，繼續牽成下面的弟弟？

所有這些，皆只是天龍自己獨個兒胡思亂想的心事，父親既然開口要求他做這做那，而他既然也還有能力做到，又何必計較？反正都是甘家一脈。

一個多月來，不曾再踏進一枝春的門檻，固然有父親勸誡、自己醒悟的因素在內，另一個重要的原因，卻是一連串家有大事、太忙的緣故，忙得真是難有分神和分身的餘地。

平靜日子過了約莫又有半個月之久，有一長段時間不曾露面的中人劉四方，某日忽又晃到濟世醫院。

甘天龍看到他，故意和他說笑：

「四方，你不是來看病的吧？」

劉四方笑著回話，亦不知話中是否有話：

「我又不曾病相思，要看什麼病？我是來報賺錢的機會給先生的。」

天龍一聽，亦是笑笑，半真半假說道：

「賺錢的事海海啦，上回雜木仔山的事，賺是有賺，可惜全花到酒樓和藝妲間去，算一算，倒還應該是賠哩。」

「先生這樣說就差了，到藝妲間去是尋樂爽快，哪能不支點代價？不過找藝妲這種事，花錢可以自己撙節，倒也無須去做有錢烏龜。」

天龍亦只說說而已，無意去追究什麼金錢，所以話鋒一轉，問道：

「你有什麼大船入港的好消息？說來聽聽。」

原來劉四方來談的是大甲草帽的投資。

大甲地方，生產一種特殊的三角藺草，這種三角藺草編成的草帽和草蓆，風評甚好，不僅銷往台灣各地，日本亦有極大之市場。

劉四方的建議，是由幾位金主籌組公司，買原料——亦即三角藺草，發放給各地包頭，再由包頭找當地人工編織，織好的蓆子和編好的草帽，再由包頭收回，交還給公司，最後由公司行銷出去。至於行銷的管道，可委由神戶一家台灣人主持的貿易公司打入日本市場。

當時大甲草帽和草蓆，幾乎是家家戶戶的婦女都會編織，大甲附近鄉鎮，如梧棲、沙鹿、清水各地，編大甲帽幾乎已成家庭中最好的副業。所以人工是不成問題的。

問題只在產品要推到市場上去之管道而已。

劉四方既說對方有親友在神戶，天龍亦想到自己弟弟天豹在京都，如果事成，亦可協助天豹創一個局面，因之便有點動心。

天豹既說自己和朋友開的是台灣特產店，那麼，草蓆和大甲帽自然在銷售之列。天豹佔有地利，又有天龍這條人脈，要做出局面應該不會困難。

「對方是些什麼人？可不可靠？究係人家介紹，還是你本人有些熟悉？」天龍仔細盤問，據了解，買原料，放人工，要的本錢亦不短，少說在萬把塊之上。

他先前投資在雜木山上的本錢，雖陸陸續續回來了一些，可絕大部分還掛在那座山上，所以他手上的現金，此刻沒有太多。

「有一個人是大甲當地的保正，另一個是甲長。那保正是我牽手娘家一個遠親，世代做米碾，是極有根柢的人。」

日本第五次改制後，保正下面設有三至四個甲長，是地方上最小的自治小吏。

米碾則是指碾米廠，通常根基都較厚。

天龍聽了，答應考慮。

劉四方惟恐他變卦，便不住慫恿：

「這公司，投資無須那麼大，尤其對方亦有根柢，所以出資不必像上回那般令先生這一頭獨大，可以說三個人股份一樣，大約一人出個五、六千元吧。」

天龍聽到這裏，忽問：

「四方，你雖是嘴大吃四方，人走四方，方方都賺錢，但既是做了這許多年的中人，到處介紹別人賺錢，何不看準一樣，大大投下資本，如果一本萬利，也省得你到處奔波，賺這種蠅頭小利般的中人費。」

「您有所不知，先生。一來，我沒這麼大本錢，我不像先生一般，資產雄厚；中人看起來很活躍，到處談生意，其實中人費永遠都是一筆，只夠餬口，最多僅是少許積蓄，須防沒錢時挪做吃飯根本開銷。我們這點積蓄，禁不起血本無歸的，像您們有根柢的人，冒險一搏，成了就是又一大筆進來；萬一失敗，還有根柢可以再來。我們卻不同，永遠不敢放手去搏，萬一失敗了，可是再也站不起來，這其間是有很大不同。」

有錢是膽，有錢有膽，的確不錯，這也就是富者越搏越富，而窮人苦無機會的緣故。天龍自貧困中來，這道理他懂。

「再說，生意雖說有所謂勝算面大的，但絕無十拿九穩的事，我這是實話實說，不用誆先生這巧巧人。所以，再穩的生意，亦有風險，我們不敢搏的，正是這份風險。既是不敢搏這風險，自然就無賺這風險錢的福分了。」

天龍笑道：

「你倒是把道理說得十分明白，但賺錢的事，有些沒什麼道理，是上天要賞賜你的。」

「先生說得是。」劉四方口風一轉，緊接著忙問：「您看我們什麼時候見見對方？」

天龍沉吟著，一方面怕資金一下子全得攤出，周轉會有困難；一方面想到又得到酒樓藝妲間迌迌，難免又花錢又得面對許久未曾見面的明秋……

他亦不是全然不懷念明秋，但想及許久未見，再見又得一番口舌、幾把眼淚、數度往返，忽然覺得麻煩。

「反正亦不急，慢慢找個時間吧。我最近辦了四弟的婚事，又送五弟去日本讀書，很傷了些精神。」

劉四方是機靈人，一聽這話，即刻說：

「這樣好了，對方比較能走得開，我約個時間，讓他們到此地，來和先生見面，再找個地方洽談，這些花費，自然是由大家合組的公司支付，所以誰也不吃虧。」

事情就如此說定，天龍無可無不可的答應。

十多年來，事情做得順手，冥冥中真像老天垂佑，或者真如眾所傳誦，乃後院裏南蛇帶來的福蔭。甘天龍幸運慣了，對於投資這種事，越來越聽憑第六感的驅策。

到了約定日，劉四方早早就來催駕。甘家近來人口雜遝，親戚朋友、使喚下人，越來越多，所以開飯時，男性先吃，吃過了才輪得到家中的女性。

那日一見劉四方黃昏時刻就來到，守在看診室裏不走，東山就知道準是牛鬼蛇神又來叫喚了。

果不其然，碧湖來叫吃飯，天龍便說：

「你們先吃，我今晚有事出去。」

天龍這日走得匆忙，只加了件西裝上衣便被劉四方匆匆架走。

江惜恨得只在背後唾罵：

「這姓劉牽猴的，報的沒件正經事，全是要他花錢耗人的壞事。」

但亦只能如此悻悻。

這劉四方，其實是多日前被一枝春的明秋所託，央他無論如何將甘天龍找個名目弄來相會。明秋事到臨頭，敢於用錢，許給劉四方一個厚厚的媒人錢：若是得以藉這次重逢，遂了她進入甘家的願望，她準備包個上百的紅包謝他。

衝著這點，劉四方滿口答應。反正協助妓女從良，亦是好事一件。

到了酒樓，要召藝妲陪酒唱曲，甘天龍尚未開口，劉四方便自告奮勇去安排。

等到一見深目仔師、明秋和杏春，還有另兩名生面孔的藝妲，甘天龍便知這一夜又難消受，定有一番風流帳要算。

那明秋打扮得格外明艷，連唐衫都是顏色特別花俏的。

天龍在行令、鑼鼓和鶯聲燕語之中，慢慢便有種人生如戲、其實也無須太認真的想法浮了上來。

二次會時，順理成章就安排到一枝春去。鬧到半夜，劉四方帶著另兩名客人離去，甘天龍自然就被明秋留了下來。

那明秋服侍天龍洗臉、擦身、喝茶，比以前更盡心，等到兩人坐到紅眠床上時，明秋千體貼萬通情的自己先開口：

「這一陣子，聽說先生給弟弟辦喜事，又送幼弟去日本讀書，想必忙壞了。我記掛著先生，每天操心這麼多，身體可好？」

天龍聽她開口如此委婉，心裏不知不覺就過意不去，攬過她便說：

「一直惦著要來，奈何老家許多事，老大人來來去去的，妳也知道，我是大兒子，凡事都須出頭。」

兩人談了些話，到床第上時，明秋格外卯了勁，把天龍服侍得舒舒服服。半夜裏一覺醒來，又是一番雲雨，天龍口渴，明秋特意去樓下端了碗稍稍溫熱的綠豆湯上來，服侍天龍喝下。

「先生是西醫，不太忌諱這冷熱不調的事，我可是小心信服這個，怕傷了先生。」

天龍見她溫婉自抑，不覺就十分疼惜：

「難得妳如此細心，家裏那個，什麼都不懂，老實本分是當然，可是一點情趣也不懂呀。」

「先生這樣無閒，實在該有個體己會照顧的人在身邊……可惜我出身太低，不能在身旁照顧您，每每想到您那樣忙進忙出的，我就捨不得呀。」

「妳什麼話！做藝妓是家貧無法，哪能說什麼出身低不低的。」

「那先生是不曾看低明秋？不嫌棄明秋？」

「那是當然！有妳這體貼可人的女子在身邊，根本是男子的福分。」天龍不知不覺便掉入陷阱，床笫間言語，每每不知道設防。

「先生，您是疼惜我，我知道。可是常來這裏，花費太大，全給老娼佔盡便宜，我可是替您心疼那大把大把的錢呢。」

天龍愕然，不免動問：

「那，不來這裏，我們還有哪裏可去？」

明秋沉默了好一會兒，才用手指畫著天龍的胸前，愛嬌又不無幽怨的問道：

「先生難道從來都沒想過要娶我回去？」

原來如此！

天龍沉吟半天，才說：

「甘家世代，都沒有娶細姨的。我——是有點為難。」

「但是，甘家世代，亦不曾出過像先生這樣有才情的醫生。」

「雖是如此，畢竟老父老母都在，不好動這念頭。」

「如果娶個賢德的進門，諒老大人亦不會多言，何況從此，先生少來藝姐間走動，老大人不是更會放心？」

說得也是。天龍心想，若有個明秋這樣的細姨，生活不知多了多少美事？

「多人多福氣。先生只有一個兒子，明秋還年輕，說不定還為先生添幾個人丁……何況，先生為甘家辛苦半輩子，難道不該為自己多想想？明秋也不圖什麼，只圖和先生能夠廝守……」

這決定性的一夜，使甘天龍動了娶妾的念頭。何況明秋還給他一個不必花費太多的消息：

「梅子姨那裏，千把塊錢也就肯放人了。母女一場，我為她掙了多少金錢？她如今也看破了，掙得再多，到頭來，全給我那個里慶阿叔賭掉、花掉！我們梅子姨欠他的債！人啊，總是一個人欠另一個人的債，像我，許是欠先生的債，巴巴的要到你們甘家去還債。」

天龍主意既定，找了個日子回犁份，把娶細姨的決定稟告老父、老母。除了吹噓明秋的賢德體貼之外，最主要是兩大理由令老大人動心，一是明秋年輕，也不過二十五，尚可添個一男半女；而江惜看來是多半產女的命。其二是，明秋娶進來，天龍自可定心，從此少走藝妲間去花冤枉錢，因此，現時花個千把塊錢，應該大大值得。

既然通過了父母這一關，天龍如猛虎出柙，簡直無人可擋。

他把這消息告訴自己妻子江惜時，是在某日晨起的時候。

江惜正對鏡在梳龜仔頭，天龍自側看到她白泡泡一雙手，突然有點憐惜。但他仍覺箭在弦上，不得不發，因此在踩下木階，要去前頭看診時，回身低而清楚的對江惜說：

「從前在藝妲間認識的一個明秋，過兩日決定收伊做細姨。多人多福氣，妳們姐妹要和樂，不要令外人見笑。」

江惜龜仔頭梳了一半，丈夫的話像打雷，震得她手捏不住，一把烏髮散了一肩！

天龍人已走了！他不是在問她的意見，也不必得她允許；他僅僅是告訴她有這回事就是了！

江惜突覺一陣噁心，慌慌的就衝到天井裏，對著排水溝乾嘔，直嘔到淚流滿腮。

那個得知丈夫要娶細姨的早晨，江惜意外發現自己又懷孕了！

那是極盡諷刺的兩件事啊！

江惜扶著那口深井的井緣，第一次覺得那口井那樣深、深不可測！

榕樹上蟬鳴高枝，斷腸一般叫人發慌！

9

明秋趕在七月開鬼門之前，進了甘家門。

雖沒有什麼迎娶儀式，但也讓明秋拜了甘家祖先，叫一家大小都來相認。

天龍介紹江惜時，對明秋說：

「她就是先生娘，以後妳們以姐妹相稱吧。」

明秋即刻笑盈盈的對江惜福了福，親密密的叫著：

「阿姐！」

江惜勉強笑了笑，並無稱謂。

天龍因之便說：

「她娘家姓李，小名就叫阿秋。」

天龍並未言明要阿惜叫明秋什麼，大約事屬初次，他亦不知該如何叫她兩人相稱吧。

明秋被安排住在西邊的廂房，與阿惜住的東廂房遙遙相對。

由於明秋進門時，江惜又懷了第四胎的身孕，因此天龍自然而然就多往西廂房明秋的地方住宿過夜，自然，「但見新人笑」，也是天龍喜歡到明秋那裏的原因。

明秋出身娼家，床笫之間多有媚術，她又深以自己並非正室夫人為苦，因此特別在天龍身上下功夫，曲意承歡。明裏是對江惜姐妹情濃，暗地裏卻無時不在找可以顛覆江惜這正室夫人的機會。

過門之後，明秋仗著天龍寵愛，對於車伕下人多所支使，尤其不同的是，她公然坐著人力車，在豐原大街小巷招搖穿梭，儼然先生娘的姿態。

江惜當了先生娘十多年，還不曾坐過憨財仔拉的人力車一次。天龍雖不曾明言不要江惜坐他的人力車，但亦不曾主動讓江惜乘坐他的專用人力車。江惜是個本分的老實人，天龍又一向高高在上，威嚴十足，所以這件事就如此成了不成文的規矩。

明秋做了天龍細姨之後，依然改不了她晚睡晏起的生活習慣。白日裏要過午才起身，起身之後，拍拍手掌，就要巧春為她捧洗臉水進屋子裏。在甘家，除了天龍洗臉要下人或江惜捧洗臉水之外，沒有第二個人享過特權。所以巧春便十分不爽。

尤其巧春一人要料理全家大小的三餐，外加洗衣、打掃、買菜等等粗活，事實上相當忙碌。明秋有事沒事，又拿出她的肚兜、唐衫給巧春，用一種威脅的口吻吩咐巧春：

「妳給我仔細洗了，洗壞了，妳三個月的工資也賠不起！」

巧春是個直腸子的婦人，多次以後，有一回性子一擰，當面就推還給明秋，說道：

「明秋姨，這可沒法子了！我是個粗人，從來沒洗過這麼貴重的東西，人家先生娘的衣物，也全是我這樣粗手洗的！我怕洗壞了妳的好衣裳，賠不起！」

這明秋頓時勃然大怒，即刻開口就罵：

「妳這賤婢，敢跟我這樣說話！」

巧春哪裏受得了這粗口野舌的罵，立刻還嘴說道：

「我不大妳年也大過妳月，妳居然沒大沒小罵我！我倒奇怪啦，我們老老實實憑雙手做事賺清白錢，又不像有人躺下來張開雙腿在賣，誰賤誰不賤，倒是顛倒是非了！」

巧春話一說完，立即回房，包裹鋪好，一件一件衣裳拿出來，準備要回家去。

那明秋氣呼呼的，一把眼淚一把鼻涕，也不管天龍正在前面看診，即刻衝到看診室裏，就往天龍身上一揉，哭道：

「你今天非給我做主不可！」

天龍看明秋那個樣子，以為是江惜和她嘔氣，便問：

「究竟什麼事？裏屋裏的事，不能等吃飯時再講？」

「一個下人敢這樣騎到先生娘頭上，我以後還怎麼差得動她？這件事，你非做主不可！」

天龍一聽，不免就想：江惜做了十多年主母，沒聽過哪一個下人不服她的，誰來都是一做多年。怎麼明秋來了不出三個月，就有這難看齣頭？是不是因為她出身較低，下人們就不肯服她？

「什麼事惹妳生氣？」

「叫她洗件唐衫，也不過叫她仔細別洗壞，那婦人竟罵我是躺著賺的！」說到這裏，明秋更是涕泗滂沱，無限傷心：「做那一行，難道是自己犯賤？她這樣罵我，不只是羞辱我，而是羞辱你哪。」

天龍鐵青著臉，問道：

「是誰這樣不是款？巧春嗎？」

「不是她還有誰？」

天龍一言不發就往裏衝去！下人如此猖狂，豈能容她在甘家待下去！

殊不知，那日鄰居阿柑正拿著從自家後菜園裏瓜棚下摘下的兩條絲瓜，要來給害喜的江惜嘗鮮，江惜正在午睡，所以阿柑坐在天井裏和奶娘金釵，以及來修土牆的泥水匠土伯仔聊天，明秋在窗邊和巧春的對話全讓大家聽見了。

天龍站在天井，面對著巧春的房間，怒聲罵道：

「巧春，我一向厚待妳，妳今日怎粗口野舌如此罵明秋，這是一個下人該有的態度嗎？」

巧春一聽，氣得臉紅紅的，出到房間口，也大聲說：

「先生，你耳坑輕，惡人先告狀，你也聽……」

「天龍，你聽她，連你也頂撞——」

「妳不用說了，領了工錢就回去！」

「我正要走，不勞你請！」巧春也硬氣，罵道：「但我看在先生娘的份上有一句話勸先生：甘家引進這婊嫺，早晚要敗！」

「妳說什麼?!」天龍怒極要往前衝，卻被土水師傅阿土伯仔和阿柑，一個擋一個拉。

土伯仔拉住天龍，說道：

「先生，吵架不能只聽一邊的話。我今年五十了，託大來告訴你這件事。這事從頭至尾我們都聽得一清二楚，先罵人的不是巧春。」

那土伯仔素有為人公正的令譽，他一出口，分量不同。

天龍雖也不得不聽進他一些話，但仍怒不可遏，指著巧春，顫抖著說：

「看她這樣子，我不信她不罵人！」

這時，阿柑也說話了：

「明秋要巧春洗唐衫，口氣原就不好，她告誡巧春要好好洗，否則洗壞了用三個月工資也賠不起。巧春自然不肯洗，說她粗人粗洗，先生娘的衣裳也是這樣洗……明秋聽了生氣，開口罵巧春賤婢……是不該罵這句的，誰肯被人罵賤婢？又不曾幹什麼見不得人的事！」

天龍不想事情竟然如此，但事到如今，自己亦下不了台，正不知如何是好，明秋一旁卻辯解著：

「我罵賤婢是習慣，從前就罵慣招弟的，又不是——」

「別跟我提從前！」天龍怒聲喝道，把在場所有人都嚇到了！罵了這句話之後，天龍甩甩手，忿然又踅回前頭去了！

那明秋未料到阿柑敢出言對她做不利的供證，她正無台階可下，因此遂指著阿柑罵道：

「妳這死無人要葬的老不死，甘家待你們恩重如山，妳今天是向誰借膽，敢在這裏翻觔斗！妳還不快給我死出去！」

「甘家待我恩重如山，是先生和先生娘，可不是妳這罵了污人家口的女人！我愛來就來，能叫我不來的只有先生和先生娘，可不是妳這沒人承認的女人！」

明秋原以為必勝的一仗，卻不料弄得灰頭土臉！她眼看情勢不對，跺跺腳便躲進房裏，一個人在那裏生悶氣。

江惜此時早已起身，出來探看。先是安撫阿柑，不斷的賠不是。阿柑平靜的說：

「先生娘，妳是老實人，會吃這賤婢的虧，妳得學著對付這惡人，別讓她騎到妳頭上。往後，我們葉家歡迎妳常去，但這裏我就不來了——先生看來也是個耳坑輕、耳根子軟的人，妳要注意自己的處境，不要被那貨欺負了。」

阿柑後腳一走，巧春也留不住，前腳便要跨出。

阿惜流著淚，說道：

「妳做了十多年，一點也不念我們這份情，說走就走！我跟妳保證，往後不用妳伺候她，我讓先生專為她請一個人使喚。」

巧春也流著淚，執著江惜的手，哭道：

「我走不是為她，憑那賤婢還不致要我走！我只是料不到先生一個巧巧人，會如此不辨是非，聽信一個婊子的話……經過今天這樣，我再待下去有什麼意思?先生娘，妳也毋庸留我……」

江惜從私蓄裏多給了巧春兩個月工資，說道：

「先生自己一定也反悔，妳這一走，叫他沒機會彌補。」

巧春畢竟是四十多歲的女人了，通情達理聰明人一個，她說：

「再怎樣，我是個下人，也是個外人。先生娘千萬莫為了一個外人兼下人傷了夫妻和氣。那藝妲間的正苦無機會，先生娘千萬千萬要注意。」

巧春這一走，苦了江惜和金釵，主僕兩個便聯手在灶腳忙晚餐，那闖禍的明秋，卻依舊沒事人般，在房裏唱著小調。

江惜聽了，亦忍不住氣悶，對金釵說道：

「這先生眼睛莫非給屎糊住了!這藝妲間的，人不年輕、臉也不水，若論個性，更是顢頇不通理，說她厲害嘛，也不是，頂多是個笑面虎，可又藏得不夠好，那麼大脾氣!真不知先生看上她什麼?巴巴娶來當細姨!」

「先生娘，她不是笑面虎，是狐狸精!」金釵嘆著氣：「男人要女人如何?賢德的，他嫌不夠有趣、不夠狐媚……人家藝妲間的會唱曲呢。」

那晚上，天龍飯也不曾吃，八點多，覷著沒有病人，叫了憨財仔拉車出去，一直拉到新町去，找了家曾經去過的藝妲間「杏花院」，一個人在那裏喝悶酒、聽曲子，到了更晚，又支回憨財仔，獨自留宿在杏花院裏一個叫鴦鴦的藝妓那裏。

憨財仔回到醫院，破例去向江惜報告：

「先生娘，先生今晚宿在藝妲間裏，叫我先回來。」

「唉，真是禍害！才來三個月，就把下人逼走，又將先生逼回藝妲間去！伊如此做，又哪裏會比較長？左右不是伊吃虧！真是憨人！」江惜肚腹已經明顯可見，她扶著後腰，對憨財仔說：「我久不曾煮食，現在真沒辦法做！你不是說你莊上有個福嬸仔，如果做事妥當，勞頓你明早回家一趟，看她可願明日就來做？」

「應該可以，福嬸仔孩子都離手腳了，要走東走西方便得很。」

次日，天龍遲遲才回。回來後，逕自進東廂房江惜的房裏更衣。

江惜伺候他換衣裳，順便提起：

「巧春昨日打發伊走了，我託人再尋個手腳俐落的來頂替伊。只是，那邊……那個明秋，是不是要另外找個人供她使喚？」

天龍哼了一聲，怒氣未消：

「做錯事闖了禍，人人不好，還給她好待遇？妳有沒有想差了？」

江惜不敢再說。

那一晚，天龍看完診，並不去西廂房明秋那裏宿眠，而改往江惜那裏去。

那明秋，本來薰香敷粉，癡癡翹盼著天龍，欲要以媚功來化解天龍對她的怒氣。

所以，一近十點，她便尖著耳朵，諦聽著外面的動靜。等聽到東山在關外面醫院大門，又聽到天龍皮拖鞋的足音，她一顆心提得高高的，反覆思量要如何開第一聲口。

誰知天龍卻逕往江惜那一頭去，根本不給她彌補修好的機會！

那一晚，明秋絞著手巾，恨得牙癢癢的！想到那笨拙無情趣、連個曲子也不會唱的江惜，竟然又讓天龍重拾舊愛、重新眷顧；只落得她一個人孤零零的！這怨氣和妒恨如何能消？

隔了一天，天龍又不曾到明秋房裏。

到了第三天，明秋再也忍不住，覷著天龍看診空檔，一個人悄悄掩入看診室裏，手上捧著一杯參茶，笑咪咪遞到天龍案前：

「這幾日讓您動了肝火，我真過意不去。這杯參茶，讓您消消氣。等會兒我給您搥搥背。」

天龍臉一拉，啐道：

「這什麼大暑天，喝參茶！妳任何事都不用做，嘴巴修修口德，學個先生娘的樣子，我自然不氣！其餘這些都是多的，不用做表面！」

明秋一向善演戲，這時眼一紅，聲音便軟了下去！

「這裏有誰當我是先生娘？」

「妳自己沒款沒樣，別人如何敬妳重妳？人要自省，不要只怪別人！」

明秋待要再廝纏，東山卻自外頭探身進來，對天龍說道：

「先生，外面有兩個患者，要他們等，還是——」

「叫他們進來。」天龍吩咐畢，也不看明秋，冷冷又下逐客令：「一個婦道人家，沒事不要往這裏來！給不知情的人看來，以為這先生怎麼做的！」

明秋咬著唇、含著一泡眼淚奪門出去。

又接連七、八日，天龍仍是不肯到她房裏去。

這明秋左思右想，自己千方百計才嫁給天龍做細姨，三個月來備受寵愛，那大婦江惜根本不是她的對手。誰知會為了一個下人落到今天這個地步！說出去，豈不笑掉人家的大牙！

她有十足的把握，只要天龍肯再進她的房，她絕對能讓天龍回心轉意、再度寵幸！

然而，一個大宅子裏，有那麼多雙眼睛看著她，她實在沒有辦法再厚顏在白日裏去廝求天龍！

唯有天龍自己願意回心轉意，自行再進她的房，情況才會改觀！

但那天龍，看起來心硬如鐵，可何時才有轉機？

她不能在這裏癡癡傻傻的等著，等無期！等無人！

隔日，明秋一反常態，起了個大早，仔細打扮停當，揣了私房錢，穿上一襲翡翠綠摻黃白花的七分袖唐衫，頭上還插了支龍鳳簪。她尋到天井，喚著車伕憨財仔！

「憨財仔，我到親戚家走動走動，讓你拉著去、拉著回來，怕要兩三個時辰。」

憨財仔正坐在板凳上用一把大柴刀在劈柴火，聞言旋即停了動作，放下柴刀，拉下他腰際的長巾拭著汗珠。半晌才沒頭沒尾的說了句：

「我去看先生用不用車？」

這時候，天龍正在看病。除非有緊急病患要他往診，否則不會用車。憨財仔此舉，其實是去問天龍的允或不允。經過一場大變，明秋被天龍冷落是甘宅上下都知道的事，要不要讓她再搭著憨財仔拉的車來來去去，是得問問天龍。

憨財仔用轆轤自井中打上一桶水，以兩隻大掌權充毛巾，胡亂捧了兩三捧水往臉上撲，再拿毛巾隨便抹下臉，這才往前面看診室去，探頭進去，問道：

「先生，明秋姨要用車，得兩三個時辰，說是去看個親戚。」

天龍明知明秋沒什麼親戚可以走動，一枝春藝妲間，他又要她斷了干係、不再來往，所以她去什麼親戚處，料也只是幌子。

但天龍前後只想了十秒左右，便鐵青著臉，揮了揮手，也不留難。

其實，經過這些時日，天龍對明秋的怒氣早已逐漸沖淡，只是想著必須藉這次教訓，讓她改掉從前藝妲間的浮蕩惡習和罵人時的粗口野舌，讓她知道「家和」的必要，因此故意冷淡她一段長時期，讓她知所警惕罷了。

這一陣子，全家都敵視她，也夠她受了，出去散散心亦不是什麼不得了的事。所以天龍以沉默應允了明秋用車的要求。

明秋一上車，即囑憨財仔往大湳的方向去。憨財仔亦不多問，加緊腳勁就往大湳拉去。

那明秋，塗脂抹粉，本來就比一般婦女濃艷花俏；穿的唐衫亦是花色大膽。坐在人力車上招搖過市，免不了有識與不識的人指指點點。

「原來，那就是濟世醫院的細姨，畢竟不是什麼好人家出身，端那個架子，不知見笑極了！」

「先生娘亦沒這麼囂張咧。總之，越是腳梢貨（意指下等貨）歹出身的查某，越不是款！」

「那先生也是，人長得俊俏，眼光卻腳梢（意即末流、不高明），娶個細姨，根本及不上大某！人不水，又不是款，不成體統。」

明秋倔傲自得的坐在人力車上，心裏恨恨的想，不出幾日，等我做了工夫回來，看你們還敢輕視我不？

車至大湳，左彎右拐之後，明秋讓憨財仔停在一棵大樹下。她邊跨下車，邊吩咐憨財仔：

「我去去就來，約莫得一個小時，你那裏去喝個涼的吧，一小時之後再來。」

說著，遞了兩角錢給憨財仔。後者推辭不收，明秋就把角仔放在車座上，逕行下車。

「我把明秋姨拉過去吧。」憨財仔看看前頭。

「那倒不用，路窄，車子不好進去。」

明秋說著，走進彎弄裏，又拐了個彎，才來到她的目的地。

她逕自進了無人的大廳，叫道：

「洪師傅在嗎？」

半天，有個瘦小陰騭的男子，一身黑衣的走出來，正是專以巫術替一些人解決困難的洪力。

明秋諂媚的對洪力屈身行禮，說道：

「洪師傅，又有困阨來祈求您改運解決了。」

洪力注視了她一會兒，問道：

「妳不是上一回才來答謝過的嗎？今日又有什麼事？」

明秋非常靦腆：

「是，又有一些困難。」

「是同一個人嗎？」

「是的。」

「既是已嫁入他家之門，妳就該自己有本事抓住他的心才是。做細姨，若得寵就傲慢，早晚會有困難——今日妳又有什麼事？」

明秋眼眶一紅，說道：

「下人看不起我是藝姐出身的，我一時氣極，罵了她，結果尪婿便好些天不肯進我的房。」

洪力沉默了許久，最終問道：

「那妳今日要求什麼？」

「求那狂婿回心轉意，專寵我一人。」

洪力沉思了好一會兒，拿出符令紙，用丹筆畫了三張符，一一解說：

「這一張化給伊喝，用陰陽水對半沖開；這一張化成灰，撒在他所穿之鞋內，第三張，貼在妳紅眠床之後，不要被人看到。」

明秋領了那三張符，千恩萬謝的揣入懷中，問道：

「如此就好？」

「如此就好。」

「多謝師傅，不知今日這樣，需多少謝禮？」

洪力用手比了個二，再比了個零。

明秋乖乖拿出二十元，放在桌上，便滿懷希望的回去。心裏卻想：欺她需要，越來越貴！

當日下午，假借到灶腳去看菜，尋著新來的傭婦未注意之際，偷偷將陰陽水所兌的符水，倒入洗淘好的錫鍋米粒之中。

然後，又將第二張符化好，包在手絹之中，掩至江惜房外，輕咳兩聲，出聲詢問：

「阿姐醒著嗎?」

「什麼事?」是江惜的聲音。

明秋覷著左右無人，迅快又輕巧的打開鞋櫃，將符燼倒入天龍常穿的皮鞋之內，卻也不敢倒得太多，怕被發現;而嘴裏卻也不敢閒著，親切的說道:

「我下午出去，想著姐姐有孕，也許會想吃點鹹酸甜，所以買了一些，來問姐姐吃不吃?」

江惜在裏面沉默了一下，大約不敢接受這突然的好意，虛虛的笑了笑婉拒啦:

「多謝妳啦，這些天鬧胃疼，不敢亂吃。妳留著自己吃吧。」

明秋目的已達，又悄悄關好鞋櫃的木門，這才說道:

「那，我就留著，等阿姐想吃再來拿。」

三張符，解決了兩張;另外一張貼自己紅眠床上可是再簡單不過。

做好這件事，明秋心神大安，囑了福嬸在柴房為她澆水，她一個人，早早在澡房裏，好整以暇的洗頭、淨身，不時還傳出唱曲的歌聲。

奶娘金釵偷偷問憨財仔:

「伊今日去哪裏?見了什麼人?看來心花很開哪。」

憨財仔老老實實的回答:

「也沒叫我送到，讓我停在路口，她一個人拐了好幾個彎不見啦，足足去了半個鐘頭。」

「可怪唷！不知做什麼事去？」

「細姨嘛，是那種做了錯事也無須驚怪的。」憨財仔的意思，是細姨即使行為有差，亦無須太大驚小怪，本來就不是可以要求的有德之人。

接連三個晚上，明秋用玉蘭花香，自然薰香了自己的臥房。而且每晚盥洗過後，她都很仔細的妝扮好自己，挨到天龍看完病人，約莫要回到後進時，她就在窗口，用堪堪可以聽到的嗓音唱著曲子。

兩個晚上都空等了。

到了第三個夜裏，明秋實在也累了，有些傷心，頗為失望，有一搭沒一搭哼唱著昔日在一枝春常常唱給天龍聽的日本情歌：

「……

兩人即使要相見

唯有今日

……要這樣並肩散步

亦唯有今天

……」

在失望恍惚之中，明秋並不曾聽到天龍的腳步聲。唱著、唱著，忽然悲從中來，不禁啜泣起來。

她的門是虛掩著的。天龍被那熟悉的歌聲吸引，悄悄來到她房門外站著。昔日的恩情又暖暖回到心窩。這女子，出身低賤，難免不識大體；但既是藝妲、細姨的命，實在也不好太苛求她；若她明理，豈不就是阿娘的命？

除此之外，她實在有種叫人放鬆身心的本事。和阿惜做了十多年夫妻，平平淡淡的，他不曾聽阿惜哼過什麼小調或曲子；自己亦不曾在阿惜跟前唱過曲。阿惜太……怎麼說呢？就是教人太不能偶然的放浪形骸一下子的女人。但是，與明秋在一塊兒，卻很自在。她是那種活生生、火辣辣，自己不怎麼入流，卻很能自得其樂，又不會令相處的人不自在的女子。

想到這裏，又聽到房內她的啜泣，天龍遲疑了一下，終於推開房門。

「這麼晚了，妳還唱曲，不怕擾了別人？」

明秋在自傷之際，突然聽到天龍的聲音，抬頭見他站在眼前，趕緊就拿手絹拭淚。她久處歡場，男人的情腸思緒，摸得不可謂不透徹。天龍肯來，眼中又有憐惜，足見不是前來相責。

明秋趕緊起身，委委屈屈說道：

「你不肯理我，我心中苦啊！不唱曲，難道去跳港？」

說著，伸手去拉天龍，自己順勢仆在他胸前，抽抽搭搭又哭了起來。

天龍不知不覺擁住她的肩背，嘆了口氣：

「妳自己不好——唉，這麼大一家子，妳既已是先生娘，自己的一言一行也要有個分寸，別教人不服氣。」

「有誰認定我是先生娘？這個家，可沒半個人叫我先生娘！」

「這事是爭不得的，大家認定阿惜是先生娘，十多年來，她花了工夫呀。妳如果有分有寸，幾年以後，大家服氣了，自然亦敬重妳。這事我是無法幫妳的，全要靠妳自己。」

明秋現時亦知男人怕煩，眼淚鼻涕必須適可而止。因之，她把天龍拉到紅眠床上，溫柔卻又熱情洋溢，彷彿全忘了這半個月的不快和委屈似的：

「你累了一天，要不要我唱個曲子給你聽？我還有好些你沒聽過的曲子！」

說著，也不等天龍答覆是或否，她便自顧自唱了起來：

「紅蜻蜓呀紅蜻蜓
那年母親牽著我
在黃昏的水田邊
還有我美麗的大姐

幾年以後

我仍然在這水田邊
看著黃昏的紅蜻蜓
我那嫁出去的美麗大姐
不知一別數年
是否無恙?」

天龍聽她用一種無邪的聲音唱著這首日本童謠。他不知道，她是否完全明白歌詞的意義?但她唱得那般專注、那般沉湎，彷彿她就是歌曲中那微帶憂傷的「我」，沒有邪惡、沒有心機，亦不見風塵味。

天龍將她拉近，帶點感動和欣賞的口吻說道：

「這個曲子我很喜歡，怎麼以前沒聽妳唱過?」

明秋脫口便回說：

「客人不喜歡!」

隨即又發現自己失言，低了頭說道：

「真失禮!我總是……唉，難怪人家看不起，牛，牽到北京還是牛呀。」

天龍聽她說得悽楚又自暴自棄，不覺動了憐惜之心，摟近她，說道：

「英雄不論出身低。從今後，妳只往前看，莫再回想從前，妳自己檢點，誰也不敢看低妳，何況有我幫妳做主！」

「但願你這句話永遠記得！」

天龍不想再談這惱人話題，環顧四周，說道：

「這玉蘭花可真濃艷！不像八月桂，似有若無。」

「你若喜歡桂花，明日我去天井分枝，種一株到我窗前，以後你夜夜就可聞到。」

天龍見她處處曲意承歡，不覺更加憐惜，說道：

「那倒不必辛苦！妳喜歡，叫憨財仔移一株過來。」

「你喜歡我就喜歡……」

當天龍對她恣意疼惜時，明秋心裏充塞著對大湳那洪力師傅無比的敬畏之情！

四個多月以後，江惜生下第四胎，又是個女嬰，取名叫碧洋。

沒兩個月，大家忙著過年，明秋喜孜孜發現，自己居然懷孕了。

這可是件大事！連天龍都隱然有種莫名的期待之情：不同的妻妾，也許不會再生個女兒吧。

10

明秋一經宣佈懷了身孕，身價大大不同。

她的胃口變得離奇而刁鑽，想吃的東西、想吃的時候，與正常三餐大不相同。福嬸忙一家大小的吃食和濯衣，已無餘力再特別照顧她，因此天龍破例給她請了個專屬的使喚下女，才十五歲的百花。

百花從小就賣給人家做養女，被養父母虐待到不堪的地步，經過地方上人士出頭斡旋，百花得以出來幫傭，再將薪水的大半拿回去給養父母，算是換回了自由。

因為自小歹命，又天生認命，所以百花非僅十分能幹勤快，而且任勞任怨，絕對的好脾氣。

明秋懷孕以後，因為孕吐厲害，所以脾氣十分不好。她怕聞各種吃食的味道，惟獨喜歡煙葉和檳榔，幾乎嘴不停嚼、煙不離手。

百花做的吃食點心，不對胃、燙了、冷了、鹹了或太淡了，明秋都有一頓好罵；有時明秋還會冷不防伸手去擰百花，將她手臂上擰得烏青一塊。

甘家大小，包括天龍在內，都知明秋素性不好，雖然未必全知道得那麼清楚，但明秋嘴壞眾人皆知，天龍為了要留住百花，偷偷給百花加了工錢，背地裏也有一些好話。因為能受得住明秋的畢竟不多，走一個換一個，鬧得雞犬不寧反而頭痛。

好不容易捱到順月，那明秋也合該有那個命，居然一舉得男。

這下子母以子貴，明秋受寵的程度，幾乎都讓她自己以為快要扶正變成正統先生娘了。

孩子體積很小，一般都以為是母親懷胎時少飲食的緣故。

根據排行，這晚來的孩子取名碧天。

現在，天龍更是經常宿在明秋的西廂房了。孩子例由百花照顧，晚上也跟著百花睡。天龍晨起、午休、晚睡時，照例都會逗逗碧天。不知是因喜歡明秋的緣故，愛屋及烏；還是碧天猶在襁褓，特別可愛。

江惜所生的兒子碧山，比較起來，就不曾得到父親這麼多的寵愛，至少表面上看來是如此。長子期待特別多，難免就嚴峻。

天龍此時正值盛年，妻賢妾佞，加上又添丁發財，可以說是意氣風發。

這一日，保正陳千田突來拜訪。

天龍不敢怠慢，剛巧病人看到一個段落，迅即請陳千田到後面廳堂上坐，吩咐泡上好茶。

「先生這麼忙，真歹勢來打擾，實在是有事請託，所以——」

「保正伯毋庸客氣，只要是我做得到的，一定盡力。」

「是這樣的，神岡庄的保正是我內舅，聽他提起，莊上有個徐姓人家，家裏很窮，耕著一塊三十租的赤貧田，本來就夠窮的，偏偏屋漏又逢雨，這姓徐的前些日子被他那頭發瘋的牛撞死，家裏大大小小留下五、六個孩子。」

聽到這裏，天龍忖測，保正陳千田大約是來向他募款，要不是要葬殮那姓徐的貧農，便是要給姓徐的妻小一筆安家費。

天龍行醫多年，遇到窮人，免費義診的事，經常有之；地方上，窮人病死，他亦經常施棺助葬；大小災害，能出錢的，他大半都有份。倒也並非他特別樂善好施，而是他有錢，又素具名望，所以出錢出力的事，大家自然而然就想到他。

他只是不明白，神岡庄的事，為何會找到他頭上來？是不是那地方比較赤貧？

「保正伯的意思，要我──」

「喔，先生，請聽我說完。姓徐的死了之後，庄上大家樂捐了錢，將他給葬了。現在是活人的事。他有一個女兒，剛嫁不久，接下來那個兒子，有才情，伊阿爸讓伊讀書，他也爭氣，考上台中一中，是台中一中吔，葫蘆墩上找不到幾個唸台中一中的孩子。」

「是，窮人子弟，有時比較爭氣。」天龍聽陳千田如此說，彷彿在那素未謀面的少年身上，看到自己年輕時的影子。

「但是，書讀得好亦沒有用，現時他父親暴死，他是長子，所以得準備休學養家，拉拔那些弟妹。我是來看先生這邊，生意如此之好，是不是能再加請一個助手或藥局生？當然，這樣是很冒昧，我只是盡點綿薄，跑一趟路的工，來問問就是。」

「那少年幾歲？台中一中讀到幾年級？」

「現在是三年級，再兩年就畢業。聽說是個優等生。」

天龍沉吟著，未曾立即答話。

陳千田見狀，便說：

「先生若有困難，不必勉強。」

「不，我是在想，既是書讀得不錯，休學豈不可惜？」

「這亦是運命啊！這世間，多少巧巧人，只怪命差點，運程、人生也就走得大大不同了。徐家這孩子，也不是第一個如此不幸的人，他自己亦有覺悟。」

天龍盤算了一下，才開口說：

「保正伯，加一個助手或藥局生，現在對我來說，實在沒有必要。但是，如果能幫助一個少年、一個家庭，我可以做這個考慮。只是，這樣做，算不算對那少年有幫助呢？我在想的是，如何給他更大的、更有用的協助，最少能減低他人生的遺憾——保正伯，明日那少年如果從學寮回來，可否勞煩保正伯多跑一趟，帶他來見我？」

陳千田聽天龍所言，亦非推託，自然高高興興的回去了。

第二天過午，保正伯果然帶著徐家那少年來了。

天龍一見那少年就歡喜。少年名叫徐丁生，也許是農家子弟的緣故，長得黑黑壯壯，骨架子很粗，人也高大，一張長國字臉，濃眉虎目，鼻樑雖不挺高，卻非常有力，下巴有點戽斗。整個人，給天龍一種有志氣的感覺。

天龍幾乎在第一眼看到徐丁生就立即確定了心意。他不要這個少年因為家庭變故，而淪為得為基本生活奔波的販夫走卒！像徐丁生這樣的孩子，應該有異於輟學受僱於人的命運！

天龍問了他一些話，徐丁生雖有些怯生，但他仍有條有理的回答，尤其是他虎目中那奕奕神采，特別叫天龍心動！實在不該是個被埋沒的孩子呀。

「能考上台中一中的鄉下孩子不多，我想，你應該很優秀，一定也喜歡讀書。尤其再兩年就畢業了，現在輟學，未免太可惜。我想，」天龍注視著徐丁生，很清楚的告訴他：「你應該繼續讀書，至少把台中一中五年讀畢業。保正伯希望你來我這裏工作，事實上，我的醫院不需要更多的人手。我想幫助你讀完剩下兩年的書。」

陳千田一聽天龍如此說，大為意外！他雖為徐丁生高興，但也擔心天龍不曾考慮清楚，因此，他在旁趕緊插嘴：

「先生，這少年的，目前不是只有讀書的問題。他是長子，他還有一家要他負擔。」

天龍點點頭，說道：

「就算他是藥局生好了，一個月能賺多少。保正伯，您放心好了，我仔細考慮過，我既然要叫他繼續把書讀完，我就會讓他安安心心的。他家裏，我自然也會有一定的數目支援。

有關這一點，我私下再和您商量。倒是你——丁生，對於讀書這件事，你是願意吧？」

那徐丁生不敢相信天下會有這樣的好事、會有這種貴人！這十七歲的少年，激動得有些語無倫次：

「先生，我不明白……我們非親非故，您……您肯這樣幫我……我不知怎麼說才好……」

天龍拍拍徐丁生的肩膀，笑著說：

「你只要把書努力讀好就是了。」

陳千田誠懇的對天龍說道：

「先生，您做了這許多積陰德的事，一定會厚蔭子孫的。」

天龍笑著擺擺手：

「剛好遇到；而且剛好做得到罷了。這也只是機緣湊巧，談不上什麼的。況且，有才情、肯上進的孩子，不幫他的話，實在可惜了。」

「丁生，還不快謝謝先生！」

天龍即刻阻止：

「保正伯，我不要丁生覺得受恩於人那樣挺不起腰桿。男子漢查甫人，最要緊就是站得挺，無須對人低頭。」

保正陳千田說道：

「話雖有理，但恩情畢竟是恩情。」

說也奇怪，甘天龍對徐丁生這素昧平生的貧農子弟，似乎特別眷愛，他除了供應徐丁生所有的學雜費之外，還特別要憨財仔將他拉到神岡庄徐家去，實地了解徐家的環境。

從那時起，天龍每個月固定資助徐家二十元，雖不挺多，但也足夠徐家除丁生之外的五口人一般的生活所需。

說來奇怪，天龍和丁生似乎特別有緣。剛接受濟助時，丁生每個星期自學寮回神岡庄自己家中時，常常從家裏帶些自家所種的蔬果到濟世醫院來送給甘家。天龍無論多忙，一定抽暇和他談話，不是垂詢丁生在校的情況，就是和他聊些病人的種種。

丁生初到甘家，原來只是帶些羞澀的農人之禮送給恩人聊表謝意罷了。但天龍對他特別厚愛，不是留他用飯，就是要他久坐。初時，丁生還甚靦腆，漸漸熟稔，丁生越來越喜歡天龍，下意識裏，竟有點將天龍視為父叔輩親人般看待。到甘家，因此也就成為丁生每個星期的豐富又愉快的行程。

這年的夏天到得特別早，學校裏開始放暑假之後，丁生有時一早自神岡庄自己家裏，走一個多小時的路程到甘家去。

他在候診室裏看天龍為病人治病，又跟前跟後，盯著東山忙來忙去，興趣盎然的想著：如果當初天龍不資助他繼續升學，今天他也許正像東山一樣，在充滿消毒水和藥味的這家醫院，消蝕他貧瘠的青春歲月；而絕對不像此刻一般，用一種休閒的心情，觀賞著眼前這一切的運作！

「父樣！我現在可以和您講話嗎？」一個清脆嘹亮的聲音響起，用的是日語和福佬話交雜的語言。

徐丁生抬頭，只見一位梳著兩條粗大辮子的少女，穿著藍白粗格子的唐衫，出現在問診室裏，正對著甘天龍講話。

那女子，細眉細眼，加上纖秀修長的身段，有一種像柳條般的風姿。

「什麼事？不能等吃飯時再講嗎？」天龍抬頭看她，語氣裏有一種溫和的縱容。

「晚上，在學校運動埕要放映映畫，我想帶碧釧去看，但母樣不肯，說是晚上不讓我去，所以我來問父樣。」

天龍沉吟著：

「那映畫又沒有聲音，有什麼好看？」

「旁邊有放送頭在講解劇情，而且銀幕上也有故事的大綱，不然光著映畫亦看得懂。」

天龍看著女兒熱切認真的表情，故意不答，反而顧左右而言他，笑道：

「妳沒看到還有客人在嗎？這麼大了，為了看映畫，跑到父親工作的場所來要求，不怕別人笑話嗎？」

少女這時才看到坐在東山身後，露出半張臉來的丁生。

「丁生，這是我的大女兒碧湖。碧湖，他是台中州立一中的優等生徐丁生——妳問問丁生，他看過映畫沒有？映畫可有什麼好看？」

這一對少男、少女初見面，雙方都臉赤赤的十分尷尬。

丁生雖在甘家出入有一段時間，但因他大部分時間是在前面，吃飯時甘家又行男性先吃、女人後吃的規矩，因此碧湖雖聽家人提過有丁生這麼一個人，卻從未見過。

碧湖今年十五歲，兩年前從葫蘆墩公學校畢業之後，便一直待在家中。她和母親江惜一樣愛看戲，對於剛開始出現的映畫默片更是熱愛。這新時興的電影，有時會有一些演過的老片，拿到學校操場，免費放給大眾看。地方上的人對這時髦玩意兒還挺熱中的，常常可以吸引好多人。

「算啦！父樣亦不贊成我看，那我就不去！會失望的是碧釧，才不是我。」

碧湖說著，返身就跑出看診室，一點都不掩飾失望和相當程度的憤怒。

天龍見女兒拂袖而去，訕訕對丁生解釋：

「那麼晚，女孩子出門不好。她老是不懂父母反對的真正原因。」

丁生並未答腔，兀自仍在碧湖似嗔還喜的秋波中發愣。

只聽天龍又問：

「家裏需不需要幫忙？如果不必，反正放暑假了，你可來這裏住一段時間。」

「家裏就是耕那一塊薄田，收割的時候需要幫忙，還有巡田水時。但現在離收割還有一段時間，前一陣子也才巡過田水，我負責踩水車，把大溝裏的水灌進田裏。現在沒那麼忙，我三叔他們一家就夠了。」

原來丁生家的那塊租來的田，是和他三叔家合耕，丁生父親死後，那田大部分交由他三叔處理，丁生只有放假時偶然幫忙，那收穫亦絕大部分歸他三叔。雖說絕大部分，大約也只夠餬口吧。

天龍尚記得不久前丁生帶來一小桶泥鰍，說是巡水田時挖來的。福嬸將牠們用熱油炸了，再滾糖醋。

既是丁生無須再負責大部分勞務，天龍就要他帶些書來看，暑假期間來來去去的，想回家再回家，不然甘家有的是空房。

丁生這一住，不免就時常遇著碧湖、碧釧、碧山和碧洋四姐弟。丁生為著碧湖已是及笄少女，且兩人年齡相近，所以不敢公然和她親近；對其他三個小的，倒是很談得來，有時亦時常玩在一起。

碧山尤其喜歡和丁生在一起。後者帶他用竹竿黏蟬、釣土虱、灌土猴等等，有個大男生類似大哥那般帶著，碧山那個暑假，過得特別快樂。

有一日，丁生午飯過後極其無聊，甘家大院，除了少數一兩個下人不曾午睡之外，其餘大約都午休去了。蟬聲一聲緊似一聲，彷彿在四方八面。

丁生在大廳西側的木櫃裏，百無聊賴的翻著僅有的三、四本舊書。那些書他早已讀過兩三回，而且都是最近才讀過，所以沒有重讀的興趣。

此時，廊道上忽有腳步聲行近，又聽到碧釧的聲音在說：

「父樣才不會答應，他管我們最嚴了。」

丁生一回頭，先看見的卻是碧湖。

碧湖依舊紮兩條辮子，臉頰因曬了陽光而紅撲撲的，亦閃著汗光。身上是一件白短衫，下著一條花褶裙。

兩人四目相接，彼此都愣了一愣。

走在半肩之後的碧釧，對兩人的異樣絲毫未覺，高興的叫著：

「丁生哥，你沒休息呀？」

丁生期期艾艾答道：

「不想睡，卻找不到書可看——妳們去哪裏玩呀？」

碧釧未及回答，碧湖忽然開口說道：

「想看書，可以到媽祖宮內去借，那裏有一個圖書館。」

丁生看著那十五歲的少女清澄的眼波，由別處瞟了過來，停在他臉上三、五秒鐘，又迅即逃了開去！他那黑膛臉上一陣熱，傻呼呼的就問：

「媽祖宮內，怎會有——圖書館？」

這回回答的是碧釧：

「怎麼沒有？為了鼓勵人家借書，每年媽祖娘娘生日，只要那年在圖書館借過書的，全有餅乾可拿。我阿姐還拿過呢！」

「那……有這種事？我即刻去借。」丁生像在答謝碧湖提供這消息的德意般，迫不及待表示了心意。但行動之前，忽又愣愣提了問題：「方才妳說是在哪裏？」

碧湖噗哧一笑，對妹妹碧釧說道：

「妳帶他去吧。省得他出去以後找不到路回來。」

「阿姐怎的不去？」碧釧傻傻便問：「我們三人一起去，順便帶丁生哥去逛逛。」

「憨人！」碧湖白了她妹妹一眼，啐道：「我可以去嗎？」

「可是——」

碧釧還要再說，碧湖一扭身跑了進去，邊小碎步跑著邊丟下一句話：

「我不管！去不去是你們的事！」

她跑進自己房裏，反手將房門掩上，一顆心噗噗亂跳，像要跳出心口一般。摸著自己的雙頰，竟也燙得像發燒一般！

就在這一團火當中，她兀自尖著耳朵，希望能聽到碧釧和丁生的動靜：他們究竟在幹什麼呀？到底去或不去？那傻瓜碧釧，竟如此不會想！她一個十五歲大姑娘，如何和一個十八歲的男子，公然走在一起？大街小巷的遊走？這碧釧也十二歲了，竟然一點也不知道她這大姐的心事！

莫說旁人說閒話，第一關她父親那裏就通不過！碧釧應該和她一樣清楚才對。

但那愣頭愣腦的徐丁生又是怎麼想呢？

他會想自己太輕薄，竟先自和他講話？還是以為自己耍脾性，動不動就扭身走掉？像上回在候診室裏和父親對話時一樣！

真惱人唷！

為什麼生為女子，就必須如此的不自由？

碧湖想到這裏，沒來由的懊惱起來！天氣很熱，她與碧釧本來自外頭回來，一頭一身汗漓漓，是想先擦個身也淨淨心，偏又遇著那笨牛也似的徐丁生，自己多嘴又講了那麼一句話，弄得現在，她哪裏也不敢去，怕再撞著了徐丁生，教他誤以為她有事沒事就儘找機會去「撞見」他，那才冤枉！

偏那碧釧亦不曉得進房來通個信，這死查某鬼！等會兒非狠狠教訓她一頓不可！

左想右想千般萬般的無奈！若是有個人說說這心事就好了！可惜呢，碧釧是一條腸子通到底的笨！碧山與碧洋皆小，母親則一心在碧山那唯一的兒子身上，怎會管到這油麻菜籽命的女兒！

少女清淺的情慾像千絲萬縷，難理難解。碧湖在無聊與無奈之中，意然朦朧睡去。

夢中遍地落花，不知自己和那本無干係的青年男子，何以竟在自家宅院中有了命定的交織？

幾天以後的黃昏，碧湖、碧釧與碧山，姐弟三人圍在姨娘明秋窗外的玉蘭樹下議論紛紛。

八歲的碧山長得活脫就是他父親甘天龍的樣子，俊朗軒昂、額寬目威，此刻正自以一種超乎他年齡的早熟在對他兩個姐姐說話：

「憨財仔說的，這棵玉蘭樹完了，只要有蟲蛀，就必須整棵樹砍掉，連根也不能留。」

「怎麼會？只要把蟲蛀的地方除掉就可，整棵樹都挖掉多可惜，種了好幾年呢。」碧釧惋惜的抬頭望著那棵玉蘭。

玉蘭的花季早已過去，整棵樹上都是大大油油的葉子。

碧湖仔細檢視那樹，用嘴努努明秋的窗口，低聲說道：

「該擔心的是伊，又不是我們！這棵是細姨樹呀！」

「怎能算是她的？」碧山以甘家第三代長子的口吻說道：「這屋子裏的一草一木、一桌一椅全是甘家的，伊算什麼？」

碧湖說道：

「父樣可不這樣想呢！伊進門就受寵到今天，何況伊也生了個兒子。兒子總歸是兒子，不管是大某或細姨所生。」

「一棵樹罷了！你們偏講到什麼大某細姨的，哪有那麼多事！」碧釧息事寧人的說出自己的意見。

「妳啊！憨愣愣！那女人如何算計，妳又不是不知！如果不是她挑唆，父樣會打阿母的嘴頰？妳究竟是誰生的呀？莫非中了伊的蠱，認賤人做阿娘？」碧湖火辣辣罵了妹妹一場，氣鼓鼓便拉著碧山的衣袖要走。
姐弟兩人繞過外面的廊道，來到前院的芭樂樹前，碧湖對弟弟說：
「你是阿母的依靠，一定要才情。知道吧？莫讓那細姨篡高，把我們全踩在腳下！要替阿母平反，懂吧？」
碧山點點頭，小聲神秘的問道：
「金釵姨說伊會巫術，常見伊在燒符，嘴裏不知在唸什麼。不知是真是假？」
「噓！」碧湖趕緊阻止弟弟：「你是天公仔子，我們是積善之家，不怕伊搞邪術。但你仍要小心，不可近伊的身，聽到了？」
碧山點點頭，露出警戒的神情。
碧湖摸摸弟弟的頭，愛憐的問道：
「要不要吃芭樂？阿姐採個沒被鳥啄過的給你。」
碧山將頭仰著，說道：
「我要硬的，咬起來脆脆的。」
碧湖覷著那芭樂樹，相中一個，可惜稍高。她把唐衫往上拉了拉，露出整截小腿，偏又怕被人瞧見。她左顧右盼，想想沒法度，遂將唐衫拉好，說道：
「我找把凳子，還是取根竿子打它下來。」
「我來！」突如其來一個聲音，正是徐丁生！

那碧湖不自禁臉便紅了起來，嗔著問丁生：

「你來了多久？看到我爬樹了？」

丁生即刻露出受冤的表情，照實直說：

「我這才踏出門檻一步，哪裏看到什麼？」

碧湖噘嘴不說。碧山見了丁生，卻高興極了：

「阿姐原要採那個芭樂——」

丁生把手上拿著的兩本書擱到樹根上，這才相準目標，望上一躍、再躍，將那果子連幾片葉子一起抓了下來，用手帕擦了擦，遞給碧山。

碧湖這時才想起自己不好和丁生相處過久，扭身要走，卻被丁生用日語喊住：

「碧湖樣，等一下！」

他彎身自地上拾起方才擱下的兩本書，遞給碧湖：

「那天在媽祖宮圖書館看到，想到妳也許想看，所以……」

碧湖略一低頭，不曾細看是兩本什麼書，伸手接了過來，趕緊扭頭便走。

她把書緊緊夾在腋下，彷彿怕被人瞧見似的，不敢直接自醫院大門進去，而繞著屋旁的廊道跑回屋子，關了門，用背抵著，這才把書拿到眼前來看。

原來，一本是菊池寬的《真珠夫人》，一本是芥川龍之介的《羅生門》，兩本書的作者皆是當代赫赫有名的大家。

碧湖只覺頭昏昏的，腳輕輕的，緊緊捧著那兩本書。浪潮一般，不斷拍打著她腦門的，是丁生那低沉而渾厚的聲音話語：

「想到妳也許要看……想到妳也許要看……」

原來，他也想到了她！他心中亦想著她……

碧湖如釋重負的闔上了眼，一瞬間，淚水滾燙滾燙的流了下來！

原來，他亦知道……他也有心！

皇天啊，你千萬得慈心些！莫負了我甘碧湖這番心事！

11

次年冬春之交，在濟世醫院做了十多年的東山，由於長期有著偏頭痛，又經常單側鼻塞，平常，他因為自忖在醫院工作了極長時間，頗諳藥理，因此每遇不適，總是自己拿了藥服下，不太搭理病情。

可是到了這一年冬季末期，他卻有了相當嚴重的鼻出血和流鼻涕症狀，而且頸部也腫大成巨塊腫瘤。

這個時候，不僅東山自己身體支撐不住，甘天龍也發現事態嚴重，極力攛掇東山到台北的大型醫院檢查治療。

東山剛走那幾天，天龍總存著他只是開個刀、靜養一陣子，甚至無須開刀，用藥休息即指日可癒的期望，所以不肯也不忍另外再請助手。

雲英未嫁的碧湖，由於耳濡目染，多少也知道一些東山所做的例行工作，因此暫時權充父親的助手，在問診室幫忙。

東山去到台北，檢查出疑似鼻咽方面的癌症，拖不過兩個月，便死在醫院。

天龍有好長一段時間，一直無法接受東山病逝的事實。他親到東山在內埔庄的家裏去慰問，東山遺有老母、妻子和兩名不到十歲的子女，天龍致贈了三百塊錢的奠儀，相當於東山一年的薪水，加上先前讓東山帶上台北看病的兩百元，足足資助了東山五百塊錢，主僱之間，算是情義俱足了。

東山死後，碧湖仍然代替他的工作做天龍的助手。

三月底，徐丁生台中一中五年畢業，志願要到天龍的醫院當助手，頂替東山。卻被天龍一口拒絕。天龍說得好：

「若是要你當藥局生或助理，兩年前就讓你做了，何需等到今日？還叫你把書讀畢業？我對你的期望，遠比這個還要大得多。你何不去考高等學校，好進大學？」

日本的中學五年制，五年制中學畢業之後，或四年級時，可越級考台北高等學校高等科，畢業後再投考大學。因為高等學校錄取極為困難，所以只要考上，幾乎所有的大學，除了台北帝大和東京帝大之外，入學皆無困難。因此高等學校高等科，被視為大學的進身之階。

「我並不想上大學。如果有心要上，我四年級便會去參加高等學校的考試。但我並不想考。」丁生非常明確的說出自己的意願。

「那你到底準備幹什麼？」

「先生！我是準備替您分勞的！」丁生用極為感性的聲音，非常誠摯的說著。

天龍注視著丁生，受了感動，但他仍裝作若無其事，笑道：

「我一個人夠了。你要幫忙的話，該去讀書才對！」

「先生，我知道您賺錢無數，然而，您的負擔也極大，不但自己有一大家要養，別人有困難，大家亦都向您伸手，像我，像東山。所以，您實在是負擔很重，非常疲累。本來，協助您的應該是您的親生子，但碧山實在太小了，還不足十歲；碧天也只有五歲，要他們能幫先生，當左右手，遙遙還好多年。我雖非先生骨肉，但先生對我有再造之恩……這樣說，先生或許認為我臉皮厚……」

「不！丁生！我內心其實有種錯覺，以為你是我的兒子！」天龍難以自抑的說著：「如果碧山和碧天能像你這般，我真的就心滿意足！就因為對你有特別的感情，才要你繼續讀書。」

「不，先生！我如果繼續讀書，起碼還得六、七年才畢業，那樣，不僅您負擔加重，我自己的弟弟妹妹也無法繼續升學，所以我想我該出來做事。只要努力，不讀大學也是一樣。」

天龍了解丁生說的是實情，他沉吟著：

「可是，你能做什麼呢？」

丁生眼睛頓時亮了起來，說道：

「先生不是和人合夥做大甲帽的生意？我想進這公司，從基層做起，然後再看看有沒有辦法把這個生意做得更好？」

天龍聽丁生一說，頓時拍案叫好！

「是呀，我怎沒有想到？做生意甚好，生意錢最活！人家說，生意子難生，若你能將這生意做大、做好，我就如虎添翼——真是太好了！難得你想得到！」

聽天龍充滿希望的說詞，丁生反倒保守起來，說道：

「我也不知能不能做好，只是希望先學學看——既然別人都做，輸人不輸陣，我應該也不會差到哪裏才是。」

「正是、正是，我立刻聯絡大甲方面那個負責人。你先了解放料代工以及回收、品質檢查這些事，弄熟之後，我再讓你去做外銷內銷的工作。」

從此，徐丁生以十九歲之齡，參與了甘天龍的事業。丁生非常苦幹，後來證明也非常精明。

他不辭辛勞，往來大甲、清水、梧棲等地，從選擇材料三角藺草開始，就進行了篩選的工作，一定精選上料，務期使他們出產的帽、蓆，在料質上就優過其他工廠。其次，他執行品質管制，以交來的成品，評定包工頭的成績，淘汰部分不適任、不負責的包工頭。

這第一步的工作花了將近兩年才完成。然後，丁生又開始想：為什麼大甲帽只能是那個形式？而不能有絲毫變化——在形態樣式上、在顏色上？為什麼他們永遠不管顧客喜歡什麼，只是埋頭生產？

丁生也很想知道，除了賣大甲帽、大甲蓆到日本本土之外，還能夠賣到哪裏？譬如，更遠、更熱的一些地方？更需要這些產品的市場……此外，是不是也能將別地方的特產，拿到另外一些地方去賣？讓那些物品有更大的出路。譬如，中國唐山有些什麼日本人喜歡的？日本又可銷些什麼東西到中國唐山去？

外面的世界多麼廣大而未可知呀！可是，就因為未可知，才充滿了無限的可塑性，徐丁生覺得自己再也不能只是守著這小小的地方就滿足了。

做這份工作，甘天龍讓他由月支三十五元開始，因為是合夥事業，不可能私意裁決太高的薪水，但天龍亦認為初入社會，讓丁生磨磨銳氣，知道人生甘苦真相亦是好的，所以私下也不再另外給他津貼，並且將徐家的生活擔子移交給他。

丁生幸而亦不負眾望，到了第二年將滿時，他的薪水由公司幾個主要股東合議，已經給到月薪五十二元了。

第三年的春末夏初，丁生首途赴日，一個人到基隆搭上大和丸的巨輪，經過兩夜三天，中途仍在門司休息，最後抵達神戶。

按照天龍所囑，丁生到日本，就去住在天龍三弟天豹京都的家中；天龍希望丁生能在日本住一陣子，實地了解日本人的生活習慣和大甲帽、蓆等之潛在市場。其實，亦有令其見見世面、開開眼界的意思在。

天豹十幾年來，陸陸續續向天龍要了兩、三萬元，除了頭四年是讀大學需要學、雜費及生活所需之外，後來要錢的名目都是「生意投資」。

當丁生看到所謂生意投資，居然是那家和別人合夥的「台灣特產店」時，簡直不敢相信！

那「蓬萊產物」的一坎店面，合夥人有四個，如果一個股東必須付出兩萬元投資，表示這坎店需要八萬元才能保持平衡或繼續維持。以那坎店經營的規模與形式看來，實在是不可思議的「超昂貴」。

但是，等丁生住上一段時間，他才發現：原來真相不是如此。

甘天豹是蓬萊產物四位股東中，唯一不去看顧生意、當然也無法支薪的人。而蓬萊產物的生意只算得上普通，即使有些盈餘，也全花在「員工」的薪水和紅利上頭了。而所謂員工，事實就是駐店的那三位股東。

換言之，如果肯好好按時輪班看店，最起碼會有一份差堪維持溫飽的收入，蓬萊產物的生意雖不頂好，但也不致虧本，事實無須增資。

天豹十多年來，所以一直向天龍需索金錢援助，事實是因他遊手好閒，根本沒有工作的緣故。

另一個原因則是他嗜賭。

丁生才到他家的那一天，天豹坐在賭桌上；第二天，天豹不在，據說也是賭。

天豹愛賭的情形，已到無事不可賭、無時不可賭、無人不可賭的嚴重程度。

丁生見他日日在賭，賭友牌搭子亦不固定，地點亦不相同，因此可能碰上詐賭的情況亦不是沒有，所以十賭九輸，越輸越不肯罷手，如此惡性循環。

日本在明治時代即有麻將，大約就是當時由中國傳入。天豹一到日本，初次接觸麻將便迷上了，所以只要湊得到牌搭子，他最喜歡玩麻將。不然，四色牌、三七仔，有得賭他都玩。而且，賭本不多，賭膽第一，手氣背時，輸得特慘。

不只天豹賭，天豹的老婆玲子有時亦上桌打麻將；而且，連天鵬也濫賭一通。

丁生真為天龍不值。雖說醫生是社會的天之驕子，但錢亦是一點一滴累積起來；且身為醫生最辛苦，工時長，又無法隨便離開；半夜更經常有急診，再累也得起來救人於水火。

當初，送天豹、天鵬到日本，旨在令兩人讀大學，脫離甘家上一代貧農的身分。誰知自幼在大哥天龍羽翼下的天豹和天鵬，不能體會掙錢人的辛苦，亦不知珍惜長兄栽培他們的心意，把自己的人生弄得如此糜爛。也難怪蓬萊產物在日本本土的銷路一直沒有長進，根本就是因為無人在推廣的緣故。

丁生雖然對自己所見驚駭莫名，但是他不敢將這情況告訴天龍。這消息畢竟太傷人了，他必須找個時機，好好的對天龍透露。

因著天豹、天鵬的不可託付，丁生益發覺得自己責任重大。有一日他走到街上，忽見有一小小的補習班看板，居然是教人學美語的。

丁生地理讀過，美國幅員廣大，緯度、氣候亦有類似沙漠的熱暑地方，所以應該也需要遮陽草帽和涼草蓆。那麼，要和這些地方做生意，美語就用得著了。

當然，做生意透過類似以前買辦的中間翻譯亦可，不過，求人總不如求己，反正現在閒著亦是閒著，更況自己英美語又有基礎在，更精進根本不難才對。

何況，即使不做生意，多學一種語文，一點也沒有壞處。

丁生即刻報名參加補習，兩天上一次課，回來又拚命努力，進步真的稱得上神速。

不過，丁生會決定在日本補習英文的緣故，除了基於上述做生意的理由之外，最主要還是因為這時候的日本，景氣壞到不能再壞的谷底，即使有什麼發展計畫，此刻也不是時機，只能觀望罷了。

原來，大正年間，日本曾參加第一次世界大戰，當時戰場主要在歐洲，所以日本得以倖免本土國力的受損。那時候，日本外銷到歐洲的衣服，生意好到連衣服鈕子都來不及縫，而竟以暫時黏住的無信譽產品供應的狀況層出不窮。因此，戰後歐洲各國經濟逐漸復甦，對於日本產品的需要度及信任度俱都相對減少，日本經濟頓時大為萎縮，到了昭和五、六年左右，真正達到谷底。

當時，遍地都是失業者，即使是大學畢業生也不一定找得到工作。以教書為例，除了少數一流的國立大學如東帝大畢業生可以任教中學之外，一般私立大學畢業生，如能找到國小任教，已經非常萬幸了。

那個時候景氣壞到最流行的一個外來語竟是Lumpen（無業遊民的）這字！

丁生有次在日本最大發行量的雜誌——《王者》（King）上，看到一頁諷刺漫畫，漫畫上畫著一家公司刊登招募人員的徵人廣告，準備錄用的只有一名工作人員，但應徵履歷片如雪片飛來，堆積如山，最後為了解決這些應徵信，竟不能不將之拿去餵羊！因之，漫畫的最後是提出一個諷刺性的點子：如果你要餵羊缺飼料，不如刊個小小的徵人廣告！

漫畫雖然畫得有些誇張，但距事實其實也不會太遠。

就因為日本國內景氣太差，所以當時人人爭往中國滿洲去發展，並且口耳相傳，滿洲就變成日本人覬覦的一個大餅，必欲據為己有才心甘。

丁生在日本一待一年半，一來是接到天龍要他回去的信，二來是那一年他二十三歲，算算碧湖也已二十歲。一個大姑娘二十歲，再也不可能放在家裏不將之嫁出去。丁生心裏記掛著伊，卻又擔心兩人家境懸殊，難免自慚形穢不敢妄想。

但碧湖二十歲，卻未聽聞有什麼做給人家（意即許給人家）的消息。會不會伊在等著自己？

就懷著如此萬一的心情搭船回台。

回到台灣，即使擔心天龍會痛心加傷心，但丁生亦簡要的將天豹和天鵬在日本的生活狀況，以及日本本土的經濟情形，向天龍報告。關於後者倒比較平常，因為一年半之間，書信皆已詳述。

聽到弟弟的狀況，天龍沒有多問，但心情沉重到數日不肯多言。

因為如此，丁生亦不敢對自己和碧湖的婚事有任何期待。除了回自己家中盤桓數日之外，丁生很快又回到甘家。

甘家這些年來少有變化，除了孩子個個長大之外，大致如常。

碧湖仍在醫院中充當父親的助手，一年半未見，她豐腴了一些，看來益形嫵媚。見到丁生，雖未開口，卻也並不迴避，只微微一笑。

丁生站著看她，在日本兩地相隔一年半，他所以咬緊牙關吃苦、忍耐寂寞，主要全靠對她的那份刻骨相思。

不知二十歲的佳人，以如此好的條件和家世，是否已有另外的有力追求者？

丁生想到這裏，心情也無法不沉重了。

除了碧湖之外，碧山、碧釧見到丁生都顯得高興又親熱。

碧釧十七歲，亦已亭亭玉立，幼時那種不受疼愛的小媳婦模樣，這兩年褪去不少，大有脫胎換骨之勢。

見了丁生，碧釧只吃吃直笑，最後才一語雙關的問道：

「怎麼沒娶個日本婆仔回來？」

碧釧也只念到公學校畢業就不再繼續升學，她並不特別熱中讀書。

相反的，碧山的成績卻非常好。他在丁生回來那年的四月，開始成為台中一中的學生。

考上台中一中，無論對甘家或在葫蘆墩，大家都當成一件大事在討論。

天豹、天鵬的事所造成的打擊逐漸減弱之後，有一日中午看完診，天龍叫來丁生，卻將自己女兒遣了開去。碧湖反正一逢到丁生有關的事，總多少避一點嫌，不會多問。

天龍等丁生坐定，開口問道：

「這麼多年，你可有什麼看中意的女孩子？」

這話問得含糊，丁生一時不知該如何回答，怕造次壞了事情。因此他只楞楞望著天龍。

「你也二十三歲了，如果心裏有合意的對象，不妨實說出來，我好為你做主。」

丁生想著，他是喜歡碧湖，但如冒昧說出，萬一天龍認為他高攀不上，雙方豈不破壞這許多年來培養出來的良好關係？

雖說天龍對他恩如再造，但親事這回事，有時門戶之見是很難跨越的。

「難道，你在日本那麼久，也不曾看上什麼合意的女子？」天龍繼續催問：「台灣人也好，日本女子也好，只要你喜歡，我們沒有什麼不好商量的。」

「在日本一心要把英語讀好，還要注意種種和生意有關的事，我是真的無心注意這方面的事。」

「那好，既是你心中無人，那我做主替你訂一門親。」天龍愉快的笑著。

丁生聽了，不免揣忖，若說的是別人，他如何拒絕？情急智生，忽然問道：

「我二十三，碧湖小姐已二十歲，女孩子更是不能久留，先生難道只注意到我未成家，卻不曾想到碧湖至今未嫁？」

天龍恍然大悟，說道：

「對呀，碧湖的婚事也未定，這幾年，不斷有人提親，大部分條件都很好，有世家，也有醫生，我正奇怪她為什麼老是不中意別人——」

天龍將話頓住，突然直截了當問丁生：

「你不喜歡碧湖嗎？」

丁生的黑臉突然熱起來，支支吾吾：

「我……怕她看不上我……怕先生……嫌我家境……」

「如此說來，你是喜歡碧湖了？」

丁生到了這個地步，終於勇敢的向天龍深深一鞠躬，急切說道：

「求先生成全！」

天龍問道：

「你和碧湖約好了？」

「不！不曾談過這事！」丁生急忙表白：「事實上，我對碧湖小姐……是喜歡，但從來不敢……我感激先生，也敬重碧湖小姐，覺得自己配不上，所以……一直放在心裏。」

「如果我嫌棄你，這些年會如此待你？我是愛才呀！你不記得我曾說過，你感覺上就像我生的……」

「是——先生！」

丁生與碧湖的婚事，就這樣決定下來。

新婚夫妻，暫時住在濟世醫院。

半年之後，碧湖隨著夫婿到了日本；又半年，小倆口輾轉到了天津租界。

丁生自那時開始，做起中日貿易。

他從日本銷往中國唐山的是軸承、仁丹、少許藥品以及大甲帽、大甲蓆；而自中國輸出中藥材到日本。起先是小小的做，做得順手之後，規模便慢慢大了起來。

碧湖向來能幹，又長於應對酬酢，很幫了丁生不少忙。

三年之間，碧湖連生兩子，迢迢寄了相片回台灣給天龍看。

天龍每想到丁生和碧湖，空間的距離，往往帶給他一種寂寞的安慰：所幸不曾看錯眼，所幸是個有為的少年人。但是，他有時多麼想有個人在身邊和他聊聊呀！就像丁生這樣的人！

家中男丁太少，年紀又小，碧釧一年前也嫁到台中一個世家去；碧山大半住在學寮中；而江惜所生最小的女兒碧洋，也已公學校畢業。碧洋不同於兩個姐姐，很愛看書，伊公學校未畢業之前，便一直吵著要繼續升學，而且堅持要到日本唸高女。

天龍在教育這方面，雖不是很嚴重的重男輕女，但對於碧洋的要求，事實有些委決不下。一個女孩子，才十三歲，隻身迢迢到日本去，教他怎能放心？

自從知道三弟天豹和五弟天鵬在日本的行徑生活之後，天龍對於兩人的需索，採取一種不太接濟的方式，即十次中答應一兩次。不敢完全斷絕，是生怕兩人在日本日子過不下去！既然天豹、天鵬兩人不可依靠，碧洋到日本，自然不肯讓她到京都去依親。那麼，一個十三歲的小女孩子，就只得自己去異鄉獨立了！

他不忍心呀！尤其這第三個女兒，意志堅定有俠氣，最得他的歡心。如果她也走了，家中就更無可談之人了！

然而，猶豫了兩個月，天龍最後仍然決定讓碧洋到日本去讀書。而且，生平破例第一次，他親自帶碧洋到日本，決定學校和住宿的種種。

做了這個決定，他的細姨明秋最為不滿，不斷的絮叨：

「查某囡仔讀那麼多書幹什麼？又不是要做女官！」

「也不是書讀得多，尪婿就嫁得好！」

「這樣寵，寵得會爬，將來看誰敢娶她！」

明秋自生了兒子碧天，自忖對甘家有功，從此就更不成體統。香煙、煙葉抽得兇，檳榔更是很少停口。

她自來性子不好，現在更是有恃無恐，早已不把江惜看在眼中。有一次為了細事指責江惜，後者反唇相稽，明秋竟然趨前揪住江惜，先用利齒咬傷江惜的手臂，又在拉扯中，將江惜推倒！

甘家出入的人多，這件事很快傳遍閭里，便有那些仗義執言的老輩，結伴到天龍跟前批評明秋的不是。

「細姨本來就沒地位，是那種做錯事亦沒人指望她的卑微查某。現在居然打大某，還將她咬傷，如果先生連這個也不處理，那就未免太失體統了。」

天龍亦覺明秋做得過火，進屋子責罵伊，伊猶振振有詞，結果天龍在盛怒之下，打了伊兩三個嘴巴。明秋立即嚎啕大哭，摔東摔西，鬧著要自殺。

天龍氣不過，足足有一個多月不進她的房。

然而，自明秋進了門，十多年來，江惜受盡冷落和委屈，對於天龍，既有怨懟，感情漸淡。她不再有少年夫妻那種被疼惜、眷顧的期望，於天龍，自然亦不再刻意承歡。夫妻兩個，變得冷冷淡淡、肅肅殺殺，尋常交談都甚鮮少。

天龍與江惜既然感情不洽，而明秋又漸漸令他生厭，天龍索性在候診室的左邊，隔出了一個大房間，經常單獨宿在那裏。

夜深人靜，想想自己的前半生，倥傯疲憊，只落得寂寞兩字。

自己喜愛的人，一個個離得遠遠的；冤家怨偶，卻又在耳根眼前吵鬧糾纏。

可恨啊，如此人生！

12

碧湖嫁了之後，天龍經人介紹，先用了個男性助理順理。順理做了四年多，說是家中要他回去顧店，遂向天龍辭職。

天龍又經人介紹，錄用了一個據說有工作經驗，卻已芳齡二十九的未婚小姐美利。見了美利之後，天龍才了解她為什麼二十九歲猶然未婚的原因。

美利長得高瘦猶如竹竿一般，一張長臉，有一對金魚眼和大暴牙，臉上的五官，除了鼻子還算正常之外，其他乏善可陳。

天龍原先對於是否用她有些猶豫。倒也並非以貌取人，而是怕病人嫌她不可親。後來見伊做事得力，打針、哄小病人、消毒針筒等工作，件件俐落，省掉他不少煩心之處，因此才錄用了她。

美利沉默寡言，尋常時候，有問才有答；日常三餐或晚間休憩在後院活動，她亦很少搭理家中其他成員，人家說什麼，最多只是笑笑，很少有一言半語。她不傳話，也不加入蜚短流長的談話，永遠像局外人或無感之人，置身於亂局中而不為所動。

逐漸的，家中成員原先還避諱著她的話語，慢慢不太忌諱著她公然談說，誰與誰的瓜葛、誰與誰不對，事無大小，都在她跟前演出。

碧洋十四歲，已在東京和洋女子專門學校高女部讀二年級，住在天龍為她找妥的學生公寓之中，獨自一個人在東京。由於天豹他們無心也無力關顧這個姪女，而天龍亦不願女兒受到天豹、天鵬他們不正常生活的負面影響，所以不曾鼓勵碧洋到京都相尋。

為此，天龍亦時時擔著一份心事，惟恐那聰明肯長進的十四歲小女兒孤身在外會發生什麼意外。

碧山仍在台中一中就讀，為了報考台北高等學校正在做最後衝刺。考上了，在台北高等學校讀三年，才有資格考大學。所以最近很少回家，待在台中學寮中準備報考。

江惜所生四個兒女，兩出嫁、兩負笈在外，家中像掏空一般，突然冷清太多。

唯一還在家中的幼子碧天，在公學校的最後一年，成績從沒好過。長得雖不如碧山，卻也依稀有天龍的影子；只不知為什麼自小就不愛讀書、不肯用功，只想在外面混混。

天龍有時不免會把這一切怪罪到明秋身上，畢竟是有那不通氣的母親，才會有這糊塗的兒子吧？

天龍當然希望碧天公學校畢業之後，繼續升學。但以碧天的成績看來，要找個學校讀只怕困難，除非再渡海到日本去，隨便找個私立學校讀讀。但這個想法，天龍不能不有所顧忌，因為碧天性喜嬉玩，到了日本，難免近墨者黑，就近被天豹和天鵬同化影響，那豈不愛之適足以害之?

這層道理，天龍說給碧天的生母明秋聽，明秋卻無法接受。她說：

「碧洋都去了，碧天卻不能去，難道甘家的香爐耳，還不如一個瓦片?我在想，碧山讀完台北高等學校，你也會送他去日本吧?碧天雖是我生的，但兒子總是兒子，不管是大某細姨誰生的，這一點血脈關係，怎麼樣也改變不了才對。」

「妳這女人，講都講不清楚。我說過不讓他去嗎?我是擔心，怕好好一個兒子，到了那裏成為廢物——我可是先跟妳說清楚了，妳要有心理準備。」

「這豈不是愛說笑!別人生的就不會變壞，我生的就一定變壞?這豈不明明擺著是看不起我們母子?」

「算了，算了!妳這女人講不清，我一樣也讓碧天去日本!而且，他公校畢業之後，我想他什麼中學也考不上，我讓他去日本讀私立中學，再上私立大學。這樣妳滿意了吧?」

這邊才平了紛爭，想不到找碧天來問時，孩子自己強烈反對要繼續升學。他當著自己生母明秋面前講明：

「我不是讀書的料，讀這公學校早已非常艱苦，哪裏還要繼續受苦?我不讀了!也不見得只有讀書才能出脫。」

「你這憨囝仔!你阿爸要讓你去日本，你為什麼不肯去?家中所有兄弟姐妹，幾乎人人都去了，惟獨你不去，教阿母怎麼做人?」

「這和做人有什麼關係？阿母！」

「怎會沒關係？人家會笑細姨的兒子沒出脫……」

「明秋！」天龍不想聽她胡言亂語：「妳少說些讓孩子見笑的話。反正，我一定讓碧天去日本讀書，妳就閉嘴不要再說些令人討厭的話了。」

明秋乘機再提出另一個要求：

「你既怕碧天不好好讀書，那我就一齊跟他到日本住一陣子，也好管束他。」

天龍聽了覺著好笑，說道：

「妳要去管束他？愛說笑，妳自己就欠人管束。而且，妳肯為他煮飯、洗衣嗎？平素在家，呼嫺叫婢，幾曾做過事？只怕連針線都未拿過。妳跟到日本，若不能為他做事，難不成還要他反過來服侍妳？愛說笑！」

天龍一口就回絕明秋的要求。

可是，等到碧天公學校畢業，真正要到日本讀中學時，天龍畢竟拗不過明秋的歪纏，終於還是帶著他們母子兩人一起到東京，親自為碧天找了個私立中學，又為明秋母子找了個小公寓安頓下來。

天龍知道碧洋素來討厭明秋，明秋亦對江惜子女充滿敵意，因此不曾讓他們異母姐弟住同一幢公寓；可是，又為了明秋糊塗顢頇，怕伊在異鄉異地出了差錯求告無門，所以又不敢讓伊母子和碧洋住得太遠，真是煞費苦心。

天龍安頓好明秋母子，再去看碧洋，然後父女倆一起去見明秋和碧天。天龍要走時，特別將碧天託付碧洋：

「我知道妳明秋姨素來欺壓妳阿母，但那是她們上一代的事；而碧天再怎麼說，仍是妳弟弟，也是我兒子。看在父親份上，有事替我照顧照顧。」

「父樣，碧天是我弟弟，他阿母的仇，我不會記在他頭上。無論如何，我一定記住這一點，記住這姐弟情分。」

天龍分別留了些錢給明秋和碧洋，這才極端不放心的打道回台灣。

現在，家裏的第二代幾乎全走光了。他的長子碧山果然不負眾望，考上台北高等學校。這台北高等學校是出了名的難考，碧山能考上，使天龍感到無上的安慰，至少，有希望去搏一搏那每年台灣子弟最多只被錄取四、五人的東京帝國大學。

明秋留在日本，整個甘家大宅，後院只有江惜和下人，而天龍與江惜日趨疏淡之後，索性亦不回後院，自己一個人在候診室旁的臥室裏歇息。

江惜才五十多歲，肌膚依然如雪，青絲仍舊烏亮，自不太與天龍契合之後，禮佛更勤。也許，禮佛之後，心寬氣平，意態更趨安詳，整個人未見老反而顯得年輕。

她待下人向來寬厚，如今更見體恤。下人們也知好歹，對她極為敬重。

四個子女都已長大，雖然惦記猶深，但已少憂不懼，因此，即使失寵於夫婿，對她而言，傷害日淡，早就可以心平氣和。所以，天龍的一切行止，她事實已不太關心，即令天龍帶著明秋母子到日本去，下人個個為她不平，她亦不覺怨恨。

人，約莫還是個緣字吧。不管明秋多麼沒有人氣，伊與天龍，既有前緣，或許比她江惜更能與天龍白首相扶吧。如果這是天意，她又何嫉何恨？

相對於她對世情人慾的淡漠，那天龍卻依舊自囚於六根牢籠之中。

妻冷妾不在，兒女無一留在身邊，白日裏忙忙碌碌，看的是生老病死；一到夜深人靜，孤燈單枕，啃得人心神不寧。

眼看就要到花甲之年，難道自己的一生，竟只有如此？

中、壯年忙一大家子的衣食，為父母、兄弟，為妻子、兒女，想想又有什麼值得的？

天龍讓燈亮著，站起來繞室徘徊，越想越不能入眠。

「先生——先生——」

天龍此刻宿的臥房，一邊是醫院大廳，另一邊則是前庭和側廊，開著兩扇窗戶。

那喚叫的聲音低而急促，正是來自窗下。

天龍驚疑不定，細細一聽，認定是他的助手美利，這才定定神，開口問道：

「美利嗎？什麼事？」

「先生，請您為我開前面大門，讓我進來——請小聲一點。」

天龍一時間沒有會意過來。美利如係由她自己房裏出來，應該自後院穿過天井、客餐廳而來敲他的門，不是敲他的另一邊窗戶；若是美利外出晚歸，應該無法進入前庭第一道大門才對。

這個看似沉默而與世無爭的女子，早已過了摽梅嫁杏的年紀，想不到默默吃三碗公，這麼晚了才自外回來……

天龍想歸想，依舊手腳俐落的打開自家房門，念在伊是未婚女子的份上，小心翼翼，儘量不弄出聲音的為她打開醫院的前門。

黑暗裏，但見美利手上端著一些什麼，閃身進來。

天龍只顧著關門、鎖門，來不及問她，也來不及看仔細。

等鎖好門，回過身子要回房，才見美利並非往內院她的房間走，竟是進到他的房裏。

天龍狐疑萬分。白天一起工作十幾個小時，雖說病人多，但斷斷續續的來，常有間歇時候，如果有事，自然可以在這時找他商量，何至於要揀這時候？

還是她是向自己解釋遲歸的原因？老實說，工時之外的個人行為，即使僱主也管不著的；他亦不會去對別人宣揚她的行為。

他也只是想了一下下罷了，隨即進房，這才見美利是端了碗涼綠豆湯來給他喝。

「這麼晚了，妳還……」

美利略低了低頭，由於深夜貿然來獻殷勤，多少有些羞赧，所以蒼白的臉龐顯得紅紅的，倒也添了幾分女人味，和一般時候的她大異其趣。

「我這幾晚，都看見先生大半夜仍睡不著……或許是白天工作太累了，所以……我怕這樣下去，先生會撐不住……」

天龍是出了名耳根子軟的男人，容易感動。他想，一個未婚女子，雖是工作夥伴，但肯冒著名節有損的險，如此關心著他，其心可感！

為此，他就無暇去細究。他的臥房在整個大宅的最前頭，而美利的在最尾端，她是如何看到他依舊亮燈未眠？除非她刺探了大半夜！

再者，為了怕穿過宅內引人注意，她特別自外面繞到窗下，這份心機，以好話形容是用心良苦，但若以刻薄惡意來詮釋，這三十一歲雲英未嫁的女子，無乃城府太深乎！

但是，天龍此刻久受寂寞之苦，忽然得到這麼一個女子的柔情關懷，除了感動，還夾雜著許許多多一個接近六十歲、自忖過往人生過得太單調倥傯的男人的複雜情緒。

「難得妳如此用心。」天龍用一種微顫的聲音說著話，不知該站還是該坐，該謝她或者該留她？

「先生坐下來吃吧。」美利人瘦高乾枯，直晃晃站著便見手長腳長，藏拙般無處安放。可是，天龍滿心都感於她這份勇於表達的關懷之情，哪裏還見其他？

天龍依言坐下，喝了兩口才又想起：

「妳也喝兩口。」

說著將碗推到美利面前。

「不！」美利將碗又推回給天龍，嬌羞說道：「我不餓。先生餓了，將它喝完。」

天龍看看她，隨即聽話將剩下的綠豆湯喝完。

現在，送來的食物已經下了肚，美利似乎沒有再留的理由。

而天龍雖很想留下她來，卻礙於美利猶是雲英未嫁的身分，不敢輕舉妄動。

美利拿著碗，站了起來。將走未走，突又說：

「先生知道我本來在台北的病院工作嗎？」

天龍點點頭：

「聽得春水說了。」

「知道我為什麼來這裏？」

天龍看著她，緩緩搖了搖頭。

「那是因為，有一回我在龜仔水那店裏看到先生，他們跟我說您是誰。我……自那一日起，便一直想：若是能跟這樣的先生一起工作，那是多麼好的一件事，所以……」

美利的眼睛閃閃發光，雙頰赤紅，似乎因興奮而忘了羞赧。

「這麼久——妳一直不曾透露。」

「我本來想，先生生活幸福，而我能一直在先生身旁工作就很好了。可是，這幾個月，看先生一個人這樣落寞，我決定說出來，不管先生怎麼想，也許會看不起我；也許——也不管會發生什麼事，我把我一生賭上了！」

「美利——」

天龍被這女子的勇敢震懾住了！

可是，人到了這個歲數，多少仍有少許理智，她未嫁，他二娶；她三十一，而他早已五十七。說來說去，似乎都不是應該發生任何事的兩個人！

「我——很感動，但我們兩人的年紀和身分……妳是規矩人家的出身——」

「我已經決定這輩子要怎麼做了！先生，我不是衝動失去理智，這件事，我足足想了兩年，我自己非常清楚。」

事已至此，天龍忽然伸手攫住美利的手，莽撞的將她拉進自己的懷裏！

美利儘管絲毫也不美麗，但當天龍俯身去親吻她時，她那熱情的回應，以及雖瘦但依舊年輕的軀體，像一泓生命之泉，強力澆灌著天龍枯竭的身心！

他不老，原來生命到了今天，依然甚有可為！

當天龍將美利壓在床上，奮力挺進時，什麼年齡、身分、寂寞、空虛，以及這樣那樣的顧忌全消失無形！

他像攀越生命中另一個高峰，只想到要征服、征服，再征服！

13

自那夜之後，美利等夜深人靜，估量著甘家後院的人皆已安歇之後，才躡手躡腳仍自前庭大門進來，潛入天龍的臥房。而前庭大門及天龍的臥房門，則是天龍等阿民關好門戶、回後院安歇之後，又偷偷起來拉開門閂的。

夜裏既是激情纏綿，日間同房工作，摩肩接踵外加眉來眼去，不知情的患者或者視若未見的毫無感覺，可是，也有那些敏感而又惟恐天下不亂的人，見木成林，見個影生一個囝，拿到外面嚼舌根，講得像親眼看見天龍和美利在床上翻雲覆雨似的。

藥局生阿民，有次撞見無患者時，天龍站在美利身後，用手環抱住美利扁平的上半身。

阿民吃了一驚，趕緊往後縮回藥局！

自那之後，阿民對天龍和美利的形跡留上了意。激情熱戀中的男女，事實形跡是無法完全避嫌的，何況天龍美利到了這當頭，也沒有特別要避人耳目的存心。

福嬸仔首先發現，美利有幾個早晨，並非從她自己臥房裏出來盥洗；有日深夜，憨財仔要起來小解，人站在自己臥房門口，還沒來得及跨出，卻就著天井邊上一盞小燈，看到一個偷偷摸摸的身影。

憨財仔原以為是小偷，跨出房門再定睛細看，卻是美利！

憨財仔也是好奇，連忙跟在身後繞過邊上門廊，望著美利自前庭門進入醫院，再閃進天龍臥房。

自此，天龍與美利的曖昧，不僅很快在甘家被瞧出端倪，而且正像許多醜事一般，更快的傳遍閭里。

最後，江惜終於也像婚外醜聞的配偶一般，輾轉得知這個不幸的消息。

經歷過天龍與明秋那種天驚地動的打擊之後，再來這一樁美利的事，江惜其實並不驚嚇，也不感到特別的意外。像天龍這樣的男人，既有明秋這樣，不難有其他女人的那樣。美利雖醜甚，但有地利之便，其實也很容易理解。

江惜只是等著丈夫將醜聞明朗化罷了。

男人，畢竟不同於絕大多數的女子，曠廢太久，終要找個薦枕之人。

江惜悲哀的意識到，自己與丈夫之間，真是要越來越遠了。

他們之間，固然有美利、明秋這些第三者女子出入其間，但女人並非造成她和天龍夫妻間疏遠的最大原因。她和天龍之間，只是心意各殊，有了隔閡，又無機會足以溝通，以致越走越遠了。

不久之後的某一個晚餐，天龍扒了幾口飯之後，突然抬頭對阿民說：

「今晚若是患者少，煩你將美利的東西、行李，搬到前面我的臥房裏。」

阿民抬頭楞楞看著天龍，一時之間無法回應。

天龍下的這個命令，有他特別的意義。

第一，阿民和美利的工作有上下游的關係，而且都在天龍身邊工作，阿民是老前輩，美利剛來時，阿民可能多少有倚老賣老的味道。天龍要阿民幫美利搬房間，有極深的意味在：亦即，從今而後，美利身分已經不同於往日，一躍而成為「僱主」的地位。所以用阿民做相較，最為清楚簡單。全家上下，這樣先後對照，即刻可凸顯美利今後的身分。

第二，在晚餐桌上宣佈，等於是像召集全家大小公佈這消息一樣。

自那天起，美利正式成為天龍的妾。

天龍在這個舉動前後，一直不曾照會江惜。好像這僅是他個人的事罷了，無關江惜任何瓜葛。納明秋那回，至少還先告訴了她。

江惜雖已對天龍的行徑不存希望，然而亦未料到他納妾之舉，竟連形式上相告亦不曾。夫妻間這最後一點尊重，未料亦到此蕩然不存。

美利升格為妾之後，依然在問診室裏做天龍的左右手。

既然已做了正式的同居人，先偷後妾，激情逐漸消褪，日子慢慢恢復正常。

那年冬初，天龍的父親甘祿松，晨起聽到豬欄那邊有騷動。由於年紀已八十六、七，夜裏睡得少，天未明就起身，比全家任何人都早。他耳聰目明，手腳都還十分靈活，也許是這一生勞動慣了，所以筋骨至老仍十分遒健。

豬欄靠近竹林，所謂騷動，或許只是風吹竹葉亦未可知。但老人家，閒著也是閒著，日頭未出、天光未明，這一日還有漫漫好幾個小時要捱。現此時，老二、老四、老六共三個兒子全住在附近，田裏或家裏的大小事情，不是兒子就是孫子在處理，早已不要他老大人操半點心。所以，他也沒叫醒什麼人，自己便拉著襖袍的衣領，摸著半黑跨出廳堂。

往豬欄的路，根本就是平常走慣了的，少說也走了五、六十年。偏偏這一日早起，一個踉蹌，往前仆倒，老大人兩手想抓住個什麼的亂撲，沒等撲著，人已倒地，左側腦正撞在一叢雞母珠樹或什麼不知名的粗樹椏的尖枝上，只悶哼了一聲，什麼人也來不及叫出聲，便直挺挺仆倒在地上。

過了一個多時辰，阿柔晨起梳好了頭，出來不曾見著丈夫，叫了兩聲，沒有回答，這才急急叫了剛起身的兒子去找。

天虎、天鴻在距豬欄不遠處找到已經斷了氣的甘祿松。老人家臉上沒有什麼痛苦的神色，倒是有點像責怪自己走遍大鄉小鎮都平安無事，卻偏偏栽在自家通豬欄的小徑上似的。

天龍得到消息，趕回犁份老宅，正逢要做頭七。兄弟四個商量父親後事，想到甘祿松這一生亦算福壽全歸，六個兒子、二十一個孫子加十個孫女，享年快近九十。所以其實幾可當喜事來辦。

倒是活著的未亡人阿柔一想到如此便於心不忍。

伊對於丈夫死時孤零零一個人，兒孫無一在側耿耿於懷。何況，甘祿松孤單一人躺在泥地上，不知斷氣多久，而家中竟無一人知道。

「阿爸他一生，五湖四海全走遍，什麼時候不是他一個人？阿母就不用掛懷了。」天龍亦只能如此寬解母親。

「他斷氣時，不知如何害怕？定然是呼天不應、叫地不靈，兒孫一個都不曾來扶持！」阿柔說完更不捨：「那麼大歲數的人，怎可以如此？我想起來就捨不得呀。」

捨不得儘管捨不得，但是出殯殮葬的事，依然得依禮俗來做。老大人福壽全歸，自然得做完七旬再辦大事。因此，天龍等事情商議妥當，留下了一筆該用的錢，叮囑留在老家的弟弟去看山頭，這才又匆匆趕回醫院。

不想沒兩三天，來不及做二旬，便接到天虎長子阿村來報，說是阿柔不行了，已經抬到大廳水床上去，要天龍速速回犁份老家去，不然怕見不到老大人了。

天龍不敢耽擱，速速與阿村趕回犁份老家。

甫進大廳，只來得及目注阿柔連吐最後幾口大氣。

天龍呆呆站在母親屍身一側，不想不到半個月，接連兩件白事，兩位老大人莫非約好，一前一後都走了！

甘家為防有二就有三，上下全十分緊張，把原來預定的喪葬日又重看另訂，提早二十多日，希望早早去除霉運。

等白事辦完，天龍才注意到家中若干零零星星、瑣瑣碎碎的事情。

明秋央著自己的兒子碧天寫信回來要生活費。天龍看罷信，當著美利的面嘀咕了幾句：

「如何用這麼兇？上回的三百元匯去不到三個月，這回寫信又要錢，真是！碧洋一樣在東京，一個月只用三十五元，聽說還偶然有剩。這個明秋，我就知道不行，不會持家理錢！」

美利一旁閒閒就問：

「伊在日本有什麼用？又無法教碧天功課，也不會為碧天洗衣煮飯，只是多耗費罷了。況且，東京不比自家這裏，明秋能懂什麼日文？諒也辛苦，除非去跟人賭什麼錢……」

「這個查某……我寫信去問問！」

「何不寫信叫伊回來！」美利以一種賢德的口吻說道：「山吃也會崩，一大家子，這個花、那個花，有些是必要，有些根本不需要，您一個人賺，大家爭著花用。眼看六十快到了，當真還能賺幾年？多少也得存一點，免得將來向子孫伸手困難。明秋這樣的女人，抽煙、吃檳榔，別的地方哪比得上自家舒服？伊不自知，您何必順著伊亂來？」

天龍原就耳根子軟，想想也是，若是明秋自己立了壞模範，將碧天帶壞，他這送錢出去的人，豈不成了自己打嘴巴？

當下天龍就寫了一封信，說是家中有事，要明秋即刻就回；另外附了五十元，囑她買船票回來。

三月份，明秋大箱小箱回到家裏。原是買了許多日本綢緞，打算回家裁些新衣誇示一番。不想才去了一年，甘家竟然發生劇變！天龍背著她，不，天龍不曾給她一點預警或通知，竟然又公然新納了一個小妾，而且偏偏是醜得不能再醜，人人以為絕對安全無虞的美利！

明秋完全震驚而無法理解！若是什麼美人，或是什麼可人兒，她也許還願意認栽，卻偏偏是這個全身無一是處的女夜叉！她李阿秋如何能嚥下這口氣？

想到這裏，事實也不能不後悔。若是她自己不曾貪玩，計較要去日本，而且一住那麼久，也許不會發生天龍和美利這回事！

江惜已成半個菩薩，事實不曾發揮綰住天龍的力量；而天龍……哪曉得這把年紀了，如此老大不羞！

震驚未褪，明秋即刻發現甘家有許多地方不一樣。

首先是用度、排場，儉吝了許多。不說別的，從前餐餐至少都保持在十樣菜色，而且量都不少的水準；現在減了兩樣，偶然還減到三樣之多。

除了福嬸、憨財仔和阿民之外，沒有其他的下人。後兩者還是天龍和美利的專屬差喚。

福嬸買菜，居然是向美利伸手拿錢！

明秋這才恍然大悟！原來要她回來、不再寄錢的，全是美利的主意！

是可忍，孰不可忍！

何況，明秋回來了大半個月，天龍不僅一步都不曾踏入她的臥房，而且除了問過碧天情況之外，什麼體己話都不曾和她說。

每晚，她看著問診室的燈光熄滅，然後，天龍和美利的臥房亮起了刺目的燈光。明秋發現自己一顆心沸騰著，嫉恨像永不熄火的薪柴，不斷煎煮著她的身心，不分日夜，令她食不知味、睡不安枕。

美利雖醜，但她年輕，如果讓事情照這樣發展下去，甘家的大權一定落到美利手中，家業財產自然更輪不到碧天或她手上；如果美利再生個一男半女，這個家還有誰能阻擋天龍一面倒的偏心？

不！不行！她一定得阻止！不能讓美利那賤婢得逞！

這麼多年來，她唯一的仰仗仍然是大滽地區那個巫者洪力。洪力已老得更加乾癟瘦小而陰騭，但正是這種「年紀」，才讓人有足堪仰仗的信賴感。

明秋這次去求洪力做法，已不是安分的求天龍回心轉意這回事，她直截了當，而且簡單明瞭，求洪力拆散天龍和美利兩人。

洪力這一回教她做的法亦十分棘手，既非人形木偶，也不是什麼用陰陽水化符咒這麼簡單的事。洪力叫明秋各拿十支細針，插入天龍和美利各人所睡的枕頭之中。

明秋領了這方法，心中計量著去實施的困難程度。首先得有辦法侵入正在候診室旁的天龍與美利的臥房；其次，必須要有足夠的時間，好把二十根針一一插入兩個睡枕之中，而且保證不會被發現才行。

但是，既然大師如此吩咐，再難行也得行，再難做也得試著做做看。

明秋揣著二十支針，覷著上午十點半到中午前最忙的一段時間，偷偷潛入天龍與美利的臥房，冒著被兩人突然闖進來撞見的風險，冷汗涔涔的仔細將二十支針一一插進天龍、美利兩個睡枕之中。為防被發現或扎痛兩人，明秋採用平行插入的方式，並儘可能讓針躺在枕頭的正中央。

做完這些，明秋躡手躡足閃身而出，所幸不曾被兩人撞見。患者在候診當中，或有人見明秋自那臥房出來，一來不清楚甘家實際情形，二來也少有人多事嚼舌，所以明秋算是圓滿達成了她這一次的任務。

做完手腳的後幾天，其實才是真正提心吊膽的時候。最怕那匆遽中插入的針暴露出來，壞了她的大事，因此，明秋那幾日可以說是寢食難安，一直在注意著前院的風吹草動。所幸不曾發生什麼不尋常的事。針，不曾被發現；可是，天龍和美利兩人，亦無什麼反目的跡象，日子依舊平平常常，一如往日。

根據洪力的指示，這件事，少則四十五日，多則九十天才會見效。

明秋因此，數著日子在生活。

才交四月天，中部日頭卻炎，甘家也開始依各人的狀況收冬被換薄被。

美利那一日，覷著日頭赤炎炎，將她和天龍的厚被拿到房側去曬，亦將兩個大枕一齊拿出去。握著一根粗籐條，將被子和枕頭左打右打、前拍後拍的，企圖打出埋了一季的灰塵。

就在翻枕頭時，不意被什麼極尖細的東西刺中手指，小小一點鮮血迸出以後，美利將整個枕頭拿在日光下檢視。

她找到了一根針，不，是兩根……不，還有更多！

美利就在這些密麻的細針中，發現了屬於這府中某一人的歹毒的詭計。

她又翻看另一個枕頭，不敢用手去揉，可又不相信這只枕頭能倖免，因此，她發狂也似進屋裏拿支大剪刀，當著日頭把那枕頭開膛剖腹剪了開來！

然後，她氣急敗壞連枕帶針，拿進問診室去向天龍告狀！

「你看！你看！誰這樣歹毒！」

天龍一時不曾意會究竟發生什麼事，茫然的問著咬牙切齒的美利：

「什麼事情？」

「什麼事情?!」美利怒極大叫：「你沒看到有人在我們枕裏插了這許多支針？這不是咒我們死，就是要咒我們不能偕老——我不管！你得找出這惡毒心腸的人來！」

天龍不曾有針插枕頭代表什麼的概念，又被美利突如其來的叫嚷動作搞昏頭，一時之間仍有些渾噩：

「這怎麼回事？誰會去做這等事？又怎麼知道有針？」

美利見這等大事，天龍竟表現得不痛不癢，她頓時嚎啕大哭，邊哭邊說：

「怎麼有這種事？針若不是人特意安插，難道還是買來奉送的？你看看，一個枕頭不下十來支，分明是用心歹毒，恨不得我們死或分開兩頭才甘休，你還表現得這樣不痛不癢！若非我今天曬被、曬枕，一輩子別想發現，這豈不遂了那歹人的意！」

天龍最怕吵，只得無奈的問道：

「誰會如此做？若是問，一定也問不出結果，誰肯招認？即使真有人做了。」

「你這樣講，好像我是無中生有，隨便冤屈人似的！」

「不是如此說，可是，除非有人看見，否則如何去質問哪一個？」

「這樣淺顯的道理何須問！左右也不過兩個人，就是大的和第二的。」

天龍自然知道美利講的是江惜和明秋，但今日之事，若非嫌疑指向特定一人，否則問誰誰都不會承認。

「省事事省，美利，這件事就此罷了，日後我們自己小心。若是真要追究起來，一定弄得很難看。」

「不行！」美利氣鼓鼓的說道：「這種事豈能就此作罷？這是害人的夭壽勾當呀！」

天龍不肯做主，美利又是不能被欺負的女人，現在正當紅，更是不能吃虧半分。

她一扭身，拿著那剪破的枕頭，直趨後院。

江惜正踩在圓木凳子上，在菩薩香案前換環香。

美利直挺挺衝到江惜跟前，把枕頭遞到江惜臉上去！

江惜不明所以，一臉錯愕，瞪著美利：

「什麼事？」

「有人在我和先生的枕頭裏插了針，不知安的什麼歹毒心眼！」

江惜也不看美利，只向佛案拜了拜，冷冷說道：

「夭壽人才會做夭壽事。這款事，妳居然敢拿來問我！」

江惜說得義正辭嚴，美利雖兇悍，對著這位與世無爭的大某，亦無法再進一步深究。於是，她轉頭衝到明秋敞著門的房裏。

明秋才剛剛起身，臉未洗、牙未刷，起床第一件事是抽煙。

突然冒進來一個興師問罪的美利，明秋一見那剪開來的枕頭，即刻心知肚明。

但她早已在心中琢磨過千百遍，一旦事發，只有一推到底，毫不猶豫，只要她不招認，誰能奈她何？

美利心中其實老早認定是明秋幹下的勾當，因此，她一進門便直截了當的叫罵：

「妳這夭壽查某，敢作蠱來害人！妳看看妳插的針，這樣歹毒，命小福薄的人，早就被妳害死！」

明秋哪裏會受這種氣，即刻開罵：

「七早八早跑到我房裏來號飫，妳這猶查某欠人教示是不是？妳要討好契兄，要取媚，憑妳那張夜叉臉，我看只有教人倒彈三尺！不得已，妳就想出這鬼咬人的下流辦法：自己剪破枕頭插上針，再向契兄告狀，妳——妳要害誰呀？還敢到老娘房裏來撒野起猾，妳這齷齪夜叉，真是欠人教示！」

「妳……妳這千百人壓的下賤婊子，不是妳還有誰？」

明秋對這美利早就懷恨已極，恨不得找個機會教訓教訓她。此刻見要陰的不成，即刻便有了扯破臉教訓趾高氣昂的美利的打算！何況，一個「後進」，居然敢當面罵資深者的底細，她李阿秋此時不教訓這不知輕重的婊子，更待何時？

明秋心狠手辣，早已看準插在門後的堵門用的木棍，她二話不多說，猛然抄起那木棍就往美利的臉面劈去！

那美利絲毫未曾料到有個比她兇悍更勝十分的明秋，連唇舌亦不肯多費，竟然直接動手！而且還是抄著兇器來的！

說時遲那時快，等美利有所警覺，棍子已打到眼前！

美利只來得及側了下身子，原本對準她腦門的棍子偏了一下，打在她的左肩！

美利大叫一聲，是劇痛、震驚、憤怒，外加求援的綜合。

明秋早就起了要美利殘廢的心，一棍才下，一棍又起，絲毫不讓美利有反手或奔逃的機會！

那美利吃了第三棍，整個人仆倒下去，又連續捱了好幾棍，人便有些昏沉。

若非江惜警覺，喊了憨財仔進去攔住明秋，那美利真會被那明秋活活打死！

江惜在憨財仔身後趕到，見美利癱在地上，趕緊吩咐憨財仔：

「把她架去前面，看看有沒有怎樣？」

一回頭，見明秋打人打得兩眼發赤，江惜只罵了句：

「妳瘋了！要打死人嗎？」

「大姐，妳沒見到她那樣子，做賊喊抓賊，這府裏除了她契兄，誰還在她眼裏？」

江惜沒工夫理她，轉身走進後廳，遇著來扶她的福嬸，嘆道：

「禍害！禍害！一個比一個更不是款！這個家，還成個家嗎？」

美利被打得全身青腫，大約亦有點腦震盪，躺到床上時又哭又叫又罵，要天龍一定得替她報仇。

天龍走出房門，問了憨財仔事情經過，憨財仔實話實說：

「美利拿著枕頭，一口咬定是明秋姨做的術，那明秋如何會有好話，兩個對罵，不知如何就動起手來，若非先生娘叫我進去救人，美利真會活活被打死！」

天龍非常震怒，說道：

「問就問了，如何下這毒手！」

憨財仔畢竟跟天龍許多年，敢於直話直說：

「先生，有人說，在人家屋裏被打死，理屈三分。美利也不對，進屋就喊人是賊，誰不生氣。先前伊還敢去問先生娘，沒大沒小，若先生娘也和她們兩人一般見識，那還得了？豈不吵得厝蓋也得掀起？」

「雖說如此，明秋還是不該，藉機在報老鼠冤。」天龍說完，也不管憨財仔想再說什麼，直往明秋屋裏去。

天龍用力踢開明秋房門，見後者坐在床前發愣，只暴喝一聲：

「妳做的好事！」

人往明秋跟前衝，即刻對著明秋拳腳交加！

明秋未料到天龍竟然完全偏袒美利，舊恨新仇外加挨打的劇痛，她頓時兇性大發，伸手往天龍的下體一掏，使力捏住他的睪丸，存了和天龍拚命的心！

天龍痛極大叫，明秋卻死不肯放手！既然恩斷義絕，明秋想：反正活著沒意思，乾脆也拖個陪死的！要嘛就叫他不能行房，三個女人都撈不著！

明秋始終不肯放手，天龍情急之下，狠狠揍了她好幾拳才逼她鬆手！

明秋一鬆手，天龍即刻跳開，指著明秋大罵：

「妳這猾查某！妳、妳不想活了！」

明秋眼發赤光，披頭散髮，咬牙說道：

「我是不想活了！找你們陪死！來呀，過來呀！」

天龍被明秋那幾近瘋狂的神情嚇壞了，他嘴裏雖叫罵著，人卻已迅速退到門外，返身匆匆離開！

14

甘家內眷的紛爭才落幕不到幾天，四月二十一日凌晨六點多，福嬸正蹲在天井邊水龍頭旁洗衣，江惜則依照日常作息，人在客廳燒香禮佛，此時伊正在誦唸「南無妙法蓮華經」第三遍，即將結束早課。

突然間，只覺天搖地動，人根本站不住，耳際是東西摔落的「乒乒乓乓」之聲，眼前但見萬物齊飛，像是亂箭紛紛射來一般。

憨財仔自他屋子奔出，兀自穿著內衣短褲，嘴裏大喊：

「地震──地震──」

說時遲那時快，後院兩排廂房在劇烈的震動中突然倒坍，憨財仔拉起嚇傻猶自蹲在天井的福嬸，沒命的往客廳裏跑，嘴裏對著江惜大叫：

「先生娘──快躲到菩薩香案底下、菩薩香案底下──」

嚇呆的江惜，此時如夢初醒，顧不得其他，趕緊連爬帶滾，蹲到菩薩香案底下。

沒數秒鐘，憨財仔、福嬸也搶到江惜身邊，大家驚魂甫定，才想起屋子裏還有人，不約而同大聲叫喚：

「阿民——阿民——」

「先生——先生——美利——」

「明秋——」

原來，當初天龍蓋這大厝時，醫院及客廳、主要東廂房及西廂房各一房是木頭和磚造的，後院的其他屋子，因為經費，全數皆係土塊厝，無樑、無柱，純係土塊揉稻草築成。土塊厝日久即不牢靠，尤其碰上多雨的地區，日積月累，哪裏禁得起中部地區這有史以來最大的地震？

而饒是躲在香案和四角桌底下，仍覺天怒地撼、萬物傾頹，渺小無助的人，似乎隨時會被大地的裂口吞噬，或為飛旋無歸的頹壁、擺飾、器物擊打或掩埋！

好不容易震動停止，憨財仔小心觀測了一陣子，這才自香案底下爬出，回頭對江惜和福嬸說：

「大概沒事了！這前屋比較牢靠，後面的屋子坍得如此，不知阿民他們如何了？」

憨財仔向著天井大叫：

「阿民，阿民！明秋姨——明秋姨——」

沒有回音，只見土塊壘壘，哪裏有阿民和明秋的影子！

「先生娘，您去前頭看先生是否平安沒事？我要先救人了！」憨財仔一邊對江惜說，一邊吆喝福嬸：「福嬸，去拿把鏟子，一起救人要緊！」

江惜踮著小腳，奔走如飛，趕到前面天龍和美利的臥房，顧不得她和天龍久不互相搭理，用手搥著房內，揚聲問道：

「可是平安？人好好的吧？」

稍等數秒，天龍來應門，臉上肅殺，看看江惜無傷勢，才問：

「後面如何了？」

「若是這裏沒事，快到後面救人吧！土塊厝全坍下，阿民和明秋不見出來——」

聽得如此，天龍二話不說，就往裏屋奔去！江惜亦不肯出口去叫美利幫忙，自己緊跟在天龍身後，亦趕往後院！

憨財仔正拿著鏟子，又是鏟、又是撥的，在阿民的臥房那裏把堆積的土塊移走。福嬸則在明秋房裏，用雙手外加掃把柄在挖土塊。

「可有看到人？」天龍大聲問著救人的兩人。

「有——我聽到阿民呻吟——」憨財仔雖在答話，手卻不曾停著。

福嬸不曾回答天龍，一味叫著：

「明秋姨，妳好歹答一聲，我才知妳確實在何處？」

江惜一見如此，伸手拿過竹叉，拚了命的挖撥另一處的土塊，也叫道：

「明秋——明秋——」

不知是死是昏，沒有答腔，天龍亦趕緊拿起廚房裏揀煤的鐵叉，奮力便撥著明秋屋上的土塊！

「有了，有了，阿民、阿民在這裏！」

一聽到憨財仔叫，天龍顧不得這邊，趕快奔過憨財仔那裏，合力將壓在阿民身上的土牆塊搬走，拉起阿民。

原來阿民畢竟手腳還俐落，雖是沉睡酣暢，到了房子開始崩坍才驚醒，但他當機立斷，即刻下床要奔出屋子，不想土塊坍下，將他打昏，人就躺在靠近內邊之處，所以挖救容易。

那明秋就不同了。她一向不過半夜不睡，自數天前打了美利被天龍毆打之後，自忖天龍對她恩斷義絕，因之心情沮喪到極點，所以叫憨財仔打了一甕酒，每晚自斟自酌，喝到七、八分醉才睡。六點多時，她睡得正沉，後來雖被震醒，卻因一方面兀自迷迷糊糊，一方面未曾當機立斷，就被埋在土塊堆裏。

阿民被救出，經抬到候診室的長條椅上休息，天龍和憨財仔顧不得他，急急又回去救明秋。

不想明秋命蹇，第一次震完才不過二十五分鐘，突然又來了第二次更可怕的地震，正在救人的天龍他們，只得匆匆躲開，免得被土塊擊到或壓住！

江惜和福嬸仍躲到香案下，天龍與憨財仔站在大廳中央，見情勢不對，也相繼躲在四角大桌底下。

等震動停止，再出來救人，原先做的工作全白搭，所以等到抬出明秋，只見她氣息雖存，但滿臉是血。

大家將明秋抬到前面，由天龍先行就傷口消毒、急救。明秋在天龍又是叫又是救的雙管齊下之後，終於悠悠醒來。

恢復意識之後，一見到天龍的臉，知道自己劫後餘生；卻又發現全身皆痛、無一可以著力，眼淚不自覺傾盆而下。

天龍知道明秋的性，也不理她的眼淚，只問：

「哪裏痛？可有什麼地方覺得特別異樣？」

「我的頭……全身都痛……」明秋見到江惜、福嬸、憨財仔，大家全都好好的，為什麼獨獨她最倒楣？想到這裏，舊怨新恨又一齊兜上心頭，不覺放聲大慟，任誰勸也勸不止。

事後證明，明秋的眼淚倒非無的放矢。同樣被土塊所壓，阿民只有右腿受傷，跛行了幾個月；而明秋卻沒那麼幸運，外傷痊癒之後，明秋卻無法坐、無法站，癱瘓了。

在那次震災之中，全中部地區死亡人數達到三千兩百七十六人，受傷一萬兩千零五十三人，房屋全毀及半毀共有五萬四千六百八十八幢。

這次的地震，由於震央在大安溪，影響所及，大甲溪兩岸一帶田舍都受波及，災民共達三十五萬人。后里在地震中，甚至發生地層斷裂現象，房屋紛紛倒坍，哀鴻遍野；山線鐵路有多處折彎，火車無法行駛。后農、永寧、月眉等小學，校舍全毀，被迫停課。

災情震驚朝野，日本天皇特派入江侍從官，攜帶日幣十萬圓到台灣來救災。

四月二十一日的地震才發生不久，災後重建根本還未開始著手，五月五日上午七時，卻又發生一次大地震；然後，兩個月後的七月十七日凌晨零時，再次又來了一次。

甘家在三次地震當中，亦算得上災情慘重。由於當時地方上普遍都有災情，災後重建的工作因人員、物力都有限，以致進展甚慢。

甘家後院也因此而遲遲不曾重建。

奇怪的是，在多次那麼強烈的地震中，屋毀人傷，惟獨後院天井中那棵老榕樹和樹下的南蛇洞上那堆土丘完全無恙。南蛇在災後還曾出來遊走，只是無人有餘力顧及牠的飲食了。

由於重建確實耗時費錢，加上美利的全力攛掇，所以天龍就要江惜等那些原先住在後院的人，搬到對面一幢他原先買下的、只有四房的老屋之中。

所有人都明白，美利居心叵測，她將江惜、明秋一一剷除，大權在握，尤其是她人天天在問診室裏管營收入帳，又兼掌所有開銷的支付，連天龍都得聽她三分。

現在，大妻和大姨太又被迫遷出甘家大宅，從此，甘家真正就成了她一人的天下了。如果再生個一男半女，好好將天龍哄住，哪怕有什麼事不會如願？

江惜對於美利的野心不是不知，但她禮佛之後，早已心平氣和。她的三女一男，兩個女兒已出嫁，日子平順，也都有兒有女；兒子碧山，明年會到日本讀大學，碧山才情，即使美利獨霸，天龍亦不可能不栽培這長子。至於小女兒碧洋，她也不愁，碧洋又美又聰明，高女畢業後找個好人家嫁了，再也無須在這個家受美利的氣。

至於甘家的財產，她早已不想，如果碧山才情，自己去掙，不必仰仗他那糊塗老爸的「祖公仔屎」。至於她自己，禮佛之人，所求不多，布衣青菜，什麼日子不可過？

因此，江惜把自己有限的衣物整理整理，只等憨財仔修理好對面的「新居」，她便準備搬過去。

倒是明秋，癱瘓之後，她日日嚎哭、叫罵，罵天龍、咒美利，又哭自己的歹命。

本來希望癱瘓只是暫時性的，或許哪一天突然就好了。但天龍自大屯郡台中，給她請來這方面的名醫診斷，結論好像就是如此，脊椎傷到，這一輩子怕只能如此了。

即至聽到天龍要將他們全搬到對面那幢當時是為了助人急難才買入的老宅子時，明秋徹底絕望了！

她回想自己的這一生，自小歹命，被賣入娼家，學藝時，養母打罵嚴格；十四、五歲開苞賣笑，做了十多年朝秦暮楚的藝妲娼，好不容易遇上天龍，也費盡許多心機，才嫁入甘家做了細姨。

但好日子才多久？論起來，她的命遠不如那天龍口口聲聲罵之無趣的江惜遠甚！

說起來萬般不甘心，自己竟連那夜叉似的美利都敵不過！

為什麼命歹運蹇，地震之中，全家就只她一人被埋在底下而終生癱瘓？那夜叉美利，原本住在後院中最後一個房間，該死的是美利，卻怎麼落到她頭上？

她這剩下的日子，就只能如此躺在床上發臭、變老而孤苦無人搭理。即使有心要去爭、要去搏，事實亦沒有力氣了！

那夜叉美利，此時不正得意的在那裏編派所有人的人生？妳沒聽到地震後，美利故意對著躺在那裏的她罵道：

「做惡做毒，這可不是現世報？天有眼，正該如此！」

而她卻痛得又恨得涙泗交流，連反擊還口的力氣都沒有！

她不甘心呀！

今後，被逐出甘家大宅，更不可能指望有人會來關顧她、探望她、照管她了！她這輩子只能老死在那張床上！

她恨啊！

若不是那夜叉美利攛掇天龍不寄錢給她，若是她不聽話而留在日本，就不會發生這場地震傷害！一切都是那夜叉美利害的！

若是那夜叉美利不搭上天龍，今天她也不會酗酒以致地震時不曾驚醒，不能及時逃出……

若是那夜叉，不曾住進天龍臥房，今天和天龍抵足同眠的，應該是她！那她又哪裏會有今日這悲慘的下場！

一切的一切，都是那夜叉美利所害，而她卻躺在這裏，無力去報復！

明秋先是聲嘶力竭的哭喊、叫罵，繼而是空茫無感的不吃不喝、無淚無聲。

江惜看不過，走到西廂剩下的唯一完好無缺的房間去勸她：

「事已至此，妳哭罵也沒用。不如趁這時候修一修，唸點大悲咒，菩薩會保佑妳的。」

明秋的眼淚滾了下來，又開始抽抽搐搐的哭著。

江惜看著她那模樣，確也可憫，因此又勸她說：

「年輕的時候，爭尪爭寵，或許免不了。到了我們這年紀，還有什麼好爭的？他愛少年的，就隨他去吧，我們還落得清閒，可以專心修持。男人有什麼好？只帶給我們痛苦和傷害而已。妳怎麼至今還想不通？」

「大姐……我和妳不相同，我……」明秋哭得更厲害。

「女人都是一樣的。」江惜嘆道：「到了這個時候，妳叫、妳罵、哭、喊，又有什麼用？只落得人家更加嫌妳罷了。還不如好好保養自己，過幾年清靜日子。若是熬到碧天長大，回來，誰能看輕妳？女人到了我們這個年紀，不再是仰仗丈夫，而是仰仗兒子呀。」

明秋人猶在慾海浮沉，恨怨交加，其心難平。江惜無奈，只得站起，說道：

「搬到對面，又有什麼不好？遠離這是非、無情之地，過自己的生活，日子反而清靜。我走了，哪一日妳心情平靜了，我來教妳唸經。」

明秋自始就不是有慧根的人，江惜的話，根本入不了她的耳。

而那之後數日，江惜又忙著要搬家的事，更不可能再去勸她，總想著等日後搬過去，再好好開導她。

忙亂之中，倒是住在台北學寮的碧山回來了。才幾個月不見，沒想到家中發生這許多劇變。地震之中，雖然房子倒坍了大半，幸喜父母無恙。只是，父親新納了細姨美利，卻將母親逐到對面破屋之中，碧山非常生氣：

「母親，既然父親如此無情，我不想去唸大學，高等學校畢業之後，我出來尋個工作，奉養母親，也不要再住在這裏了。」

碧山已是個青年，比天龍略高，和天龍年輕時候一般俊美，只是多了一份英氣。

「你說什麼傻話？」江惜生了氣，她就怕兒子如此賭氣棄學：「如果你不唸大學，豈不正中美利的心懷？你一定要更努力才行，考了好大學，阿母才能依靠你。唸書是你應該有的權利，不可放棄！」

「可是，母樣這般受氣，我如何才能安心？丟下妳一人，碧洋又不在！」

「我如今信佛虔誠，一點也不覺受苦受氣。受苦受氣，都是你們的感覺。我目前唯一的希望，就是期待你去日本讀個好大學，回來娶個賢某。你千萬別讓我失望才好。碧洋高女畢業之後，我也希望她早早嫁了，這個家已無可留戀，我看你父親是越老越糊塗了。」

碧山眼見一個好好的家變得如此，實在也不願多待，幫著母親整理行李之後，便準備北上。臨行跟江惜說：

「母樣以後可託我公學校的同學坤根寫信，我的信，亦叫坤根唸給您聽，我已經拜託他了。母樣一切保重。」

「你也保重，千萬記得我的話。」

碧山北上以後兩日，江惜正準備搬家，也打算叫福嬸替明秋打包整理，一起將明秋搬過去。

還來不及去向明秋招呼一聲，明秋卻先叫憨財仔來請江惜。

江惜一進屋子，見明秋上半身微微坐高了些，臉上神色似乎十分平靜，倒使江惜寬心了些。

「我正想來告訴妳一聲，我叫福嬸來幫妳清清行李，妳看可好？」

明秋笑笑，說道：

「我也沒什麼好整理的，從前那些唐衫，往後也穿不上了，我不想帶過去。倒是有些貴重東西，要拜託大姐幫我收著。」

「妳自己帶過去就行，何必我收？」

「大姐不知道，我這身子，動也動不了，那些貴重東西，不找個可靠人收著，怎麼成？我來了這二十年不到，看這屋子，就只大姐是個厚道人，我就把這託給妳。」

江惜聽不出明秋話裏究竟什麼意思，怕她一時想不開，因此便不肯收受。

「這種東西，既是貴重，便不宜託給別人。」

「大姐，您不知我的深意。我是這樣想的，我目前身體變如此，若不把唯一的兒子叫回來叮嚀一番，不知哪一天一口氣喘不過來便走了，那時碧天怎麼辦？但是，您也知道，碧天這孩子好玩，花錢又兇，他若回來，知道我有這些東西值錢，必定會吵著要拿去變賣，所以一定不能放我屋子。妳也知道，現在美利那夜叉控制一切，孩子們的生活費，匯過去的數目都減了，日子必然不好過，碧天會吵……」

「那我權且替妳收著，過幾日妳身體好些，我再交給妳。」

「大姐，妳就不妨替我收好，我這種身體，說不定幾時糊塗了，東西被那夜叉搜走，到時碧天怎麼辦？大姐就算做個好事，也算我們姐妹一場。」

江惜見明秋說得也是實情，而且明秋根本動彈不得，諒她亦不可能去做什麼尋死的糊塗事，因此也就勉為接受。

明秋指點了私蓄所在，要江惜拿出。

江惜取出一個大布包袱，沉甸甸的，體積又大，不知究竟有些什麼。

拿到明秋跟前，明秋叫江惜打開包袱，裏面是些首飾，金塊，還有一包紙鈔。

江惜不免驚異：

「妳倒存了不少。」

「是啊，做藝妲時，存下甚多。」

明秋用手在那撥弄，揀了一副耳鉤，一副手鐲，另外又拿些什麼，江惜不好細看。

等拿好之後，明秋又囑江惜將之包好，鄭重的囑託江惜：

「大姐，我將這全部私蓄交給您，求您答應兩件事：第一，務必為我保守秘密，對誰也莫透露這筆東西。第二，不管碧天如何索討或如何缺錢，都不能給他，務須等他要讀書沒錢、要娶妻無力，或要做生意缺本錢時再給他。就這兩樣，求大姐成全。」

「說什麼成全，就是朋友，亦做得到，更況是姐妹，妳放心好了。」

明秋又指指箱籠堆，要江惜去取出十多塊上好的絹布。

江惜依言將那疊得整整齊齊的絹布，一塊一塊拿出，疊放在明秋床前。

「當初貪心，以為自己會長命富貴，拚命買東西……現在呢？唉，人算不如天算，鬥不過命運的……」

江惜見明秋實在消極，因此亦只得做著違心的安慰：

「這個病，是壓到的，哪一天它自己復元了也說不定——」

明秋悽然的搖搖頭，說道：

「大姐也毋庸安慰我了，一切都是注定的，無力回天呀。」

做藝姐時學唱曲，多少悲歡離合在嘴上唱過、在眼皮下滑過，不關痛癢，最多只是有三分愀然罷了。當時日日為送往迎來也傷春悲秋過，卻不料日子真正難過，卻是在有了個固定男人之後。原來，女人以為找到歸宿滿心歡喜，卻不知所有的極痛與最悲，都在有了男人之後才發生……

明秋滾下兩行熱淚，亦不去拭它，任其流著。遲了，遲了，今天能夠覺悟，又有何用？

她已經連起身都不成了。

「莫再流淚，會傷眼的。」

明秋靜靜哭了一會兒，倒是自己收住眼淚，指指那些絹布，誠誠懇懇對江惜說道：

「大姐，這十多年來，我虧欠妳最多，大姐大人大量，莫記我的不是……」

江惜攔住她，說道：

「我若記恨，還進妳屋子？莫傻了！」

「這十七塊絹布，算我送給碧洋做嫁粧，願她覓得有才情、有恩義的尪婿，幸幸福福過一生……」

「絹布妳留著，將來給碧天娶的媳婦穿。」

「等得到那時嗎？只怕美利那夜叉會來抄我的東西。」

「諒她還不敢。」

「大姐，妳若不念舊惡，就替碧洋收著吧——我也累了，莫再跟我推來推去。」

江惜無奈，只得收了，說道：

「那我替碧洋多謝妳。」

明秋笑笑，又說：

「大姐，方才拜託您的事，千萬記得。還有，等會兒能否請妳速速找人寫信去日本，務必叫碧天即刻回來，就說我重病——」

「不要亂亂講！沒事咒自己幹嘛？」江惜啐道：「我即刻叫坤根寫信，妳放心好了。」

明秋點點頭，又吩咐江惜叫福嬸進她屋子。

福嬸一進來，明秋便將一對銀手鐲遞給她，說道：

「自我壓傷，有勞妳常為我淨身，這一點點薄意，算是謝妳。」

「明秋姨莫客氣，這是我該做的事。」

「妳拿著，我才心安——此刻我還勞妳為我淨淨身，換一襲乾淨唐衫。」明秋指著一襲杏黃濺秋香色的簇新唐衫，說道：「做好還不曾穿過一遍哪，不想成了廢人——」

福嬸拗不過明秋的好意，收下銀鐲子，果真燒了熱水為她淨身，再為她換上那襲指定的新唐衫。

「福嬸，我累了，想睡一覺，中飯莫來餵我，等晚餐再吃。近些時，一直躺著，只覺胃脹。」

福嬸答應著出去了，明秋等她關上房門，這才拿出方才留下來的兩只金戒指，用力捏成塊狀，放進嘴裏。

黃昏時，福嬸端了飯菜進來給明秋，輕輕叫了兩聲明秋姨，無人答應，福嬸想明秋午飯未吃，怕她餓著，因之伸手點亮了燈泡。

孰知電火一亮，一看床上明秋的臉，大吃一驚，整盤飯菜失手打落在地上！福嬸幾乎是跌跌撞撞的奪門逃出！

憨財仔見狀，第一個衝進明秋房裏！江惜尾隨在後，見了明秋的死狀，想到她上午事實就是在交代後事，而自己竟未能知覺，救她一命！江惜連叫都不曾叫出，雙腳一軟，便倒了下去！

15

明秋死後十一日，碧天自日本回來奔喪。沒有人告訴碧天那些他母親和天龍及美利的過節，但即使如此，十多歲的碧天，處在上一代複雜的關係中，早已練就十分敏感的心性；尤其回來後見美利那得勢的樣子，大媽江惜又被迫遷到對面小屋中，他就私下猜測母親的自殺，必不會單純只為地震受傷癱瘓這個原因。

也是萬萬想不到的事情，才一年多前，他和母親連袂赴日時，母親雖未必十分得寵，但父親凡事都還聽她三分。未料才多少日子，母親竟落得必須含恨自殺。他不能原諒迫使母親走上絕路的父親和美利。

尤其明秋葬禮前後，美利數次延請道士做法，偶然流露驚惶之色，更使碧天的懷疑落實。但才十多歲的他，又能如何？問了也沒人肯多說。

明秋出殯後五、六日，憨財仔來叫碧天到對面去，說是江惜找他。

碧天與江惜雖不頂親，但覺得江惜脾氣甚好，並不因大人恩怨而遷怒對方的孩子。

「大媽找我？」

江惜正坐在廳堂之上，似乎專程就在等他，示意碧天坐下，開口就問：

「學校不是還沒放假？你回來這些天，書怎麼趕得上？」

「我並不打算要再唸下去。當初是我阿母堅持要我赴日讀書，現在伊已不在，再讀下去有何用？」碧天說到此處，不覺哽咽起來。

「你雖不是我親生，但甘家一共也只碧山和你兩個男丁，你那父親是糊塗了，我卻不得不管。碧天，大媽直話直說，你且聽好：甘家現時大權都在美利那個女人手上，如果你不讀書，她是容不得你在家吃閒飯；若是你在日本做浪人，也別指望她會寄錢給你——這一點，你阿爸是沒一點辦法的。唯有讀書，你阿爸還可以堅持匯最基本的費用給你，你若聰明會想，咬緊牙好歹將中學讀畢業，最好再讀個大學。讀來的書全是你的，不讀，卻是便宜了美利。懂嗎？」

碧天想想，沒有答腔。江惜又說：

「美利若是有個一男半女，甘家產業亦輪不到你和碧山，所以，將來前程全仗自己才情。你不學點東西，日後指望誰供養你？你阿娘臨走，千託萬託就是你……沒有人會催你去讀書的，只有你自己想通才行。」

碧天依舊眼眶紅紅，不曾答腔。但是，兩日後，他向天龍要了所費，獨個兒搭火車上基隆去乘輪，再度赴日。

臨行去向江惜辭行，只說了聲「大媽保重」，眼眶又紅，江惜想想他只是個十多歲無母少年，說來亦十分可憫，因之便說：

「在外，身體第一，讀書第二，真有什麼事，就找碧洋阿姐。明年如果碧山也去，你們三人就有伴可互相照顧了。」

次年碧山亦到了日本，但他不曾考上東京帝國大學，而改讀京都帝國大學醫科。東京帝大校門為紅色，東大畢業生號稱「赤門出身」，是一種優越的學歷血統。每年台灣人子弟考上東大的寥寥可數，只在二、三名之譜。

雖然日本本土不少大學，如位於福岡的九州帝國大學、位於仙台的東北帝國大學，以及大阪帝國大學醫科等等，然而有些有錢台灣人子弟，到了日本，歷經好幾年都考不上合適的大學，而在日本遊手好閒做「浪人」的還真不少。碧山雖入不了「赤門」，但考上京都帝大醫科，算得上是第二志願，倒也稱得甘家大喜之一，尤其在連續流年不利之後，甘天龍更是眉開眼笑。

甘家大宅在中部大地震時震壞的後幢厢房，新近又重新建造了簇新的兩排磚造瓦房，美利以甘家主婦的身分，遷進最大的主人房。而江惜仍被留置在對面那幢破落木屋之中，天龍非僅未曾叫她遷回，甚至兩屋相距只有咫尺，他也不曾過去探看一下那結髮之妻。

江惜平素只有一個人住在那木屋之中。自從主屋後進建好之後，福嬸和憨財仔都「告老還鄉」，美利另外請了「闊嘴阿香」和萬里來頂替他們；藥局和問診室，分別聘請兩名年輕助手段仔與明星來充當助手，阿民自己辭職，美利則因懷了身孕，也不再到醫院幫忙，開始真正享起清福了。

美利一個月給江惜「月例錢」——亦即生活費二十元，讓她自立門戶。不僅不讓江惜過甘家主屋用餐走動，而且再也不曾給她任用傭僕或下人。

江惜自己洗衣、做飯、打掃。五十餘歲的「先生娘」，從未想到過了近四十年養尊處優的日子之後，突然在垂老之年被掃地出門，而且成了真正的孤寡。

江惜的日子過得清簡，每日吃早齋，外帶初一、十五全日吃素。她誦經禮佛，偶然釀點豆腐乳、曬曬蔭瓜。

屋小人簡，又是朝北的房子，連日頭都照得不公平。

江惜在午後的庭院，坐在矮木凳上，忽然十分懷念起甘家從前的大宅，大宅後院中的老榕樹、矮土牆，以及那尾不知多大年紀的南蛇……看來，這一輩子真是回不去了，那裏曾有過她近四十年的人生歲月，有過她四個孩子成長的種種回憶，也有過她和夫婿甘天龍一門一戶、一妻一夫的尋常而實際的日子……

大約二十年前曾去給算命瞎子算過命，那人批過的話，經她刻意忘掉，這會兒卻像什麼尖頭蟲，直鑽進她腦門裏，鮮明活跳！

不是說她還有十年好日子可過？算一算，不正是如此？

想起了卜算如此精準，又想起他下一句斷言，江惜忽然不寒而慄起來！

那瞎子說的什麼？不是說她會有子，而那兒子命只到二十五？

不！不行！斷斷不行！她只有那麼一個命根子，而且是那樣才情、孝順又知分寸的好孩子，天公怎可能要碧山如何？

不……那瞎子分明不準！他不是說，她這一輩子不愁吃穿嗎？

現在，看看她吧，不是另一種乞丐婆嗎？雖然有屋住、有飯吃，卻是被自己尪婿掃地出門的棄婦！每日生活，還是那美利施捨一般的、給的二十元！

是啊，算命這等事，豈有可能算得會準？若是算得準，人亦不必打拚努力，只等著命運來尋即是……

江惜又如此自我安慰，但想想依舊心慌，不免求神拜佛：

「菩薩呀，我江惜從未做過惡事，這大半生，只有佈施予人，卻未嘗侵奪人家什麼，連尪婿亦是讓賢給他人。若是我兒碧山有什麼災厄，祈求眾天菩薩齊保佑，要不，由信女江惜代我子碧山受災受難。求菩薩帶念信女這大半生不曾為惡，替信女做主。」

從此，為碧山求壽求平安，就變成江惜餘生最大的目標了。

美利生下女兒碧清那一年，甘天龍的診所，發現了第一個疑似霍亂病例。

病人急遽的上吐下瀉，糞便成米湯狀，發出惡臭。而且由於不斷上吐下瀉、大量失水，所以病人呈脫水現象，體溫下降到攝氏三十六度以下。

診治了第一個病人，天龍尚在評估是否為確實霍亂病例時，不想隔日又來了幾起病人，都是這個症狀。

霍亂是很嚴重的傳染病，傳染源多為含菌的食水、蔬果、生魚或帶菌的排泄物。葫蘆墩當地擁有自來水的只有三戶，一般居民都以井水吃食，而洗衣、洗菜或洗這洗那，則通常以溝圳之水為之。因此如真是霍亂病患，不曾隔離做一切消毒措施，蔓延開來非常可怕。

傳染病必須在發現可疑病例起四十八小時之內，由醫生上報派出所，再到郡役所，最後報到役場。

醫生若匿而不報，必須被吊銷執照，因為這是攸關大眾生命安全的公共衛生，也是醫生職責所在。

天龍將這四起病例上報之後，病人本身即刻被送進傳染病隔離所統一管理。而病人的住宅周圍，被以草繩圈圈起來，撒上石灰消毒。

患者家人及該里的所有住戶，依例必須打針，且不准外食，所穿衣物均須消毒。如有學生身分者，勒令休課十天，觀察是否有症狀，因霍亂潛伏期為四天以內，但亦有長達七天者，所以觀察十天乃必須的天數。

患者陸陸續續的被發現，單單天龍的濟世醫院便上報了十一個病例。

不久之後，那些被天龍報上郡役所而關進傳染病隔離所的病患，紛紛傳出死在隔離所的消息。

由於有些患者罹病時，病情並不嚴重，大多只有腹瀉；但被送進傳染病隔離所之後，沒幾天竟傳出死訊。因此，坊間便有謠言，謂當局為了杜絕傳染，一不做二不休，將關進隔離所的患者毒死！

那些死在隔離所的患者，有身繫全戶溫飽的一家之主，有人家父母的愛子，有恩愛夫妻之一方……現在，為了「被關進隔離所而死」竟天人永隔，最該怪的雖是當局，但政府既無法對抗，人們便將喪失親人的悲慟和憤怒，遷怒到報官的醫生頭上！

開始有患者家人抬糞潑到濟世醫院的大門！

也有成群結隊的死者家屬到濟世醫院指責甘天龍！

「先生人是濟世救人，你這醫生卻雙手染血！許多不該死人的人，都為了你要巴結四腳仔日本人而報官，現在全給毒死了！你算什麼醫生？你是劊子手！」

天龍先還客氣認真的辯解：

「不報官，不是只有我有問題，吊銷執照其實也沒什麼，我六十歲了，不行醫就退休，不是什麼大事。但患者如果傳染，就有更多人會染病、會死！希望大家冷靜點，能夠理解！」

「你們聽他胡說，他明明向著日本狗欺負我們台灣人——連這等傷天害理的事你也做得出，真枉我們這幾十年如此愛戴你！還尊敬你是個人格者！」

「什麼人格者?!」有人嗤之以鼻：「娶藝妲做妾，欺凌大婦；現在又睏了藥局生，將藝妲逼死，把大某趕出去！這等無情無義的人，怎稱得上人格者?!我們都錯看他了！」

「是啊，自己的妻妾都能殺，更不用說他人了！殺人者——殺人者——」

像這等辱罵不是一家一次。喪家經常一來再來，心有未甘的用言語暴力來報復。

最後，竟然還有抬棺抗議的！

死者是那一家的獨子，才剛剛十八歲！發病時並不十分嚴重，只是腹瀉，但送到隔離所三天便死了！三天前還是個活生生的、一家子的希望，現在卻死得不明不白，令人不甘不捨！

喪家在濟世醫院的前庭、大門、候診室號哭辱罵：

「甘天龍——你這夭壽短命的！你作惡多端，卻還賴著不死；人家好好一個兒子，被你活活害死——老天沒眼啊，讓這種人作惡作毒、騎馬樂透……」

「你讓我們絕子絕孫，你也必須絕子絕孫、現世報給我們看才會甘心——」

「民雄呀——」死者的母親號哭叫著自己死去孩子的名字，淒厲的詛咒著：「民雄，這甘天龍將你害死，害你冤死，你做鬼莫放過他，去抓他的兒子——抓甘碧山和甘碧天，抓他們！不然我不甘心呀！」

甘天龍在自家屋子，一句一句聽得分明。

這陣子，莫說行醫看病不成，連安靜過一日亦不可能。

天龍完全能理解這些鄉民的怨恨，所以他被滋擾報復弄得雞犬不寧，情況如此嚴重，他也不想報官處理。

冤冤相報，終究沒有了局。他，問心無愧呀！終有一天，要還他一個公道！

然而，那些喪家並不只是如此哭鬧吵嚷就休。江惜有一日上市場去買菜，見到昔日和她情感甚好的阿柑的媳婦罔市，罔市偷偷將江惜叫到路邊，用一種恐懼的聲音對江惜說：

「先生娘，只怕大事不好，死在隔離所的天昌仔，他阿兄前天到中將爺廟斬雞頭告冤，說是要一命換一命，他才甘心。」

江惜聽得手腳發軟，只會微弱的抗辯：

「報官是醫生的職責，那是沒法度的事呀，誰又存心要害人？」

「先生娘，說這些沒有用，報陰司的官，是很厲害的，報應又快又避不開，尤其斬雞頭，冤氣怨氣很重，只要屬實，便——」

「那如何是好？我亦沒了法子！」

「我也聽別人說，另有民雄仔家裏的，亦到陰廟去告，務必要求個公道，要先生娘的兒子！」

「這、這豈不夭壽？我的兒子跟這事無關無係，要找，請找他老——找我算了！」

江惜一路跌跌撞撞回家。

天啊，這人間的事，如何竟勞煩陰間的神鬼插手來管？殺人償命，若果真要追究，也得找那真兇本人，不能胡亂抓不相干的人頂替呀！

江惜仆在菩薩供桌前，除了淚和汗，再也不知該用什麼祈願了！

16

霍亂死者尋釁糾纏的事，持續一個多月，甘天龍原以為這是無邊無際、沒完沒了而幾乎要認命的當兒，不想七月七日爆發七七事變，日本人所謂的支那事變，中日宣戰。戰爭引開了人們對霍亂患者死於隔離所的慘劇的注意力，天龍的診所雖然冷清，至少亦不再遭受滋擾，反而享受了自二十一歲開業以來最難得的清閒日子。

戰爭第四年，亦即昭和十五年，日本政府開始管制民生物資，米、火柴、肉等，均採配給制度。

就在這時候，遠在天津、上海做生意，十幾年不曾回家的丁生和碧湖，居然帶著三個孩子徐文津、徐文中和徐元元回到葫蘆墩老家。

十多年物換星移，許多事雖都曾在書信中來往互訴過，但信有約簡和虛浮，等人真正踏在這塊土地上，才真真切切感受到所發生事情的重量。

重逢的喜悅乍過，丁生和碧湖即刻發現江惜不住在災後重建的大宅院裏。碧湖非常率直的問天龍：

「父様，母樣不住在這屋子嗎？」

天龍不安的神色，乍現即隱，若無其事的回答女兒：

「地震後無處可住，將她遷到對面。房子蓋好之後，她也沒說過要回來。」

「母樣和誰住在對面？」

「她，一個人。」

碧湖但覺一口氣衝了上來，反覆問著父親所說的那句話：

「她一個人？只有她老大人自己？」

「是啊，原來用的人都老了，辭職回家，妳阿母就成了一個人。」

「母樣快六十歲了，一個人住，萬一發生什麼事……」

「她很固執，碧釧要接她去台中住，她亦不肯。」

碧湖想到母親孤苦伶仃，忽然再也忍不住了，頂撞天龍道：

「父様還在，又是名重一時的地方仕紳，母親哪有臉去投靠已經出嫁的女兒？她是在顧全父樣的面子呀！」

說罷，噙著淚衝了出去。

丁生隨後跟了出來，安慰自己的妻子道：

「妳放心，我們既然回來了，就要接母樣來住，還有我母親。老人家在一起，比較有伴。」

「丁生，父樣何以如此無情？他對兄弟、子女，完全不是這樣！」

「夫妻之間，我們無法了解。或許是因美利的關係吧，那女人看起來很霸氣。」

「女人霸氣？父樣一向比誰都大，從前的明秋姨，亦影響不了他……」

「或許人老了，就不一樣。」

「太無情了！」

「是啊，雖是恩人，但我也覺得他太無情。十多年不見，父樣確實和從前很不相同。」

「是不是糊塗了？老夫少妻……」

「我們且不管他，既然回來，我們就按照原來的計畫，自己買房子，將母樣都接過來住。」

碧湖稍稍沉吟一下，問道：

「我記得你說過，要做貿易，應到首善之區。葫蘆墩畢竟是個小地方，我們難道要在這裏生根？」

「仗打了雖已四、五年，但也許還要再打好幾年亦未可知，我們總須先安定下來，再看戰爭情況定奪。葫蘆墩是我們的故鄉，而且我們也有老母，房子又不貴，買下來總是根；將來繼續做生意再做另外的打算。最起碼，我們這十多年打下的基礎不錯，錢是不用操心的。」

兩人相偕步出濟世醫院，急急跨過大街去尋江惜。

江惜正坐在後院中矮凳子上，望著空無一物的後院發呆。長日漫漫。對一個睡得早，又睡得越來越少的老人家，亦是長夜漫漫。

「母樣。」碧湖見到這個光景，真是鼻酸！尤其她和丁生走進來，江惜竟毫無所覺，碧湖不知母親是逐漸重聽，還是心神不屬不曾聽見？無論如何，這兩者都是她不願意看到的。

江惜聽到叫聲，一回頭，見是一男一女背著光，看不清是何人？但既然喚她母樣，究竟是碧釧和她夫婿，還是——難道會是碧湖和丁生？

江惜望著來者，想要站起來，卻因年歲漸大，筋骨日硬；而且坐久腳麻，竟一時站不起來。

碧湖和丁生趨前，一人扶住江惜的一邊胳臂，碧湖不自禁哭了起來：

「母樣，是我碧湖呀！何以才十多年不見，一個好好的家就變成如此？」

「碧湖和丁生嗎？何時回來？竟沒有一個人來跟我講……」

母女兩人抱頭痛哭，丁生在一旁只有不住的勸著：

「相見是喜事，莫哭了，莫哭了。」

母女倆哭了會兒，這才開始斷斷續續互相傾訴彼此這十餘年來的大事，江惜講到地震、講到明秋的死、講到美利，又講到四、五年前發生的霍亂傳染病，特別提到那些死者對甘家的詛咒。

「我很害怕，那些人還到小廟裏向陰神、鬼魔告狀，要我們甘家絕後。」

「既是鬼神，豈有不能分辨是非的？父樣那樣做並不錯，母樣無須擔心。」丁生忙忙安慰岳母：「父樣這一生救過不少人，甘家可以說是積善之家，這件事，社會自有公論。」

江惜沉吟著，淡淡的說道：

「從前，濟世醫院救人無數，現在這些年，我卻不敢講了。明秋落得自殺；我也聽街坊說，自美利管權，看診貴了許多，無錢的病人，妳父親開藥，她卻不肯給藥……人生總是這樣，善善惡惡，無意中都會做一些，妳父親這些年的所作所為，我也不知是善是惡……我真的是擔心呀，甘家總共也不過那兩個男丁，我親腹生的，又只一個。」

「母樣擔心亦無用。俗語說，吉人自有天相，碧山、碧天，也要看自己的造化。同時，那些告狀的人，亦未必有告就能如願呀。」

談完這些傷感情的事，碧湖又問起兩個妹妹。碧釧嫁在大家庭之中，雖是衣食無缺，但畢竟沒那麼自由，一年只有大年初二回門，其餘日子真是難得回來一趟，自生了一男一女之後，因身體不好就不曾再生。

「我聽說碧釧婆婆厲害，碧釧生性逆來順受，回來從不講半句。但我看她——」

碧湖忙忙攔住母親，說道：

「母樣，兒孫自有兒孫福，何必要操心那麼多？倒是碧洋，我聽說她又唸什麼學校了？查某囡仔，讀那麼多書，不怕難嫁？」

丁生聽到妻子這麼說，忙攔住她道：

「時代不一樣了，在天津、北平，妳也看到許多女子上大學，這已不是少有的事。」

「碧洋說是在讀什麼英語學校，叫津田英學塾，在東京據說很有名，我也不知，是碧山講的。」

談完了兄弟姐妹的事，再談到目前江惜的處境和丁生的置宅計畫，不想江惜竟然拒絕和丁生、碧湖同住。她持的理由，亦有她的道理：

「丁生和妳，在葫蘆墩只是暫住，我現在搬出去和你們同住，到了你們離開那時，豈不又是孤獨一人？總不能留著和親家母一道住吧？況且，我有烓婿、有兒子，雖說現在落得如此，但亦斷然沒有去依女兒的道理。」

「母檨，依兒依女都一樣，到現在這個階段，您還在意別人的看法和說法做什麼呢？」

「其實，我一個清修之人，獨居正好。妳和丁生回來，有事沒事過來看看我，不是也一樣？老人家，這樣過日子就太好了。」

丁生與碧湖見江惜心意甚堅，便暫不相強。反正兩人才剛剛回來，要一切安定也需些時日，不妨往後再說。

昭和十六年十二月八日，日本偷襲珍珠港，正式揭開所謂的太平洋戰爭，又稱大東亞戰爭。

物資越來越缺乏，現在連油、豆子、豆腐和豆乾都用配給。

天龍的濟世診所這些年又恢復了往昔的繁榮局面。賣黑貨的販子很能判斷誰買得起黑市物資，所以民生物資開始管制時，這些賣黑市貨的人便登門兜售。

黑貨交易都是大筆大筆，而不像太平日子那般少量和小額。像豬肉拿來，常是幾乎佔去整條豬幾乎四分之一的體積，如果買主不買，販子下次便不肯再來。為了怕斷了來源，因此甘家通常來者照收，有多少買多少。

黑貨又不能隨便送給他人，如被查出，懲罰非常嚴格。所以，甘家買的貨，除了撥出一半給大女兒碧湖和丁生那一家子之外，事實經常剩了一大堆，像滷肉，新貨再來時，美利便囑將舊肉倒掉，再滷新的。也因此，絕大部分人家物資奇缺的戰時，甘家卻依然像平日一般豐衣足食，甚至還在這種狀況下，接近浪費。

丁生與碧湖在下街買了一幢大房子，一家五口定居一來。丁生母親住不慣鎮上的房子，所以來來去去，大部分時間都在神岡老家。

江惜不肯和碧湖一家同住，碧湖因之為她請了個十六歲的使喚，叫阿幸的大雅女孩，為江惜燒飯、洗衣及供差喚；碧湖時不時又拿些錢給母親貼補。下街到江惜所住之處，走路一、二十分鐘，所以丁生或碧湖，一兩日總會過去看看母親。江惜身子骨勇健時，亦偶然信步去看看自己的外孫和外孫女。

拜戰爭之賜，江惜反倒過著比以往幾年更充實安定的日子。唯一她仍牽掛的，自然只有在東京就讀津田英學塾的碧洋、在京都帝大醫科三年級的兒子碧山，以及讀讀停停至今猶在中學最後一年就讀的庶出的碧天。

碧洋正在讀英學塾的最後一年。自她的哥哥碧山也到了日本之後，兄妹兩個加上碧天，時時在放假日互相探尋。有時碧洋和碧天連袂去京都看哥哥碧山，要不就是碧山自己去東京探望弟妹。因為碧天生母明秋的死，加上江惜不念舊惡的叮嚀鼓勵碧天，因而這幾年之中，碧天主動撤去心防，和碧山、碧洋十分親密；在許多台灣人的同儕之間，倒亦無人知道他們是異母手足。

七月放假之後的第二個星期，碧山事先寫信給碧洋，說他週六要帶一個學長到東京，兩人準備在那兒玩幾天，囑她和碧天相候。

碧山從前亦有幾次和同學連袂來東京盤桓的紀錄，所以碧洋亦不認為有什麼特別。現在她和碧天合租同潤會公寓，一個兩房有廚房的單位居住。兩人經常分工合作，碧天領配給，碧洋煮食。週末那日，碧天不耐久等而到外踋躂一陣，回來時，碧洋正在讀谷崎潤一郎的小說《癡人之愛》，來應門時，臉色因天熱的關係而顯得紅撲撲的，鼻頭與額上沁出小小的汗珠。她留著堪堪及肩的大捲髮，由於讀的是時髦的英語女子學院，所以碧洋的穿著打扮都十分流行，這一天，她穿著米色合腰身寬裙襬的洋裝，衣服的顏色襯著她象牙色的肌膚，有種明媚細緻的感覺。她對美有種特出的品味，所以打扮起來更加出色。

碧洋和兩個姐姐碧湖與碧釧都不相像，她明眸大眼、高鼻，唯有嘴唇稍薄而輪廓分明，顯出堅毅的樣子。她是個腰桿兒細細，但豐臀隆胸的美女。無論身材或面貌，都顯出自信的樣子。

這一日，她捲了壽司，用有限的配給做了幾樣清涼小菜，碧山未到，她因此又捧著那本小說，津津有味的看了起來。

碧山直到下午四點多才來到碧天和碧洋姐弟的公寓。應門的是碧天。聽到碧山在介紹碧天與來客，正在廚房裏煮味噌湯的碧洋，繫著淺粉色圍裙跑出來，甜蜜而明快的埋怨著自己的哥哥：

「說是來吃午飯卻變成晚飯，我不管了，我準備的可是中午吃的清淡菜。」

碧山未語先爽朗的哈哈笑了兩聲，才向自己帶來的客人說道：

「我說得沒錯吧，我妹妹就是這樣，人家說第三個女兒命好，我看命好乃是因為權大的關係。」

碧洋此時正好看到碧山帶來的客人。

因為碧山十分高，所以來者雖比他矮了一吋左右，卻仍然算是高的。那人濃眉、狹長眼，橢圓帶點微方的臉形，眼神非常銳利。

「這是高我一班的學長魏樂仁，這是我的妹妹碧洋。學長等一下可以考考她的英語，自從上了津田之後，她簡直認為自己的英語越來越無可挑剔。」

一向活潑大方的碧洋，此時不免也有幾分尷尬，辯解著說道：

「是哥哥的英語太差，所以顯出別人的好罷了。我可沒誇過自己。」

魏樂仁哈哈笑著，眼中那種銳利之氣盡消，只聽他說：

「除了英語還沒印證之外，其他的，倒都如碧山所言，沒有一點誇大。」

「哥哥總是說我的壞話。」

「喔，不，碧山說的全是正面的，由於形容得太好，所以我本來以為是吹牛，自己的妹妹嘛。但現在發現，有關碧洋小姐的一切，他倒是描述得相當寫實又忠實。」

碧洋覺得這話難答，因此轉口問道：

「要先開飯，還是休息一下子？」

「我們先休息十分鐘，請妳準備。」碧山說著，領著魏樂仁進屋子。

餐桌擺在外面碧天的房間。碧洋手腳俐落，一下子便準備好開飯。

三個青年，胃口奇大。才吃了數口，碧山又說：

「樂仁兄，碧洋在家中是千金小姐，從未做過家事。這七年在日本讀書，才變得能幹起來。老實說，不是我自己誇妹妹，她的手藝真好！所以我十分羨慕碧天，可以天天吃她的料理。」

「那倒也是。」碧天亦湊趣著說：「但可也得幫她辦貨或洗碗。洗過的碗，她檢查不及格，可要重洗！」

「我有那麼兇惡嗎？」碧洋脹紅著臉，半撒賴的質問著她的一兄一弟。

四個年輕人邊吃邊談笑，十分投契。

飯後由碧天負責洗碗。魏樂仁則分別和碧山及碧天各對弈了一盤圍棋。

當晚，三個年輕男性擠在碧天的房裏過了一宿。原來魏樂仁是要到他姨丈家過夜的，但四個人玩得太晚，捨不得分手，索性就擠在碧天房裏談談說說，直到天亮才就寢。

次日，當魏樂仁、碧山和碧天過午醒來時，碧洋已炒好番茄蛋飯和海苔味噌湯在等他們。飯香湯美，一下子全被掃光。

儘管魏樂仁和碧山皆已去過，但四個人仍相約到上野公園去玩。

上野公園到處是櫻花樹，碧洋對魏和碧山介紹說：

「櫻花怒放時，好多人在這裏席地野餐，樹上、樹下都熱鬧。」

「前兩年『櫻花滿開』時，我和碧洋姐來過，人真多啊。」碧天回憶著，不知不覺說道：「我母親來的那一年，正好也趕上『櫻花滿開』，我們也曾來過。」

碧山、碧洋聽碧天如此說，不禁噤口。

明秋姨自日本和兒子碧天分手，即成永別，沒多久在中部大地震中被壓癱瘓後吞金自殺。時光匆匆，亦已六、七年了。

短暫的感傷，瞬即消逝。碧天自己又高高興興的往前領著走了。

魏樂仁在後面對甘碧山說：

「男人以為三妻四妾是幸福的事，殊不知對下一代是很殘酷的。」

「你我將來都是治人之身的醫者，應該以此為戒，不要成為傷人之心者。」碧山看著遠遠走在前面的碧洋和碧天的背影，像在相互約束般說著這樣的話。

「明年畢業，我就回台中開業。很可惜，你晚我一年。」

「只差一年，有什麼可惜之有？」

「我是想，如果你一道回去，令妹碧洋的事，就可勞你在令尊面前美言幾句。」

「哈哈，原來是為自己打算。」碧山假意嘲笑：「只見第一次面，你就決定了？」

「她是不可多得的美人，況且又有智慧和幽默。我是無法忍受那些只有外表的女子。」

「我可得事先警告你，她是那種如你娶細姨她會拚命的烈性女子。你要考慮清楚。」

「早說了，我們要做新時代的男性，不再搞舊時代那些陋習，娶細姨是最大陋習之一。我是說話算話的。」

「最好如此，我很愛惜這個妹妹的。」碧山拍了下魏樂仁的肩，說道：「走吧，追上他們。」

出上野公園往魏樂仁姨丈家走的時候，他們遇到兩個東京第一高等學校的男生，發縐的制服和帽子，趿著有一條黑絨帶子的高木屐，旁若無人的和他們擦肩而過。

碧洋等那兩個一高的學生走遠了，這才嗤之以鼻的介紹說：

「一高的學生最自大了，因為太難考，而且認為自己除非有萬一上不了東大之外，一定篤定是東京帝大的先修班了，所以自然而然就露出這副樣子，好像功課緊得不修邊幅似的。無論如何，太自滿的人令人受不了，人要承認天外有天的可能性才好。」

「是呀，一高那些學生真受不了。現在是大熱天，不然，他們幾乎一年四季都披著黑色毛料大披風，像個什麼似的。」碧天附和著。

四人說說笑笑來到魏樂仁姨丈家附近，樂仁笑著對甘家三兄妹說道：

「事先跟各位說了，我姨媽料理不好，碧洋小姐可別笑話。」

碧洋嬌笑著自謙：

「什麼時候我的手藝竟然可以有嘲笑別人的資格了？」

雖說是姨媽和姨丈，但等見過面，才知年紀很輕，約莫只有三十歲左右的年紀。原來是樂仁母親最小的妹妹。魏家是台中的世家，樂仁小阿姨便有那富家小姐的雍容，雖不美，但氣質優雅。

四個人在樂仁姨丈家叨擾了一餐，由於明日一早四個年輕人將連袂到京都去，因此飯後甘家三兄妹便告辭出來，約好次日在車站相見。

「你們看這魏樂仁人如何？」碧山問著弟弟妹妹。

「人很聰明，有些自負。不過，」碧天神秘的一笑：「大哥主要不是問我的看法吧？」

碧山連忙否認：

「當然是要你的看法，旁觀者清，我們的判斷才能幫助碧洋做決定。」

碧洋一聽，兩腮便鼓了起來，生氣說道：

「我要做什麼決定？人是你帶來的，又是你朋友——」

「好吧，我問妳，碧洋。」碧山鄭重其事說道：「妳明年畢業就二十二歲了，回台灣以後，父樣一定從那些來求親者當中，選一個將妳適人。妳會滿意嗎？妳是見過世面的新式女子，是不是能忍受傳統那種舊門風，以及那些有著陋習的男人？把女人看做自己的所有物，愛時取之、憐之；不要時，就將她們遺棄或冷落，像父親那般——」

說到自己的父親甘天龍，三個年輕人都自然而然的噤口了。

碧山又說：

「我是非常看重妳的，洋子。魏樂仁也是我交往許久、觀察許久的學長。他本人是個君子，最反對將女子當玩物，雖有些自負，但確實無傷他成為好男人、好丈夫的條件。何況他雖是大家族，但排行是老三，不像長子般責任重大，很適合碧洋的個性。」

聽到這裏，碧洋不覺深深感動，想到碧山如此體貼和關愛她這個妹妹，甚至遠比父親更了解她、更關心她，碧洋何幸，竟然有這樣英俊挺拔又才情並茂的哥哥！不知誰家女子，有這幸福嫁給碧山？

碧天在一旁亦附和著：

「魏樂仁不錯。何況可以離開葫蘆墩，不再死守在一個小鎮上，我贊成！」

碧山半真半假的對碧天說道：

「雖是小地方，後年畢業，我可準備在家鄉開業和父樣競爭呢。」

「哥哥別開玩笑！」原來嘟著嘴的碧洋，此時也笑了。

碧山見碧洋放鬆警戒，便又轉頭對她說：

「魏樂仁非常喜歡妳，我希望妳敞開心胸，明朗的和他交往看看。如果一切順利，明年三月你們都畢業了，便可一道搭輪船回去，他會去向父樣提親——碧天，明年你總可以唸畢業了吧？」

「我？我不成問題。我只是不想讀書，又不肯回去罷了。」碧天最怕人家問他這問題。

「可是，已經是成年了，該想想要做什麼事業才好，倒也並非怕美利對你如何，而是，那是你自己的未來。」

「知道了。」碧天乖乖應著，不知是否心口如一。

第二天一早，四個年輕人搭上「燕號」特快車往京都出發。

由於車行需六個多小時，因此他們在車上玩著撲克牌，旅途一點也不單調。

京都是自日本桓武天皇定都於此之後，整整一千零七十五年做為日本的帝都；一直到明治元年遷都東京，京都才成為歷史上的古都。

在京都兩夜三天，魏樂仁和碧山權充導遊，四個年輕人以腳代步，走遍了京都的名勝古蹟，像平安神宮、金閣寺、銀閣寺以及清水等等。

暑假期間，樂仁和碧洋，就在碧山的陪伴下，互相在京都和東京來來回回走了好幾趟。

最後一次在東京淺草寺拜觀音時，樂仁忽然回頭對著也在膜拜的碧洋認真的說道：

「我祈求能和碧洋小姐有個燦爛的將來。」

碧洋紅著臉，虔誠的對菩薩頷首膜拜，未曾答語。

自那以後，魏樂仁一個禮拜平均會寫給碧洋兩封信，信寫得很含蓄，常常只是報告生活狀況，或說些他讀到的小說罷了。

碧洋在碧山的鼓勵下，亦開始一週回樂仁一封信。

在看似穩定而平和的交往之下，其實，兩顆年輕的心正熾熱的燃燒著。

次年四月，魏樂仁、碧洋和碧天，三個人分別自京都帝大、津田英學塾及中學畢業，連袂自神戶搭上大和丸回返故鄉台灣。

樂仁與碧洋的感情已經成熟，前者回家時，攜著碧洋的兩張相片，要給家中老大人相看。而甘天龍已自碧山前數封信中，得悉那個即將會來提親的魏樂仁的種種。

碧山惟恐美利作梗，粧奩會給得寒酸，而讓碧洋很難做人，因此在信中特別向父親請命，他寧可把父親可能分給他的家產給妹妹做嫁粧，千萬別委屈了碧洋。

魏樂仁回到台中之後，因為同時面臨了開業和娶妻這兩件人生大事，所以忙得不可開交。

樂仁和碧洋的婚禮定在冬末，前者忙著準備開業和籌備婚禮，後者除了辦嫁粧之外，亦趁著這最後的少女時代多陪陪自己的母親江惜。

正如拒絕碧湖一樣，江惜也不肯和碧洋到台中同住。

「我有兒子，碧山明年三、四月就回來了。如果去和女兒住，不被人看輕？」

「樂仁清楚我們家庭狀況，他不像一些沒見識的人，不會有兒子、女兒的分別。」

「他有父母親人，這些人才是關鍵。妳雖受過教育，也不能不注意這些親戚關係。」

碧洋想到親戚種種，忽然說道：

「母樣，我真懷念從前住在大宅裏的往事。那時，沒有美利，雖然明秋姨已經進來了，但卻不曾大權在握。母樣仍掌管著家中大小事情。兩個阿姐、碧山阿兄、我，還有碧天，加上憨財仔、福嬸、百花、東山、阿民……多熱鬧啊，那麼一大家子人。」

江惜嘆了一口氣，說道：

「人事是不斷在變的。像妳，也要嫁人了，幾年之後，亦是兒女成群。再幾年，兒女長大，又要飛出去……」

「是啊，人生一直在變，看看我們這一家！但後院中那棵老榕樹，那麼久了，除了氣根比較多之外，依然是那麼碧綠……人是不如那樹的，人有好多滄桑，老了，走了，死了，而樹仍然無知無覺的站在那裏，看來非常無情……」

「草木無知也無情。」江惜忽然轉口說道：「難得妳能嫁到這麼好的對象，而且對方又是妳熟悉的；不像我們那時候，不知嫁給什麼圓的或扁的，心裏怕得要命……」

碧洋忽然問道：

「母樣，難道父樣現在對您如此，您都不怨恨？」

江惜停了好久，才淡淡說道：

「怨恨的時期已經過去。何況，妳父親也給了我四個非常好的子女，那是別的女人比不上的。女人和男人不一樣，我們惜情，男人除了情之外，慾也很重要，為了慾，情常常被埋下……我們看重兒女甚於丈夫，但他們……」

「這幾十年，家中變成如此，難道不是因為父親的無情？」碧洋恨道：「只因為慾，不就像禽獸一般？」

「碧洋——」江惜驚惶的阻止女兒，「人家說，第三女兒好命。比起妳兩個姐姐，妳是好命太多了，妳父親肯這樣栽培妳，一定也和美利那女人爭論的。這一點，妳可別欺心。」

「母樣到現在還在替父樣說話。」

江惜寬解的笑了笑，談到別的話題：

「我生了妳們三個女兒，雖說都長得很水，但我心中卻一直很擔憂，因為俗話說：水人歹命。妳和碧湖都生得太美，幸而嫁得都好！害我白白操心了十多年。」

「母樣這話，好像還怪我們沒讓您噩夢成真似的！」碧洋笑著頂撞母親。

「唉喲，妳這死查某鬼仔！」

臨嫁的前兩日，甘碧洋一直站在甘氏大宅的後院中，望著天井。

天井兩旁的廂房，都是那年地震後重建，一切皆已不同。只有那棵榕樹和榕樹下石堆中的石洞依然如昔。

二十多年來，許多生命在這兒轟轟烈烈的展開來；許多人在此來來去去，她甚至還依稀彷彿聽到明秋在唱曲子呢。

再兩天就出嫁了，往後回娘家，必然不可能像此時這般的心情。說實在的，她好懷念幼時的種種，懷念十三歲去日本之前的一切！她甚至懷念那條老南蛇，懷念牠昂首吐信旁若無人的行過天井。這次回來卻不曾見到。她也懷念夏季午後，火燒坡一般的滿樹的蟬鳴，叫得人耳熱、心亂、不靜。母樣曾說蟬在五更時也叫，叫得像要斷魂，但牠棲止的地方，那樹，仍然無知無覺又無情，木然而立。

兩日以後，碧洋風風光光的出嫁了。

街坊鄰居都來看小鎮書讀得最多的出名黑貓——自小就有美名的新嫁娘甘碧洋，以及她豐厚的、一車一車的嫁粧。

自然，有關甘家種種，特別是甘家大家長天龍的一切，又被好事者重新拿來說嘴。

17

這半年多來，由於一直忙著碧洋的婚事，所以小碧洋一歲，而和碧洋、魏樂仁同船回來的碧天行止，暫時無人有暇去管到。等到碧洋一嫁，喧鬧的婚禮落幕，生活復歸於平常，那個七、八年未曾在家，乍然回來已成年，卻又遊手好閒的碧天，馬上成了眾矢之的。

碧天不是安靜人，沒事不肯好好待在房裏，這裏摸摸，那裏弄弄，全然不管有些所在或器物，是美利忌諱人家去碰的。

房屋、大宅子摸過之後，他也不管外人口舌，逕自在大街小巷胡走蹓躂，和一些識或不識的鄉里中人搭訕閒談。而搭訕對象，三教九流全不避忌，亦不篩選。

半年多來，碧天斷斷續續聽到許多他從不知道、令人震驚的「內幕消息」，其中包括有關那南蛇的傳聞，以及數年前發生的霍亂疫病、死去多人的事件，還有鄉里那些對他父親和甘家的詛咒。

碧天長到二十一歲，初次發現身為一個小鎮醫生、一個鄉紳的子女，原來如此的不單純。在他少年的記憶之中，父親一直是用他的醫術及醫德，在做著類似救人淑世的事。父親對江惜大媽及他母親明秋，或許稱得上無情；但他對於上門求診、無錢付費的病人，非僅不曾拒絕看病施藥，而且一次不好，必定囑病人再來，直到看好為止。

這樣的人，怎會被惡毒的詛咒，尚且咒及子孫？是真有什麼失德之舉，還是鎮民無知，再加上喪失親人之痛，聲討無著才罪及甘家？他和異母兄長碧山，都在被詛咒之列。像碧山這樣的正人君子，以及他自己本身的落拓，其實從無害人之心，亦無害人之舉，為什麼平白要背負這許多事情？

二十一歲的碧天，在震驚徬徨之餘，開始想要探索這些事情的真相。他瞞住別人，打探到父親早年的人力車伕憨財仔的住處，私下前去探訪。

碧天幼時，憨財仔兼做甘家雜役，常在天井工作，憨財仔手甚巧，常常用編大甲帽的三角藺草，編許多蚱蜢、烏龜或鴨子等動物給碧天和碧洋玩兒，碧天尤其喜歡跟前跟後纏著憨財仔。

基於這種深厚的感情，碧天一方面懷念故人，一方面也相信可自憨財仔那兒探知實情，因此才迢迢遠至大雅的憨財仔家中去。

憨財仔已七十餘歲，不過因終年勞動，所以並不特別見老。

碧天出現時，憨財仔亦未一下子認出。後者對於碧天的最後印象，是一個十三歲，根本還未抽長、變音的少年，而眼前卻是個成年的年輕男子。

「財仔伯，不認得我了？有七、八年未見，您都不見老！」碧天昔時要高高仰視著憨財仔，而此刻，卻已和身量極高的憨財仔可以等量平視。

憨財仔瞪視著這少年郎，半天，忽然悲喜交集的問道：

「是碧天——碧天嗎？」

碧天含笑趨前握住憨財仔的手臂，笑道：

「小時候，您叫我小草螟，說我愛哭又愛跟路，最討人嫌，又不好看。長大了我以為自己比較妍俊，想不到還是被您認出，可見我的外貌並沒什麼長進。」

憨財仔激動得無暇理會碧天的幽默，他抓著碧天的胳臂，叫著：

「都這麼高了，比我還要高——娶某沒？幾時回來的？要不要再去？碧山和碧洋怎麼樣？」

碧天將偷偷包好帶來的一條塊豬肉和幾條香腸，遞給憨財仔。那是物資奇缺，又被管制配給時，最好的禮物了。

「這、這怎麼好？大家都不夠用，我不能拿！」

「財仔伯，錢能通神，甘家大宅，戰時一點也不缺吃穿，自有黑市的販仔會拿來賣。我是因找不到美利將東西藏在何處，所以只帶來了這一些而已。下回找到了她藏東西的地方，再多帶一些來。」

「碧天，快別如此想，美利那女人，千萬不能得罪，她權大勢大，又善於對先生煽動，連先生娘都被趕出去住了，更何況是你。」

「我不怕她。人家說，無求就無懼，我不指望從我父親那裏得到什麼，自然也不用怕那個女人了。」

憨財仔拉著碧天在客廳坐下，嘆道：

「這幾年打仗，日子過得真苦，我那兩個大孫子也被調去當軍伕了，一直沒消息回來，也不知是生是死？聽人家說，日本仔調軍伕或調兵，第一不調學生或老師，碧天，你是不是畢業了，會不會被徵調去？可千萬要小心！」

「若是要調亦是命，我有什麼辦法？」

「碧天，你聽我一句，人家說，徵調當兵，專調那遊手好閒的迌迌人，你就少在外面走動，惹人眼紅報上去，何況你們甘家又有仇人。」

碧天一聽，趕緊動問：

「說到仇人，究竟怎麼回事？」

憨財仔嘆了口氣，就把天龍將霍亂患者報郡役所的事說了。

碧天問道：

「患者上報郡役所，本來就是規定。如果不將少數患者報上去，反而會害了大多數人，這難道有錯？那些人也太不理解了。」

憨財仔遲疑的說著，用一種懷疑的口吻：

「有人是說，連輕微患者也被報上去，那些人，只要用藥即可痊癒，根本無須往上報。

結果，先生一律上報，害得那些本不至死的人全死了，有些還很年輕，尚在讀書，他父母不甘心呀，所以也要甘家絕子絕孫。」

「病情輕，如果不隔離、不消毒，一樣會傳染。以醫生的立場這樣判斷，事實亦無大錯。」碧天本能的為父親辯護。

「唉，人的事，最難講，況且又牽涉到一生一死。這事我亦不懂，只要你們兄弟行得正、站得穩，管那些人怎麼說？」憨財仔停了一下，又說：「甘家是不會有問題的，有那南蛇坐鎮保護，人家說，那是土地公的女兒，甘家受祂庇蔭，旺了幾十年。」

「您信這個？」碧天問：「可信嗎？」

「怎麼不可信？全葫蘆墩的人都知道。」

「這次回來，我還未見過那南蛇。」

「牠也老了吧？不知有沒有百歲？您們還未搬去，牠就在那裏了。」

「比人還長命。」甘碧天說著：「我母親都活不過牠。」

提到明秋，憨財仔很自然就噤口。這一噤口，碧天就有許多聯想，他忽然問道：

「都說我母親是因地震癱瘓才厭世自殺，我不相信。我母親是很怕死的人，小時候她曾對我說，人不該死而死，像自殺這種事，到地獄去會受責罰，而且是很可怕的責罰。不管這事是不是真的，但她非常相信。所以，我不相信她會自殺——她不敢的！」

「她確實是自殺沒錯，福嬸給她送飯，第一個發現，我第二個衝進去……她已斷氣多時，身子都硬了！」

碧天想到母親臨死前無親無故的那種孤獨恐懼，而他這唯一的親生子，卻遠在日本無感無應！她不識字，死前那段日子，定有許多忍不過去的痛苦，定有太多逼得她不得不死的原因，她竟無法親口或親筆對他講！這種慟，豈是人子能夠忍受的？

「我不相信！一定發生了什麼事，不然我母親絕對不會因為半身不遂就自殺的，若因如此就尋死，在地震過後就會採取行動，不必等那麼久，對不對？阿財伯，您說句公道話！至少讓我母親死得瞑目！」

憨財仔的臉黯淡下來，禁不住碧天直催，他才緩緩的說道：

「你這囝仔，你父親和母親的事，外人怎會知曉，就算先生娘亦不知！我們是下人，萬一胡亂說，說錯了，誰擔待得起？」

「財仔伯，您只說您知道的，其他我會自己判斷，何況我也不單只問您一個人；更何況，您早已不拿我家月給俸，還有什麼主人、下人的？」

「碧天，我不是忘恩負義說先生的背後話，我只是實話實說罷了。先生這十多年來，對先生娘和你母親確實薄倖。先生娘忍得下，你母親卻忍不下，以致……其實，你父親對你母親，亦不曾壞過他對先生娘，甚至於你母親得寵時，對先生娘亦甚不公，挑唆你父親不少事。這一點，我亦得公平講。」

「他們上一代的恩恩怨怨，我們權且不管。究竟我母親死前發生過什麼事？」到底是母子，碧天不想聽別人說太多母親的不是。

「地震前數天，應該是美利和你父親的事剛公開時，美利有天曬被子，發現枕內扎了十多支針，說是人家作蠱要拆散她和先生，所以拿著枕頭去質問先生娘，先生娘不理她，她就去找你阿母，結果被妳阿母用棍子打傷；這下子先生自然不會坐視，因為他和美利正在熱頭上，所以先生將你阿母毒打一頓，自此不進你阿母的房……應該說，在那之前，就不太進你阿母的房子……」

碧天聽得熱血奔騰，咬牙切齒道：

「他替美利撐腰，我就不能為我阿母復仇嗎？至少得討回一個公道！」

「碧天，我就怕你如此！」憨財仔攔住碧天，又苦口婆心勸道：「冤冤相報何時了？何況，在人枕上插針亦是居心歹毒，雖不能證明是明秋所為，但也以她嫌疑最大。」

「難道不是美利栽贓？」

憨財仔搖搖頭，說道：

「那時她和先生，正是糖甘蜜甜的時候，無須做這種事。先生娘和你母親，根本不是她對手。」

「這樣說來，財仔伯亦認為我母親死得應該，沒有冤枉？」

「碧天！你如何說這話？難道你希望我劈柴添火旺、在上煽火，叫你們父子反目成仇嗎？何況，明秋自殺是更往後的事。地震後院全部屋倒，先生便要你母親和先生娘全搬到對面去，也許你母親想到日後形同被逐出甘家，什麼都沾不著，身體又那樣，才會選在搬遷前一天自殺。這一切皆係我自己猜想，可能另有其他外人不知的事亦未可知，所以，我亦不能斷言你母親究竟因何而死。」

碧天的眼淚，火辣辣的滾下，他說：

「這樣還不夠嗎？」

離開憨財仔家之後，碧天在街頭亂竄，最後望見「濟世醫院」的大招牌時，人正來到江惜的小屋門前。一剎那間，但覺五內俱焚後的全身乏力，他踉踉蹌蹌跌撞進江惜的木屋之中！把正做完晚課的江惜嚇了一跳！

「碧天！你怎麼了？」

「大媽——大媽，大媽救我！」

江惜呼了一聲佛號，一邊過來要扶碧天，一邊望後大叫：

「阿幸、阿幸，快來！」

碧天扶著椅背，對江惜搖搖頭，半天，等轉過一口氣，才對不斷唸著佛號的江惜和應聲而來的小使女阿幸開口說：

「我沒事，坐坐就好。」

阿幸又被江惜支了開去，江惜遞了一杯熱茶，又自香案上捧下一杯敬茶，倒入一點在給碧天的熱茶之中，說道：

「菩薩保佑你平安無事！碧天，去哪裏，怎弄得全身冰冷？快喝兩口熱茶！」

碧天眼淚又給逼了出來，他望著江惜，悽然說道：

「大媽，您這樣好心，又如此虔誠，諸佛菩薩怎不曾保佑您榮華富貴，反而被美利那惡女逼到這個田地？」

「碧天，快別這麼說！拜佛不是求富貴。何況，人有天命，還有前輩子的罪業。」

「這麼說，我母親正是罪惡多端，死有餘辜了？」

「碧天——」

「是啊，否則她怎落得如此？」說罷放聲大哭。

江惜任他號哭了一陣子，才平和的說道：

「你母親死前那個早上，和我談了許久，她唯一放不下的只是你這一塊親骨肉。你若孝順她，就該振作，哪有在此猶猶憨憨的，叫人操煩？」

碧天掩著臉，不曾答腔。

「你母親歹命，半生煙花，後半輩子只過了幾年好日子，又是如此走的，做人子女的你，自然捨不得。她死後，我為她唸了不少經，助她早日解脫，再世為人，投胎做個正當人家的子女……你不該再惹起這些怨恨。至於你父親、美利和你母親的冤冤恨恨，只怕是前世宿業，美利曾多次請道士做法，表示她心有虧欠難安，這也就罷了，且放她去吧！人家好命，是她的命。重要的是往後你自己的路要如何走才重要。甘家上一代已是如此複雜多事，我不希望你們這一代，再有什麼風波。」

「大媽，那是我親生母親，那樣含恨而死，她難道不希望我替她申冤復仇？」

「你這樣想，像是孝順，其實一點也不曾為死者著想。人家說，入土為安，何必再去攪這些舊事？如果要讓你母親揚眉吐氣，你該想想自己，做一番事業，別再迫迫，讓她安心。也叫美利那女人不敢看輕你！」

江惜講到這裏，心內經過許多考慮，終於決定提早對碧天說出：

「明秋死前，將她一些首飾和積蓄交給我，囑我在你要升學讀書或自己做事業，而美利可能阻礙你父親不肯給你錢財，再拿出來造就你。她的心願，只在求你成器，並未要求你報什麼仇。可見她自己亦認定那是命。」

碧天聽到這裏，心情漸漸平靜，江惜的話，彷彿將他的心拉到極近七、八年前她母親將死時那樣的心境上去，他彷彿親耳聆聽到母親對他的叮嚀。

「碧山唯有你這個弟弟，雖非同母，但世上亦無人能比你們更親。人家說，打虎、抓賊，都要親兄弟，此所以我這樣操煩你的緣故。人生迢迢長，你們兄弟要一道走，兩人都需要強一點，才能互相扶持啊！一世父母，兩世兄弟，上一輩的人，非死即老，只有你們自己的人生才重要，才該用心神打拚呀！碧天！」

碧天低著頭，將江惜的話，一句一句聽入耳，半天才抬起頭，對江惜說道：

「大媽，我明白了。」

江惜嘆了口氣，說道：

「你們這些囝仔，無一不叫人操心啊。喝了那杯茶，晚上就在這裏吃素菜飯吧。外面吃慣了大魚大肉，偶然吃點素菜也好，何況阿幸手藝真的不錯，又會變花樣。留下來可好？」

「我好像不曾陪大媽吃過飯，晚餐就留下來吧。」

江惜高興極了，接著又說：

「你母親留給你的東西，你進來看看。我原封不動，一包好好的。」

「就放大媽那裏吧。」

「不管如何，你先看看有什麼、有多少，至少心裏有個底，至於拿不拿，那是次要的事。反正是你的東西，早拿晚拿全一樣。」

碧天只得跟在江惜身後，走向江惜用來靜坐唸佛的靜室。看著江惜那因年老而日益佝僂的背影，碧天心中千頭萬緒。是什麼力量，使這小小的女子如此寬大、如此平和？

人家說，母親的心，無限寬廣。江惜不僅是他們幾個碧字輩的孩子的母親，她還具有像大地之母一般的深厚開闊的襟抱。

自己的生母，欠缺的不正是這個？

然而，即使承認明秋的個性有缺憾，即使知道明秋的結局那麼慘，半是由天，半卻是她自己的個性造成，但碧天仍覺得自己比八年前回台奔母喪時的懵懂，更加能體會母親的心境，也更加愛她。

18

大東亞戰爭打了三、四年，加上先前的中日之戰，已經打了七年多戰爭的日本，早已疲態畢露。

由於美軍在菲律賓取得空軍基地，因此而能大舉空襲日本本土和台灣全島。昭和十九、二十年之交，波音B——29轟炸機，到處轟炸大型建物如飛機場、工廠和重要目標物，豐原轄內位於潭子和月眉的製糖會社，先後遭到轟炸。豐原街上的慶音醫院、營林所，以及由台北疏散到月眉的台灣拓殖會社辦公室，亦全遭轟炸。

除了大型的B——29轟炸機投擲一百至五百公斤炸彈之外，另有NORTH AMERICAN AVLATION所出產的格拉曼機（GRAMAN），經由航空母艦上飛來，以低空飛行，投下燒夷彈或瞬間爆炸彈，專挑火車、住宅等小型目標物下手。這種雙管飛機，亦有機關鎗掃射，人和屋宅受損在這飛機上頭的最多。為防燒夷彈引燃屋宅，因此家家皆備有兩、三個裝沙的麻袋，用來滅火。空襲頻繁，戶戶也都挖好防空壕或築有水泥防空室以躲警報。

不僅陸上遭遇前所未有的美國空軍大空襲，就是海上也危機處處。

自昭和十七年起，行走於日本本土與台灣之間的商船或客輪，因為必須躲避魚雷，所以船線不能固定，以前正常時三天兩夜的航程，現在往往因繞道而延遲至四天三夜甚至一個星期左右。而且，儘管如此迂迴躲避，許多萬噸以上的大客輪，像太和丸、富士丸以及高砂丸，仍然相繼都被炸沉。海上航行，日益危險艱巨，因此，日本政府便採行船隊一起航行的策略，商船在中間，廢物船在外面，如此日本軍艦或多或少可以負責保護。有時，為避美軍耳目，日本亦以廢物船載客，偷偷輸運旅客。

台灣人子弟去充軍的，先前還會有消息或陣亡戰報回來，到了這時，卻是消息斷絕、生死未明。鎮上及鄉間，來了許多琉球婦女，據說是丈夫陣亡避難到此的，大部分借住在農家。這些特殊的族群，更加深人們對戰爭殘酷陰影的印象。

這一日，接近中午的時候，空襲警報又響。

濟世醫院內的大大小小，包括當時來看診的數位病人，全跑到前院中的防空室躲著。

低空飛行的格拉曼機，似乎就在頭上隆隆作響。天龍才啐了一口，說道：

「今天飛得很近。」

就聽到機關鎗掃射的聲音，聽來就近在咫尺。

「是後院。」天龍的助手明星白著臉，眼睛往上翻看著說道。

「碧天呢？碧天——」天龍叫著，驚惶的四下搜尋碧天的身影。

另一名助手段仔小聲的回答：

「沒看到碧天，好像留在屋裏。」

一聽到段仔如此回答，天龍整個人像癱了般，扶著防空室的牆壁，一點力氣也沒有。

那美利撇撇嘴，冷言冷語：

「他勇嘛，不怕死——」

「馬鹿野郎！」天龍突然暴喝一聲，叱罵美利！

由於第一次被天龍如此怒斥，美利因為意外而呆住了！

碧天確實待在自己的房裏。

近來日日空襲，日日跑防空室，可一次也不曾親見飛機轟炸或掃射的實現。碧天因此而有了「不可能那麼巧會射到或炸到」的僥倖心理，所以這次空襲警報響時，他鐵齒不肯和一家人擠到防空室去。

不想，真那麼湊巧，格拉曼機低空飛過濟世醫院，機關鎗正巧自後院開始掃射。

碧天坐在那裏，只見子彈如雨落下，無巧不巧落在他鼻尖三寸之前！

碧天全身如電流通過，動也無法動。不知過了多久，才發現自己褲襠全濕，原來嚇出一身尿來！

生死一線，竟然如此接近！

生命，原來如此禁不起任何意外的脆弱！

他呆呆坐在那裏，一身的冷汗，一身的膽寒！解除警報何時響起，他絲毫未覺，直到他父親和許多人衝進來，一腳踢開他的房門！父子白著臉相向而視時，碧天看到父親眼裏毫不掩飾的驚惶與關懷，他才確定自己真正死裏逃生，躲過一劫！

天龍見他毫髮未傷的端坐那裏，鬆了一口氣，但卻什麼也不曾說的轉身離開。

兩天以後，大難不死的碧天前往他大姐碧湖和大姐夫丁生的住處。

丁生一家才剛吃過飯，見碧天來到，忙問他用飯沒有？

碧天忙笑著回道：

「要吃飯，何必巴巴跑到這裏來？」

丁生審視著他，問道：

「那是有事了？我聽說你前兩天差點被機關鎗射死——保重一點，少年人多動動腿、跑跑防空壕，又不會累，好歹當作運動。」

「姐夫，戰後你還做不做生意？」

丁生看他一眼，回道：

「生意自然要做，否則一大家子要吃沙、喝西北風？」

「如果戰爭一直不結束，怎麼辦？」

「戰爭一定會結束的，只不知幾時結束。如果再拖下去，我也得想想改做什麼才好。否則坐吃山空，不行啊。」丁生忽然懷疑的問碧天：「你就是來調查我這個的？」

碧天訕訕，笑道：

「我哪是？我是想跟大姐夫學做生意，不知你用不用人？」

丁生想了一下，謹慎的說：

「做生意自然得用人手，不過，得是能用、肯做、可吃苦的人才行。做生意嘛，阿少是不行的。生意不會自己上門，錢四腳、人兩腳，要追它，可不是手插褲袋就追得上。」

碧天低低回答了一句：

「我知道。」

「碧天，既是你有心向我學，我實對你說吧，生意第一要勤、第二要精、第三要誠拙。第二項是判斷、下本錢，第三項則是要讓客人有這觀感。三項之中，你有哪項？你是阿少，吃飯缸中央慣了，既無法低頭，也不能——」

碧天攔住丁生，不叫他往下說：

「過去我是如此，那全因為我煩，不知自己要幹什麼。現在不同了，回來這近一年，我想了許多，前些天又差點死在美國兵的機關鎗下，算是撿了一命，重新開始——所謂阿少，其實是廢物的意思。這些日子，我想了許多事，包括甘家、父檨、我生母，以及碧山兄這些人。我想，我們這一輩，就靠碧山和我了，不能再沒打算。」

丁生點點頭，說：

「能想就好。只是，為什麼要和我做？」

碧天先是一愣，繼而坦然說開：

「姐夫，我不像碧山兄學有專長；人家又看我不可造就，無人來牽成，我不跟你，要跟誰？」

「聽來像有道理。」

「實告訴你吧，」碧天收起玩笑的嘴臉，說道：「這個地方，我不想浸下去了！小門小戶小識見，我不是我母親那一代人，被關在一個牢籠裏，一家人、一個屋簷下，互相算計和爭取。這麼小一個地方，爭贏了又有什麼？甘家的全部家產又算什麼？我不能再待著去忍受父樣和美利這種人！大丈夫，五湖四海，何處不可去？」

「說得好！」丁生擊節讚賞：「既如此，你趁開始做生意前把英語多讀一點。做生意，不是光靠志氣，還要有本事。」

碧天狐疑的問道：

「要和碧眼金髮的做生意？現在，不是在和他們打仗？」

「戰爭會結束，戰後重建，正是做生意最好的時機。也正如你所說，小地方，算什麼？比較起來，日本是太小了，要做貿易，應該著眼更大的市場，這世界，英語的殖民地遠比日本語通用的地方大，所以——我是這樣判斷，以後英語應該是會有用的。何況，此一時彼一時，這世界哪有永遠的敵人、永遠在交戰？」

說話間，敵機可能來襲的警戒警報又響，丁生、碧天即刻起身，一邊招呼家中所有人進防空壕，一邊急急往後院走去。

「子彈不長眼睛，現在，再麻煩仍是得躲防空壕，不然——」碧天嘀咕著。

丁生急促中回他幾句話：

「那自然是。像這種生命攸關的事，還有做生意，都是絕對不能要弄性格。」

兩人將小孩趕進防空室，丁生忽問：

「元元和翠屏呢？翠屏——」

「來了，我們在這裏！」

回話的是一個十八、九歲的少女，頭髮燙短，膚色微黑，穿一件藕色大裀衫，下罩一條黑褶裙。當她牽著丁生的小女兒元元，自內屋裏跑出時，短髮飛起，眉眼間跳躍的是一種頑皮的慧黠。

碧天遠遠看著她飛奔而出，像隻青春之鳥，拍翅而來！一時之間，竟然看得呆了！那翠屏匆匆跑進防空壕，亦未提防有個生人；兼且防空壕裏又暗，因此她一進來，未及站穩，堪堪轉了個身臉面向外，後背正要貼不貼靠著碧天的胸口。

黑暗裏，碧天聞著她那少女的體味，以及混雜著纖維和漿燙味道的氣息，只覺胸口發脹。一種類似春日蓬勃生長的種子，在他的心中逐漸萌芽冒出。

「空襲警報可以當作玩笑，慢手慢腳的跑出來躲嗎？」是丁生帶著薄怒的口吻在責備。

「小姑姑在幫我剪紙花，我們正剪到一半。」丁生的小女兒發話。既稱小姑姑，那翠屏無疑就是丁生的小妹了。

怪道那眉眼之間如此神似！

「空襲警報一響，不管手頭上正在做什麼，全得放下，出來躲警報！剪紙花?!剪什麼都不管，生命第一呀！前幾天，妳碧天小舅舅鐵齒不肯進防空壕，差點被機關鎗掃到。不信，你問問他！碧天，你告訴元元。即使是警戒警報也有可能發生危機，來與不來，我們雖不確知，但為萬全，還是麻煩自己跑一趟才是。碧天，你告訴他們是否該如此才對。」

碧天經丁生如此指名答話，雖覺有點不便：一群人擠在防空壕裏，又不知飛機什麼時候會來——但他亦只能勉為其難「唔」了一聲，悶悶說道：

「防空警報最大，躲了準沒錯。前幾天，機鎗掃射我家後院，子彈就落在我鼻子前面兩三寸的地方，差一點去報到了。」

聽得陌生男聲響自自家腦門之上，翠屏心下一動：莫非自己正站在人家前面、背貼胸緊緊的靠著?這下非同小可，不曾想全，翠屏就趕緊往前挪了下腳步。而即使如此，在整個躲警報的過程中，伊都覺得如芒在背，站那兒比任何時候都辛苦。

原來，翠屏在家中排行最小。與老二的丁生相差二十多歲。公學校畢業之後，為了分擔丁生的重擔，她在家種過果菜，也賣過果菜，兩年多前，才到當地的台灣製麻會社上工。由於製麻會社靠近豐原街頭，神岡老家距離太遠，所以暫時借住哥哥嫂嫂家裏。碧天自日本回來之後，曾經有多次到丁生碧湖家裏，都未曾遇見她，那是因為平日上工，白天不在家中。

解除警報一聲長長的水雷終於響了，所有的人都覺得上了當、多跑一趟；但亦覺飛機不曾來，大大鬆了口氣。

碧天知道翠屏方才因緊靠著自己而覺得有些尷尬，所以特地慢慢的，由著別人先出防空壕，他才施施然躲在後面踱了出來。然後，不由自主的，他的眼光緊緊跟住翠屏的身影。

就在入屋子的前一剎那，翠屏忽然住了腳，扭轉身在人群裏搜索到那初次見面的陌生男子甘碧天，深深、深深盯了他一眼，才又轉身進了屋子。

碧天站在那裏，思索著翠屏看他的那一眼。

青春美麗。是青春，泰半美麗。

翠屏具有過去他在日本見過的那些白蘿蔔或雪梨般日本女子所沒有的陽光之美，那是純然屬於亞熱帶的、健康的、勞動的、家鄉的女子。

然後，他抬頭向上呼了口氣。

他看到了碧藍藍的天，一望無際。

天涯何處無芳草。

既然要一遂雄心壯志，要五湖四海去闖蕩，那麼，何苦留一片相思、一抹牽掛在此處？正當是什麼也不帶走，什麼也不留下的最好的一種態勢；正當要處處無家處處家的落拓當口，一點點溫柔、一絲絲脆弱，為的又是什麼？卻又何必？

碧天再次吁了口氣，忽覺自己胸口一片澄澈，無雲亦無影。

他舉起腳步，泰然在眾人之後，步入屋子。

19

農曆年過沒幾天，郡役所來了四、五個人，簡單和天龍照會了一下，便動手將濟世醫院前庭的鐵窗，後院矮牆上的鐵絲網，舉凡用鐵做的、有鐵的地方，一一拆下、壓扁，全數載走。

吃飯的時候，大家議論紛紛，不曉得當局為何出此下策？

「難道真的缺鐵缺到這個程度？連鐵窗也要拔？」車夫萬里消息最是靈通，他又說出一件事：「我聽人家說，學校裏教學生將竹子尖端削細，用來做萬一時禦敵之用。幹！就是憨人也知道，竹子怎麼殺人？我看啊，就像那些美國飛機的單子上說的，日本就要戰敗投降，已經不行啦！」

「日本還在死鴨子硬嘴巴，堅決不承認，不斷要台灣人去當砲灰。」

「沒法度了，戰了這麼久，戰到什麼都沒有，不敗才怪！」明星吞下最後一口飯：「也該結束，讓人過兩天太平日子了。」

碧天默默聽著桌上各人的議論。

是啊，戰爭快快結束，他才能跟著丁生去做生意，離開這個奇怪的地方。

他沒有加入談話，更不想告訴他們，有好幾次，他在收音機上聽到美軍不曉得從菲律賓或哪裏放送過來的廣播，用台灣話告訴台灣人：日本快要戰敗了，日本即將投降……

日本當局雖然一再粉飾、不斷的叫人家不要聽信這些謠言。事實上，觀察敏銳一些的人，全知道日本敗象已露，只是倔強頑抗而已。

因此，儘管大環境氣壓甚低，但多數人卻興奮的偷偷交談，臆測著戰局和世面。

碧天這一陣子，一改過去不定遊蕩的習性，逼著自己認真讀著英語。他瞞住大家把這件事當作自己的秘密、自己的夢想，偷偷勤快編織著；只有在給碧山的信上，約略提到這未來的計畫。

碧山畢業在即，很快就將回來，不管他會在哪裏開業，總不外乎台灣本島，最大的可能應該是中部。

碧山回來的時候，卻正是碧天計畫要走的時機。說起來人真奇怪呀，來來去去、走走停停，不論多要好，追根究柢總是得獨來獨往、獨生獨死，苦樂自當，無人可以代替。

他期待著與異母同父的碧山交會一笑，也了解兩人即將擦肩而過，各過各的人生。

碧山是否也曾如此想過呢？

三月，京都依然飛雪。

終於畢業的甘碧山，正在打理行裝，準備回台。

他在確定船期之後，打了一封電報給父親甘天龍。

雖說是有歸期，卻也談不上確切的日期。

因為日本的海上航行越來越是困難重重。

美軍以雷達測知日本船艦所在之處，不時進行飛機轟炸，因此船行總喜歡揀在月黑風高、視線不明的時候，至少比較有可能躲避被炸的命運。

然而，除了飛機轟炸之外，潛水艇發射魚雷，也炸沉不少萬噸以上的巨輪。

所以，從日本到台灣，船程多少時日，全憑運氣和當時的狀況，搭船的旅客和他們的親人，各自提著一顆心，不到入了基隆港無法真正放心，因為有許多船艦，都是在抵達基隆外海、釣魚台附近才遭魚雷擊中。

在這種戰爭的氛圍之下，即使同搭一艘客輪，也有幸與不幸的天壤之別。船頭、船尾，關係著魚雷命中何處，也關係著同船過渡不同人的生與死；同樣落海，有人獲救，有人喪生。

命運，在個人的力量使不上時，更是大大擴張了它的神秘性。

所以，天龍接到長子碧山的歸來電報時，真是一則以喜，一則以憂。他明白，自茲而後，他唯有分分秒秒擔心，在擔心中認命的等待，一直到碧山上岸回家為止。

上船時，甘碧山和一般旅客一樣，拿到六種額外的配備。這些配備，都是為防船艦被擊沉，旅客落海求生救命用的。

第一樣，是救生圈。孕婦以及日本官員，則有胴衣（即救生衣）的配備。

第二樣，是哨子。緊急時可以吹之求援。

第三樣，是一尺寬，六尺長的白布，讓旅客綁在腰上，萬一落海，布見水漂散開來，使人看起來很大，可以防止鯊魚咬噬，因為鯊魚不吃比牠大的生物。

第四樣，乃是一小壺飲用水。

第五樣，有防水包裝的乾糧。

最後一項，則是自備能保暖的冬衣。

輪船開船以後，由於不安、空氣不佳，以及船上幾乎無法下嚥的伙食，許多人或多或少都有不同程度的暈船狀況。

更由於安全因素，船上不鼓勵，甚至禁止旅客上甲板。可是，因為萬一發生事故時，甲板上是最容易躍入海中獲救求生的地方，所以，只要聽到一點聲響，旅客都如驚弓之鳥，蜂擁搶往甲板，造成一片混亂。

碧山的歸程旅途正是如此。

他雖然年輕健康，但和一大艙船的人擠了五夜六天，在不太流通的空氣和臭氣薰天的嘔吐物之中，輾轉顛簸，不病也難。

好在終於也接近基隆外海了。

一想到即將踏上故鄉的土地，開始他一生行醫救世的志業；又即將見到父母、兄弟姐妹，以及形同手足的魏樂仁，心中不覺雀躍。

人生，向他開展的，將是未可知的最大可能。

只要想到這一點，任何辛苦都即刻化為烏有。

真的，就如他自己所想，人生向他開展的，正是未可知的殘酷命運——他所乘坐的客輪，在基隆外海，被美國所射出的魚雷擊中！碧山根本來不及有任何反應就失去生命！而同船卻有許多人落海獲救，其中甚至有一位千葉醫科大學的畢業生，豐原神岡的農家子弟出身，是自己奮力泅泳到龜山島上岸被救。

而上天卻不曾給年輕的甘碧山這樣可以自救、可以掙扎的相似的機會。魚雷直接命中他身在的那個部位。生與死毫無斡旋折衝的空間和時間，許多生命就如此過去了。

昭和十七、八年以降，日本客輪在海上遇難，根本無法搜尋遇難死者的屍體，一方面固然因為另有更多生還者落海需要營救，另一方面也是因為害怕虎視眈眈的美艦或美機發現再進行攻擊的緣故。

所以，高千穗丸被魚雷炸沉遇難，死傷人員的確實名單，因為求證困難和日本官方封鎖不利消息的雙重原因，一直遲遲難以確定。

但是，甘家在久等碧山不回的焦慮不安中，也開始預感到凶多吉少的可能事實。

等到消息傳到家中，天龍只覺眼前一黑，跌坐椅上，好半天無知無覺，既無眼淚，也不曾哀號，只是定定坐著，接受事實和事實帶來的打擊。

江惜呼天搶地哭了一陣子，卻始終不肯相信碧山已經死去，她央求丁生和碧天上基隆去探訪搜救：

「一艘船載那麼多人，誰生誰死哪會確知？碧山也許還漂流在海上等待救援，也許爬到哪個荒島上去而回不來也說不定。求求你們去找他回來，他沒有夭折相，不應該夭壽呀……他長得那麼妍俊，誰比得過他，一點夭壽相也沒有呀！我不相信呀——」

江惜披頭散髮，像瘋了一般哭喊。

丁生和魏樂仁想想岳母雖說激動難抑，但所說亦有可能，所以兩人決定連袂上基隆，到處察訪再確認一下，或許真在哪裏找到活生生的碧山也說不定。

碧天則和碧湖、碧洋以及難得因為發生這等大事而可以回家數天的碧釧一起留守。現在，不僅天龍垮了，就連一向雍容自持的江惜也像瘋了、傻了，要和老天拚命一般，不斷聲嘶力竭的哭喊、起痟般喃喃自語，不吃不喝，不肯聽人一點勸說。

「碧山，你不能這樣走啊……菩薩啊，您若有靈，就用我去交換我兒子回來，我那心肝後生不能死啊，甘家就靠他一個……」

這樣無休無止的號哭，即使用意志力在支撐，亦到了力竭心絀的地步。江惜在號哭稍止的那一剎那朦朧睡去。夢中，見到伊朝思暮想、四年未見的兒子甘碧山，人在冰冷的海中逐漸下沉，碧山伸手向伊求救，嘴裏喊著：

「母樣，好冷，我好冷！」

江惜急急奔赴，不管那是深不見底的黑色海洋，她一心只想搶救自己心愛的兒子！

忽然，碧山身旁多了好多冤魂，那些冤魂伸手抓他、打他、掐他，碧山身陷重圍，大聲呼救：

「母樣，救我！母樣，救我——」

江惜定睛一看，圍剿碧山的冤魂之中，有好些個是她認識的：民雄、秋郎仔、麗珠、阿木仔……全是當年霍亂流行時，被甘天龍發現報郡役所而死在傳染病隔離所的那些患者！

江惜這一驚非同小可！她奮力向前要營救碧山，碧山卻被那些亡魂越抓越遠，只留下一聲聲淒厲的嘶喊：

「救我、救我，母樣！」

江惜在一身冷汗中驚醒！

她張開眼睛，屋中亮著燈，床前坐著亦在垂淚的碧洋。

江惜有一瞬間不知身在何處。方才見到碧山，碧山在冷森森的海中，在眾多仇人冤魂的掌握之下！

母子連心，碧山是來向她辭行告別，碧山是來向她申援求救的！到了枉死城中，備受那些無理可喻、有情待憫的冤鬼糾纏欺負，他是新去乍到的，如何能抵擋那些含恨要報仇的厲鬼？

江惜想到這裏，剩下的那一點點心火一瞬間全都澆滅——兒啊，等著，為母的前去救你！不要怕！那些厲鬼我來對付，我一個人就夠了！若是你父親真有罪孽，那些罪孽讓我來扛，讓我來受！一切與你無干！

兒啊，為娘的來了！

「母樣，我來餵您喝一點米湯。」碧洋將淚拭去，說著要站起來。

江惜拚著所有的力氣，問道：

「剛才有誰來過？是……丁生和樂仁嗎？他們……可是回來了？」

這一問，將碧洋的眼淚又催了下來！待要瞞江惜，怕是不易瞞過，而且，既有了先前的噩耗，現在再確認一次，說不定母親就死了心、接受事實，肯吃肯喝，身子健好起來也說不定……

「姐夫和樂仁都回來了，去查問得很仔細，碧山哥——」碧洋說到這裏，再也說不下去，只能用泣不成聲來向母親照會這個再真實不過的壞消息。

江惜卻不曾如碧洋預期般那樣再次呼天搶地，甚至連淚水亦不曾再流。

「母樣——」碧洋惴惴不安的叫喚著江惜。

江惜並不回答，久久，久久，兩行淚水流了下來，她聲息俱弱的斷續敘說著：

「碧山確實已死，我……見到他，在海中，被許多冤鬼欺負……」

「母樣，您是思念太甚作的夢。這世上絕對不會有什麼冤鬼之類。碧山哥是第一等君子，不曾害人，誰又會因他而冤死？母樣不要亂亂想才好。像碧山哥這種人卻如此死，他才是冤魂呀！他又該向誰索命、索債？」

「是妳父親。」江惜微微激動起來：「有一年霍亂流行，妳父親將患者報上去，那些人全死在傳染病隔離所，他們不甘心，向中將爺那些陰神告狀，要甘家絕子絕孫……」

「既是神明，不管陰陽，自然知道誰是誰非，父樣沒錯，這官司怎告得成？我不信，母樣不要自己亂亂想，妳不吃不喝、少食少眠，自然會見到或夢到這些奇異的事。您聽我說，至少先喝了這碗厚粥湯，把身體維持住。來，我們喝了粥再說吧。」

碧洋靠過去要將江惜扶起，後者卻強烈的抗拒著。

「不要動我！不要動我！我要去保護碧山，趕走那些冤鬼！」

碧洋被母親推開，很奇怪數天不吃不喝的老大人氣力如此之大！她看母親一張原本無血色的臉，掙得赤紅，兩隻眼睛發狂一般圓睜睜的，看了教人不寒而慄。莫非是刺激太大，精神有點錯亂？

碧湖、碧釧適巧由對面濟世醫院過來，見到江惜如此，便不約而同好言哄她：

「要保護碧山，得有力氣，您喝了米湯，小睏一下，再去不遲。」

「是啊，睡醒了我們和您一道去，大家一起力量大，沒人敢欺負碧山。」

江惜將眼閉了一下，忽又張開，正色對三個女兒說道：

「妳們姐妹三人，如果孝順，不要攔我，讓我速速快去，不然碧山要吃虧了。他年輕無歷練，又不知上一代那些事，白白在那裏受苦……妳們只有他這個同母兄弟，難道不會捨不得？別叫我吃、叫我喝，我如果不快跟去，他不知會變成怎樣？」

三姐妹總算聽懂了母親的話！原來，江惜但求速死，才能到另一個世界去迴護兒子！

一旦了解母親此刻的心願，三個女人都不禁流下傷心不忍的眼淚。

碧湖偷偷將兩個妹妹招到房門口，低聲說道：

「母親只怕不想活了。她不肯吃、不能睡，繼續下去，非走不可。我看，得去告訴父樣，叫父樣讓她睡一會兒，打點營養針才行。」

碧洋拭了淚水，點點頭，說道：

「我去。但這裏最好有兩個人守著，以防萬一。」

碧洋匆匆跑過對面，到了甘天龍跟前，將江惜的情況講了，又加上後面的話：

「父樣如果不念夫妻一場，至少就當作是救人也好，叫段仔或明星過去打個針，否則，我怕母樣是不行了。」

天龍知道碧洋的話充滿怨懟和不滿，但他此時已無力再多做解釋，想了想，吩咐明星去準備了針藥，又囑兩名助手段仔及明星一齊過去江惜的住屋。

江惜一見丈夫，即刻將眼一閉，斗大的淚珠滾了下來，嘴唇抿得緊緊的。臉上的線條因緊張用力而僵硬起來。

天龍看著結褵四十年的妻子躺在那裏如槁木死灰，想起新婚之夜，白泡泡粉嫩嫩那個十六歲的新嫁娘，以及他們曾經有過的十多年的美好日子，不覺失聲說道：

「阿惜，妳捨不得碧山，就該快快好起來，替他唸經才是。這樣子下去，妳哪會有能力救他？」

說完，對著兩名助手努努嘴。

段仔過去扶住江惜，溫和的說道：

「先生娘，我來幫妳打針。」

江惜迅即睜開眼睛，又叫又踢的：

「我不要打針，我要——碧湖！碧洋——」

碧湖、碧洋兩姐妹，一言不發，幫著段仔壓住江惜的手腳，讓明星打針。

打完針，江惜只是低低嚎著，叫著碧山的名字，鬧了好一陣子才慢慢昏睡過去。

天龍默默審視著江惜的臉，很奇怪，眼前浮現的一直是年輕而笑意盈然的江惜；江惜去追逐歌仔戲班的遊街行列、江惜去買來龜仔水家的雪花齋綠豆椪；江惜站在矮凳上曬蔭瓜；江惜蹲坐著釀豆腐乳，那甜而香甘的滋味，竟然浮上舌尖……江惜懷抱著碧湖、碧山，還有碧釧和碧洋……江惜春花一般的展顏而笑……

然後，他想起了明秋。明秋進門前後那一段如癡如狂的歲月；明秋唱的曲，他甚至還記得那些曲子的旋律：忘記如何唱歌的金絲雀、貫一和阿宮在金色夜叉中的苦情……明秋的眼眸、明秋的笑靨、明秋的刁蠻廝纏、明秋的解語歡情……

然後，日子就過到了今天。他失去了曾經擁有過的兩個女人。不，也許是他遺棄了她們；或者只是他和她們越走越遠、越遠……然後，他最鍾愛的兒子碧山也走了！那麼多人，一大家子的鍾愛都留不住他！愛悅留不住，就是恨也留不住呀！

天龍想到這裏，淚眼婆娑，難以自禁。

「先生，不得了，不得了……」車伕萬里突然奔跑而至，手指著對面甘家大宅說道：「碧天在燒蛇洞！」

天龍和眾人一驚，問道：

「燒蛇洞做什麼？」

「不知道，只知他要引蛇出來！」

天龍搖頭嘆息，站起來恨道：

「這一家子完了，不是死，就起猶！」

說完，只留下碧湖、碧釧照看江惜，其他的人匆匆忙忙又全奔回濟世醫院，趕到後院。

只見那南蛇受不住煙薰火攻，茫茫然爬了出來，卻被碧天左手拿著一根長桿子壓住蛇身，右手用夾煤球的大夾子，狠狠夾住口舌之下，正高高的舉起。

「碧天！」

甘天龍立在廳堂之上，遠遠的高聲喝住那僅存的兒子：

「你做什麼？快把牠放下！」

碧天並不聽命，只高聲回答父親：

「都說甘家榮華富貴全託牠的福，現在，連碧山哥這樣一等一的好人也死了，要牠何用?不如扔了，才消我心頭之恨!」

「使不得，碧天!」段仔叫著:「牠是土地公的女兒!」

「不干牠的事!」碧洋也叫著:「甘家沒來之前，牠就住這兒了!你這樣做，不是乞丐趕廟公，顛倒了?」

碧天脹紫著一張臉，是恨極發狂一般的不能自已!他叫道:

「既是土地公的女兒，就叫牠回娘家去吧!」

說著，右手用力一甩，將那條南蛇往矮牆那一面的土地公廟拋去!

南蛇太長，被碧天一甩，頭過去了，半尾卻在矮牆上遷延了一下，才緩緩掉了下去。

天龍見狀，一屁股跌坐下去，若非明星和段仔扶著，準定跌到地上。

吃這一嚇，天龍也病了，躺在床上高熱不斷。迷糊中，但聽得空襲警報的水雷又響，就有人來叉著他的兩臂躲防空壕;如此進進出出好幾天，到了某一日，天龍一覺醒來，只覺從未有過的神清氣朗，肚腹不覺便餓得很。

「美利——美利——」天龍略略提了聲音叫著。

進來的卻是眼眶紅紅的碧洋。

「父樣今日看起來甚好，真是謝天謝地。」

「你們以為我不行了，哭得眼紅紅的?」

碧洋經這一說，乾了的眼淚又流出來。

「不是您，是母樣——伊還是那樣，若非一直打針，早熬不下去了。但是，空襲時，伊不肯躲警報，只希望被炸死——我們要抬伊，伊就威脅要咬舌死——我看，真是要束手了。」

天龍沉默的聽著。過了會兒，才說：

「添碗稀粥來填填肚子，不然無力可以起來。」

那日過午不久，空襲警報又響，天龍不往防空壕跑，卻跑過對街去見江惜。

江惜見了他，只把兩眼一閉，不理不睬。

天龍開口說話，慢慢的、平平的，像在敘家常一般：

「阿惜，真枉妳讀了那麼多經，竟不曾悟，也不能放。人生在世，誰不是獨來獨往的？生時如此，死時也是如此。妳當真到了另一個世界，就有辦法替碧山解厄？妳啊，不要添加碧山的罪惡就好了！妳為他死，他豈不更罪孽深重？自殺有罪，妳也知道。妳這般，不等於在自殺？」

江惜的眼角慢慢沁出了淚水。

此時，但聞飛機聲音漸近，機關鎗就像在耳邊掃射一般。

江惜突然張開眼睛，對天龍急促說道：

「你快躲吧！」

天龍搖搖頭，說道：

「阿惜，若是死了能替碧山減輕痛苦，那我也可以死，也願意死。但是，一定可以嗎？還是只是妳的癡想？」

江惜再次閉上眼睛。「愛欲榮華，不可常仗，皆當別離」。原來，人在人生道路，獨生獨死、獨去獨來。緣起則會，緣滅則離，道路不同，會見無期，即令是最親密的夫妻、父子、母女皆如是！會見尚且無期，又如何以身相代？

婆娑世界，無情如此，她豈會不知？

耳裏但聽天龍再次開口，聲音哽咽：

「碧山是妳我所生，我將他當至寶看待，與妳的心思是完全一樣的。我們將他生得如此俊妍體面、聰明絕頂，又將他養這麼大，栽培到醫科畢業，而他竟這樣走了！雖說命運如此，但是，論起來，是他辜負我們，不是我們辜負他啊！」

都說夫妻、父母、子女，全是來欠債還債或索討積欠的一批人。討過債、欠了債，拍拍屁股，又是一世走完，只留下活著的人，珠淚千行，萬年也流不盡。

「若論私行，我或有諸多不對，負了妳和明秋。然而，如說行醫濟世，我這一生，行不愧天，只有人負我，我不曾欠人。所以如說當年霍亂之事，我到陰曹地府亦無所懼，冤鬼之事，天地哪會容他猖狂？一切只是——只是碧山的運，我們的命啊！是他負我們啊，這夭壽子！」天龍說著，畢生第一次放聲大慟。

是誰負誰？還是彼此相負？

多少人一心相繫，到頭來卻也只能辜負對方千萬行流不盡的眼淚！人生如此，又能奈何？

江惜在甘天龍的號聲中，但覺枯槁的身心，竟有股熱氣灌頂而下，通遍全身。

她張開眼睛，淚幕下，重新張望這似無情實有情的婆娑紅塵。

（全書完）

廖輝英作品集 23

負君千行淚

著者　廖輝英
創辦人　蔡文甫
發行人　蔡澤玉
出版發行　九歌出版社有限公司
臺北市八德路3段12巷57弄40號
電話/25776564傳真/25789205
郵政劃撥/0112295-1
九歌文學網　www.chiuko.com.tw
印刷　晨捷印製股份有限公司
法律顧問　龍躍天律師・蕭雄淋律師・董安丹律師
初版　2005年11月
增訂新版　2017年2月
定價　320元

書號　0110423
ISBN　978-986-450-114-4
（缺頁、破損或裝訂錯誤，請寄回本公司更換）

國家圖書館出版品預行編目資料

負君千行淚 / 廖輝英著. – 增訂新版.
-- 臺北市：九歌, 2017.02

面； 公分. -- (廖輝英作品集 ; 23)

ISBN 978-986-450-114-4(平裝)

857.7 105025426